光文社文庫

文庫書下ろし／長編歴史小説

御館(おたて)の幻影

北条孫九郎、いざ見参!

近衛龍春

光　文　社

この作品は光文社文庫のために書下ろされました。

目次

御館（おたて）の幻影

北条孫九郎、いざ見参！

序章　虎の子

周囲では黄色い酢漿（片喰）が咲き、眩いほどに葉桜が萌えて目を楽しませている。緑の薫香も鼻孔をくすぐり、憂鬱な気分を和ませてくれるはずであるが、孫九郎の心は優れなかった。

（今日も母上は臥せったままか）

孫九郎は城の空堀に石を投げながら、胸内で溜息をもらした。母・松ノ方の病は回復せず、最近、孫九郎は母の顔を見ていなかった。

孫九郎は武蔵小机城主、北条氏光の長男として誕生した。九歳になる孫九郎は、まだ、丸みを帯びているが、北条家の血筋なので端整な顔だち。痩軀だが同じ年頃の子供よりも背は高いほうであった。

小机城は武蔵の江戸から五里半（約二二キロ）ほど南西、相模の小田原から十二里半（約五〇キロ）ほど北東に位置している。

伊豆の韮山城を居城にして相模の支配に打って出た伊勢新九郎盛時は、小田原を攻略して版図を東に拡大。二代目・氏綱の代に姓を伊勢から北条に改めて周囲の国人衆を取り込み、三代目の氏康の代になると武蔵を支配下に置き、上野、下野、下総にまで勢力を延ばしていた。

「申し上げます。孫九郎様、お方様がお呼びになられております」

松ノ方の侍女を務める於梅が背後から声をかける。

「母上が!?」

勢いよく首を廻して於梅を見ると、孫九郎はすっくと立ち上がり、母が暮らす東郭に向かって走りだした。松ノ方と顔を合わせるのは十日ぶりである。孫九郎は喜び勇んで地を蹴り、縁側から松ノ方が暮らす部屋に駆け込んだ。

「母上！　お加減はよろしいのですか？」

碌に挨拶もせず、孫九郎は部屋に入るなり声をかけた。松ノ方は別の侍女の於種に支えられ、敷物の上で上半身を起こしていた。

「これ、そなたは城主となる身です。武士らしく、ちゃんと挨拶なさい」

弱々しい声である。叱責するが、表情は慈愛に満ちて笑みを浮かべていた。優美な曲線を描いていた頰は痩け、透き通るような白い肌は青白く見えた。

「次からはそうします」

病であろうとも、孫九郎にとっては唯一無二の母。孫九郎は松ノ方に近づいた。

「これ、堀に咲いていました」

孫九郎は黄色い酢漿を差し出した。猪の目形（ハート形）の葉を三枚持つ酢漿は繁殖力が強く、子孫繁栄を思わせ、家が途絶えないという意味から縁起のいい植物として愛され、武家では家紋にされるほどである。

「母に？　嬉しや。於梅、生けておくれ」

松ノ方は満面の笑みを浮かべて命じた。

「学問や、刀鑓の修行はしておりますか」

「はい」

あまり熱心ではないが、心配をかけたくないので孫九郎は嘘をついた。刀鑓は新当流を習い、学問は近くの雲松院の住職に学んでいる。

「それはよきこと。そなたは父上の跡を継ぎ、小田原の本家を支えねばなりません」

関東の各地に備える北条家の支族は小田原の下知に従う。これが北条家の始祖ともいえる早雲以来の北条家の鉄則であり、北条家の強さの秘訣でもある。早雲の遺訓により、北条家では同族の争いはなかった。

「承知しております」

とは言うものの、孫九郎は父の氏光を好いてはいない。

孫九郎の父・氏光は氏康の八男で、氏康の弟の氏堯の次男とも言われ、北条家の重鎮、久野北条家の幻庵宗哲の娘の松ノ方の婿となった男である。城主になれたのは松ノ方の婿になったからである。にも拘わらず、側室とは仲良くするものの、病になった松ノ方の部屋には通おうともしない。これが孫九郎には腹立たしい限りなのである。

「判っておればよい。少々疲れました」

怠るそうに松ノ方が言うと、於種は松ノ方を横にさせた。

「しばし二人にしてほしい」

松ノ方が命じると二人の侍女は部屋から出ていった。

「孫九郎、今少し近う。そこでは母の声が届きませぬ」

十分に届くが、なにか特別な話があるのだろうと、孫九郎は枕元に膝を詰めた。

「耳を」

言われるままに孫九郎は耳を松ノ方の口許に近づけた。

「よいですか。このことは他言無用です。命を奪われても口外してはなりませぬ。母に誓えますか」

必死の訴えにも似た松ノ方の問いに、孫九郎は無言のまま頷(うなず)いた。

「そなたの実の父は氏光様ではありませぬ」

蟠(わだかま)っていたものを絞り出すように松ノ方は告げた。鬱屈(うっくつ)したものを吐き出したので、安堵(あんど)したような表情をしている。

「えっ!?」

松ノ方とは裏腹に、衝撃的な母の言葉に、思わず孫九郎は声をもらした。

「しーっ、声が大きい。これは真実(まこと)のことです」

「されば、某(それがし)は誰の子なのですか」

布物が乱れるほど、孫九郎は身を乗り出して尋ねた。

「そなたの実の父は越後(えちご)に行った三郎(さぶろう)殿じゃ」

「それでは、先月、討たれたお方ですか」

孫九郎は氏光らから聞かされた話を思い出した。

北条三郎は氏康の六男として生まれた。三郎は側室の子だったので、北条家が武田(たけだ)家と同盟を結ぶ際に甲斐(かい)に人質として出され、同盟が破棄されると戻された。帰国した三郎は松ノ方と結婚するが、新たに上杉家と盟約が結ばれると離縁させられ、越後に送られた武将である。上杉家では謙信に可愛がられて養子となり、景虎という謙信の旧名を与えられ、関東管領の地位も約束されていたと言われている。

だが、前年の天正六年（一五七八）三月十三日、謙信が急死すると、謙信の甥で養子にもなっている景勝が居城の春日山城の実城（本丸）を占拠して上杉家の跡継ぎを宣言。これに景虎は反発し、反景勝派を率いて敵対。義兄弟の戦いは上杉領全土に飛び火して、およそ一年間続けられ、御館の乱と呼ばれた。

この間、北条家が常陸の佐竹氏との戦いもあって支援に消極的だったこともあり、景虎派は劣勢を余儀なくされ、先月の天正七年（一五七九）三月二十四日、景虎は越後の鮫ケ尾城で討ちとられた。

「左様。そなたは三郎殿の忘れ形見じゃ」

愛おしい者を見る眼差しで直視しながら松ノ方は断言する。その目は息子の孫九郎の面影の中に、最愛の景虎を見ているのかもしれない。

（母上は今でも三郎殿を慕われておられるのか。されば、あの噂は真実だったのか）

松ノ方の双眸を目にし、孫九郎は頷いた。

三郎が越後に送られてすぐに松ノ方は氏光と再婚し、元亀二年（一五七一）一月、孫九郎は月が足らずに生まれた。早産ということになるが、未熟児ではないので、松ノ方の先夫の三郎の子ではないかと言われ、陰では月足らずの児と呼ばれた。松ノ方は息子に三郎の名をつけようとしたが、父の幻庵や夫の氏光に却下され、孫九郎という名になった。

男子の誕生に、松ノ方や幻庵は喜んだが、月足らずの児のせいか、孫九郎は父の氏光に疎まれて育った。成長するに従い、日増しに三郎の面影が顕著になっていた。

「されば某は、父景虎の仇討ちを致します」

景勝を討つことは北条本家のためにもなる。また、松ノ方を蔑ろにする氏光への反発もある。孫九郎は決意を示した。

「なりませぬ。そなたは三郎殿の唯一の忘れ形見。命を粗末にしてはなりませぬ。戦などは家臣にやらせておけばよいのです。そなたは三国一の美将と謳われたあのお方の血を、のちの世に繋ぐように」

そう告げると松ノ方は静かに目を閉じた。

「母上！」

孫九郎は叫ぶが息はない。すぐに薬師が呼ばれ、胸を押すなどの蘇生行為が施されたものの、松ノ方が再び目を開くことはなかった。

三郎景虎に愛された女は、愛しい男を思い出してか、満足そうな面持ちであった。

(母上は駄目だと仰せになられましたが、某は必ずや仇(かたき)を討ってご覧に入れます。三郎の息子が、松ノ方の息子が北条家で一番できがよかったと言われるように)

白い布が顔に掛けられる松ノ方の遺体に、孫九郎は誓いをたてた。

時に天正七年(一五七九)四月二十四日。景虎の死から一ヵ月後のことであった。

第一章　鮫ヶ尾城の遭遇

一

まだ寒いものの、風が梅の芳香を運んでくる。毎年、春の訪れを実感できる時である。

「はーっ！」

栗毛の駿馬（しゅんめ）に騎乗する十五歳の孫九郎は、馬鞭（ばべん）を入れながら小机の城下を疾駆（しっく）させる。

「あっ、孫九郎様じゃ。孫九郎様！」

孫九郎が馬を走らせると城下の娘たちが、うっとりした顔で憧憬（しょうけい）の眼差しを向ける。

領民の支持を得るため、姿を見せることは重要だと傅役の高田玄蕃助が言っていた。注目を浴びて悪い気はしないが、騒がれるのは煩わしい。孫九郎はひたすら駆け、城の北を流れる鶴見川の土手に達した。

ずっと早駆けしていたいところであるが、馬は長くは走れない。孫九郎は馬を河原に下ろし、川の水を呑ませた。しばし休息をしていると背後に気配を感じた。

「弥次郎か」

声をかけると気配が近づいた。小柄だが引き締まった体軀。顔はあさ黒くて眉が太い。唇は厚く、目は細い。風魔一族の支流に生まれた弥次郎である。年は孫九郎より五歳年上の二十歳。箱根、足柄周辺に居を置く忍群の風魔一族は北条家に仕えていた。

久野に屋敷を構える孫九郎の祖父の幻庵は、何度も京都に遊学をしており、和歌、連歌、茶道はもとより鞍作りや尺八、弓、太鼓、茶臼作りにも長じ、その作業のために全国から職人を集めていた。その一方で浮役、寄合衆を組織していた。これは北条家の正式な家臣ではなく、遊軍的な組織である。風魔一族はこの下部に位置する。幻庵は箱根権現の別当を務めていたので、風魔一族とは非常に近しい関係にあった。

「少しはできるようになったか」

二間（約三・六メートル）ほどまで近づき、弥次郎は声をかける。本来、乱破は武士に雇われる存在なので、敬意を表するものであるが、弥次郎は対等の接し方をする。北条家では忍びを乱破と言っていた。

「そちが鈍くなったのではないか」

別に孫九郎は気にしない。互いに逸れ者どうしで馬が合った。

松ノ方が死去したのち、小机城主の北条氏光は、今川旧臣の富樫氏賢の娘を後添いとして娶り、間に男子が誕生した。氏光はこれを喜び溺愛している。仮名は新太郎（のちの氏則）と名づけられ、実質的な嫡男として扱っていた。当初、長老の幻庵は反対していたが、周囲も氏光に倣うので、応じざるをえなかった。

新太郎の誕生によって孫九郎は跡継ぎから外される形になった。他家であれば孫九郎が城主を継ぐべく、氏光や新太郎を排除する動きをするのかもしれないが、今の孫九郎にはその力も、後押しする勢力もない。残念ではあるが、替わりに、気楽になったのも事実。

（これで好きなことができる）

疎まれた城主よりも、気儘な暮らしのほうが性に合っている。

この天正十三年（一五八五）の正月、孫九郎は元服して氏義と名乗るようになった。背も六尺に届こうという長身である。

本来は月代を剃って身なりを正すのが武士であるが、手間が面倒なので総髪のまま髷を結っている。

「感じとれるようにしてやったのが判らぬか」

乱破は気殺という人の気配を隠す術を心得ているという。

「まあ、そういうことにしておこう。して、越後の様子は？」

「上杉は忙しそうじゃった。信濃の徳川（家康）、越中の佐々（成政）、上野の北条に備えるのみならず、下越の新発田（重家）にも兵を出さねばならぬ」

弥次郎は冷めた口調で言う。

天正十年（一五八二）三月、織田信長によって武田家が滅び、さらに六月には本能寺の変で信長が倒れると、徳川家と北条家は武田の旧領を巡って争い、甲斐、信濃は徳川家が、上野は北条家が治めるということで和睦した。徳川家の勢力は川中島近くまで北上していた。

越中は織田旧臣の佐々成政が治め、同じく羽柴秀吉と敵対。敵の敵は味方の譬えに従って秀吉は上杉家と遠交近攻を展開。秀吉は山崎の戦い、賤ヶ岳の戦いに勝利し、今や畿内で天下人のごとき勢いを持っていた。

新発田重家は御館の乱では景勝に味方するも、恩賞のもつれで信長の誘いを受けて上杉家から離反。本能寺の変後も態度を変えず、景勝と戦いを継続していた。

「されば越後に入り易いわけじゃな」

「まことに行く気か？　露見すれば、ただではすまぬぞ」

「乱破らしくもない。露見させぬようにするのが、そちの役目であろう」

孫九郎は他人事のように告げた。

「儂一人ならば、なんとでもなるが、おぬしが一緒となれば話は別じゃ。上杉には軒猿と申す乱破がおる。これがなかなかの手練揃いじゃ」

永禄四年（一五六一）九月十日、激戦を極めた四回目の川中島合戦において、上杉謙信に仕える軒猿は武田軍の忍び十七人を捕らえている。武田家の忍びは有能で知られていた。これを狩ることには尋常ではない能力が要求される。

「弥次郎ともあろう者が、怖じけづいたか」

「おぬしを死なせれば、我が一族が咎めを受けるからじゃ。それに、小机の殿様（氏光）をどう誤魔化す気じゃ。さすがに一日や二日では戻ることはできぬぞ」

「大事ない。義父殿は新太郎に夢中で儂に趣きはない。あるいは、死んでほしいと思っているやもしれぬ。北条の領内を見たいと申せば、反対されまい」

胸を張って孫九郎は言う。

「左様か。されば、北条の領外に出たら、儂の言うことに従うこと。これが呑めぬならば、いくらおぬしの頼みでも聞くことはできぬ」

命令ではなく頼みというところが、二人の特異な主従関係を表していた。

「承知した」

とにかく踏み出すことが大事。孫九郎は素直に応じた。

「それと、おぬしは目立つ面をしておる。道中では笠をとらぬこと。宿に泊まっても、極力、顔を隠すように」

孫九郎は細面で切れ長の双眸。鼻筋がとおり、唇は薄め。彫りが深く、色白の素肌。三国一の美将と謳われた父景虎に劣らぬ容貌を持っていた。

「宿の中までとはいかぬが、気をつけよう」

そこまで気にしたことがないので、孫九郎は意外に感じた。

「文銭を用意しとけ。城内のように、黙って飯は出てこぬからな」

「左様か」

飯の心配までしたことがなかった。新たな発見である。

「儂はおぬしの従者ではないゆえ、轡取りは連れてまいれよ」

「随分と細かいことばかり申す乱破じゃの」

「世間知らずのおぬしが悪い。まあ、城主の倅などはそんなものか。一人で他国に行きたいなどと申す変わり者もおぬしぐらいであろうの」

　呆れ顔で弥次郎は言う。

「それほどでもないが」

「誰も褒めてはおらぬ。敵地に行くのじゃ。死がつき纏う。覚悟することじゃ」

「懸念は無用。話をした時からできておる。いざという時は、そちたちと同じように顔を知られぬよう吹き飛ばす所存じゃ」

　乱破は敵に捕縛されそうになると、火薬を爆発させて素性を明かさぬものである。

「左様なことなれば構わぬ。用意を怠るな」

　告げた弥次郎は足音もたてずに、その場から姿を消した。

（これで一歩踏み出せる）

　午後の日射しを浴びながら、孫九郎は清清しい気分だった。

数日後の三月中旬、孫九郎は従者の七之助（しちのすけ）を連れて小机城を出立した。北関東の北条領内を見たいと告げたところ、氏光からはなんの疑いも持たれず、また心配もされなかった。

（儂は小机の邪魔者じゃ。城におらぬほうが喜ばれる。なにをしても構うまい）

城を出た孫九郎は気が楽になり、自然と頬が緩む。

「敵地に向かうのに、遊山（ゆさん）のようですな」

轡を取る七之助が、不安そうに言う。七之助は孫九郎より二歳年上で、ずんぐりした体軀。四角い輪郭の平面顔。俊敏ではないが、膂力（りょりょく）は強く荷物運びには向いている。馬に着替えや多少の食い物を積んでいるが、ほかは箱に入れて担いでいた。

孫九郎は白に水色の小袖を重ね、萌黄（もえぎ）色の袴を着用している。七之助は動きやすいように紺の小袖（こそで）に灰色の伊賀袴（いがばかま）を穿（は）いていた。

弥次郎の助言どおり、孫九郎は網代笠（あじろがさ）をかぶっていた。

「まあ、似たようなものじゃ。そちも楽しめ」

目に入る撩乱（りょうらん）の桜が艶やかなせいか、気分を昂揚（こうよう）させる。孫九郎は楽観的であった。

二人は江戸から中仙道（なかせんどう）を通って北に向かう。途中、幾つかの関所でとめられたが、幻庵から贈られた三つ鱗(みうろこ)の家紋が入った懐刀を見せると、番所の兵は平身低頭(へいしんていとう)した。

「構わぬ。爺様には言わぬゆえ、騒ぎたてるな」

孫九郎は宥(なだ)めて関所を通過する。改めて関東における北条家の強さを認識した。

上野の高崎(たかさき)から三国(みくに)街道に入って進路を北にとると、これまでより道は狭くなり、賑わいもなくなってきた。辺りは東の子持(こもち)山と西の小野子(おのこ)山に挟まれた地で、道の周囲は樹木が生い茂っていた。

「寂しいところでございますな」

七之助が左右を見廻しながら告げる。

「恐いのか？　鬼のほうが、そちを見たら恐がるやもしれぬぞ」

戯(ざ)れ言(ごと)を口にした時、半間ほど前方を東から西に矢が通過した。

「むっ⁉」

あっと思った時、続けざまに矢が二本放たれ、孫九郎の網代笠を掠(かす)めた。

「七之助、荷を捨てて走れ！」

危険を察知した孫九郎は叫び、鐙(あぶみ)を蹴った。途端に愛馬は砂塵(さじん)を上げて疾駆する。再び放たれた矢は七之助が担ぐ箱に突き刺さった。

「うあっ」

七之助は荷箱を捨て、悲鳴を上げて地を蹴った。

孫九郎は馬を走らせながら太刀を抜く。十五間（約二七メートル）ほど進んで後方を振り返ると七之助が転んでいた。その背後には弓を持った賊が数人姿を現した。

「ちっ」

舌打ちをした孫九郎は馬を反転させて来た道を戻ると、賊も走り寄りながら矢を放つ。

「七之助、頭を下げよ！」

孫九郎が大声を張り上げると、七之助は這いつくばった。お陰で矢はその上を通過する。

「左様な矢で仕留められると思うてか」

身に向かってくる矢を斬り落とし、孫九郎は七之助を庇うように前に出た。続けて矢が飛んでくるが、孫九郎は太刀で弾いた。七之助は馬に隠れる。

数本の矢を払うと、髭の濃い盗賊が鉄砲を構えた。

（まずいの）

さすがに鉄砲の玉は切れない。「茂みに逃げよ」と言おうとした時である。

髭の賊が持つ鉄砲が火を噴き、乾いた音が谺した。硝煙が広がった途端、賊は尻を押さえて転がった。一緒にいる賊も同じである。お陰で玉は大きく外れた。

「好機」

痛がっている間に引き返し、孫九郎は盗賊を斬り捨てるつもりで馬鞭を入れた。

「退け」

頭目らしき長髪の男が命じると、盗賊たちは東の茂みに逃げ込んだ。皆、一様に尻や太腿の裏側を押さえ、鈍い動きをしていた。

(あれは棒手裏剣。儂らを助ける者とすれば弥次郎か)

そう思った時、二十間(約三六メートル)ほど西の茂みから修験者が姿を見せた。弥次郎である。

「日頃の行いがいいのか、氏神に助けられたようじゃ。どうせならば、今少し早く出てきてくれると有り難いがの」

弥次郎に近づきながら孫九郎は言う。

「氏神も忙しいゆえ、そう都合よく現れるとは限らぬぞ」

逃げた盗賊の方に目をやりながら弥次郎は言う。

「その氏神も久々の実戦で力を使い果たしたか」

弥次郎は髪を少し白くし、老けた化粧をしていた。

「どこぞの若造が旅をするなど奇異なこと。親子や主従、師弟にでも扮せねばなるまい。それより、今のこと。闘う姿勢を見せたのは勇ましいが、賢い判断ではないの。敵は飛び道具を持ち、さらに多勢。三十六計逃げるに如かず、と申すであろう。逃げられるまでは、当初の判断どおり逃げるべきじゃ」

これは面倒なことからは逃げるのが得策という意味で、梁の『南斉書』の「王敬則伝」に書かれている。

「今一つ、飛び道具に対し、道をまっすぐ逃げるのはよくない。格好の的になるばかり。敵がおらぬ茂みに逃げ込むがよい」

「心得ておこう」

なるほどと思わされた。

「なにゆえ北条の名を出さなかった」

「忍びの行動ゆえの」

迷ったのは事実だが、それがどうしたと踏み躙られることを恐れたのも事実。

「賢明と言えば賢明じゃが、暗愚と申せば暗愚よな。あれを見よ」

弥次郎は七之助が捨てた荷箱を指差した。

「物盗りならば置いていくまい」

「北条を名乗っておらぬゆえ、儂が誰か判るまい。仮に儂であることが露呈したとして、佐竹や上杉が上野で襲ってくるとも考えられぬが」

孫九郎には理解しがたい指摘である。

「狙いはおぬしだったのではないか」

「どういうことか」

「おぬしが死んでくれることを望んでいる者はいるのではないのか」

思いあたる節はなかった。

「別に恨みを買うような真似をした覚えはないが。よもや!?」

義父氏光ではないか、と言いかけて孫九郎は口を噤んだ。

「なくはなかろう。それゆえ賢明と申した。おぬしが北条を名乗れば、真実に近づいたやもしれぬ。名乗らなかったゆえ、罅が入らずにすんだやもしれぬ。まあ、気をつけることじゃ。乱世はなにがあってもおかしくはないからの」

告げた弥次郎は西の茂みに入っていった。

「戯け。儂に疑念を植え付けよって」

義父に命を狙われたとすれば、このままにはできない。孫九郎は憂鬱な気持のまま、馬脚を北に進めた。

二

孫九郎らは沼田から進路を西にとり、長野原から草津を経由して信濃との国境に立った。山の中なので、目の前には獣道があるだけ。そこには先廻りしていた弥次郎がいた。

「ここからは歩きじゃ。おぬしも儂と同じ形を致せ。従者は草津で待たせよ」

弥次郎は淡々とした口調で言う。

「承知」

孫九郎は応じ、馬に積んであった箱の中から鈴懸や引敷、脚半などを出して身に着け、最後に兜巾を額の上に付けて修験者姿になった。刀は七之助に渡し、一間(約一・八メートル)ほどの錫杖を手にした。

「なかなか似合うではないか」

弥次郎が口許に笑みを浮かべて揶揄する。

「元がいいゆえの。それより、まこと越後に行けるのであろうの」

「おぬしが失態を犯さねばの」

「ならば問題はない。されば早速、行こう」

孫九郎は弥次郎より先に歩きだした。

「ご無事のお帰りをお待ちしております」

七之助が背後から声をかけるが、孫九郎は軽く右手を上げながら国境を跨いだ。

北信濃は上杉氏が支配している地なので、注意が必要だ。二人は人と接触しないように栄村と野沢温泉の間の峠道を進んでいく。周囲は標高一六〇〇メートル級の山が連なり、雪が残っているので足場が悪く、白い息を吐きながら足を前に踏み出した。

人里から離れているので小屋のようなものはない。真冬と同じ寒気の中、岩陰に身を寄せて夜露を凌ぎ、少ない枯れ木を焚き、これに当たりながらの野宿である。

「城に帰りたくなったか」

「かようなもの、つらいとも思わぬわ」

孫九郎は言い放ち、食事に口をつける。夕食は干した里芋の茎と焼き米を木椀に入れ、雪解け水に浸して口中に掻き込んだ。

「左様なことなれば構わぬが」

歳若い孫九郎の痩せ我慢に弥次郎が微笑みを向ける。

火は焚いているが、凍えそうな寒さで朝を迎え、再び二人は越後を目指した。

水尾（みずお）山の尾根を北西に下り、千曲（ちくま）川を越えた。そこは中村（なかむら）という地で、出川という川沿いに道がある。これを遡（さかのぼ）れば越後へ通ずる道に繋がる。

「ここを越えれば越後じゃ。ゆえにこの辺りは警戒も厳しい。襤褸（ぼろ）を出すなよ」

「判った」

孫九郎は応じて歩を進めた。道なりに一里半（約六キロ）歩むと関田（せきだ）峠の関所があった。鑓（やり）や棒を持つ役人が数人いる。

「一度は通らねばならぬもの。おぬしは黙っておれ」

頷き、孫九郎は弥次郎に従った。

「修験者か、いずこに行く？」

小太りの男が問う。

「板倉（いたくら）から妙高（みょうこう）、戸隠（とがくし）、白馬（はくば）に向かう所存」

弥次郎が答えた。

「妙高？　なにゆえ妙高街道を使わぬ」

妙高街道は三里（約一二キロ）ほど南西にあり、妙高に通じる街道である。

「険しい地ほど我らが望む地」

「なにゆえ辺鄙な地を好む」

「仏教の神髄を極め、仏の験力を得んがため。釈迦がそうやって成道した仏である」

馴れた口調で弥次郎は言う。

「ふん。言いよるわ。汝はなにも話さぬが、修験者らしくはないの」

孫九郎を棒で突つきながら小太りの男は問う。

(此奴！)

自尊心の高い孫九郎は、ぶちのめしてやろうと錫杖を強く握りしめた。

「戯け！」

瞬時に弥次郎が怒号し、孫九郎の錫杖を叩き落とした。この行為に役人たちは驚愕する。

「俗世に未練があるゆえ、左様な目で見られるのじゃ。我欲を捨てよ！」

弥次郎は錫杖を孫九郎の目の前に突き付け、金属音を鳴らした。

「申し訳ございませぬ」

戸惑いながら孫九郎は師の言葉を受け入れるように恭しく頭を下げた。

「汝らのことは汝らで解決せよ。儂らに仏教の神髄など関係ない」

「左様か。されば」

弥次郎は懐から銭を取り出し、役人に手渡した。

「通れ」

満足そうな顔で役人が許可するので、二人は従った。

「今の役人は〈如意の渡し〉を知らぬらしい」

半里ほど進んだ山中で足を止め、孫九郎は言う。如意の渡しは越中の小矢部川河口を横断するために設けられた船着き場である。

室町時代の初期頃に成立したという『義経記』に「如意の渡し」の項がある。奥州に落ちのびる源義経一行が、如意の渡しで乗船しようとしたところ、渡守の平権守に義経一行であることを見破られてしまう。この時、家臣の武蔵坊弁慶が機転を利かせ、扇で主を打ち据えて、義経ではないと渡守に思わせ、難を逃れたという逸話のことでもある。

「おぬしに義経ほどの価値があろうか。おぬしが彼奴らに孫九郎だと露見しても、親父（氏光）殿は知らぬと言うやもしれぬぞ。刺客を差し向ける手間が省けるゆえの。小田原のご隠居（氏政）殿もの、なにせご隠居殿は弟を見捨てられたお方じゃ。捕らえられたおぬしは、よくて一生牢暮らしというところかの」

「雇い主を悪しざまに申すな」

ありえる話なので、孫九郎は顔を顰めた。

「話の続きじゃが、おぬしは平権守の行動をどう見る？」

「平権守は義経主従と知っているが、弁慶の忠義に感じ入り、見逃したのではないか」

なぜ疑問に思うのか、と孫九郎は問う。

「甘いの。左様なことでは長生きできぬぞ。平権守は義経主従だと知っていたはずじゃ。逃がしてやったのは頼朝の命令に違いない」

「なにゆえか」

意外な意見に孫九郎は首を捻る。

「平家を滅ぼした頼朝にとって、次なる敵は奥州藤原家。義経は目障りじゃが、いつにても討てる存在。それゆえ義経を奥州に追いやり、藤原家にお尋ね者を匿ったと難癖をつけたのじゃ。奥州征伐をするためにの。各関所からは、いつ義経が通過したという報せが、逐一鎌倉に届けられていたはずじゃ。知らぬは義経主従ばかり。呑気な輩は長生きできんということじゃ」

目から鱗が落ちるような弥次郎の思案である。

「そちは人を信じることができぬのか」

「早死にしたくはないからの。それゆえ、おぬしも気をつけよ」

笑みを向けた弥次郎は山道を歩みはじめた。孫九郎も続く。

二人が山を下りて矢代川を渡ると、上越の山並が目の前に迫る。

「この山じゃ」

弥次郎が城山（標高一八七メートル）と呼ばれる一番手前の山を指差す。

（ここか）

孫九郎は肚裡でもらしながら見上げた。父三郎景虎が死去した地だと思うと、悲しみや怒り、悔しさなどが重なり、異質な昂りを覚えた。

「ただの城跡じゃ。なにもないぞ」

「構わぬ。ここまで来て見ぬのもおかしいであろう。見ておかねば先に進めぬ」

「物好きじゃの」

皮肉を口にしながらも、弥次郎は先導して城山を南から登りだした。左右は欅や赤松が生い茂り、枝葉が頭上を覆って光を遮っていた。

（父上は、いかな思いでこの道を登ったのかの）

周囲は樹木に囲まれている。ところどころに残雪も見える。六年前の三月十七日の晩、景虎ら一行は越後の政庁であった御館を脱出し、翌日、景勝軍の熾烈な追撃を受けながら三里ほど南西に位置する鮫ヶ尾城に逃れ込んだ。

城山に聳える鮫ヶ尾城は前面に関川、矢代川が蛇行し、背後には険しい南葉連峰が連なる山城である。武田信玄の越後侵攻を警戒した謙信が改築した城なので堅固であったが、城主の堀江宗親が背信したので、景勝の兵が雪崩れ込み、寡勢の景虎らは守りきれずに城は陥落した。

嘗ては整備されていた道も、人が通らないと草が繁ってしまうものである。

(はて、誰か通ったのか)

細い道の草が折れている。誰かが踏んだに違いない。

「わざわざ廃城となったところに来るとは、おぬし以外の物好きがいるようじゃ。男が踏んだにしては力が弱い。これは女子か子供じゃの」

孫九郎の考えを察してか、足跡を見て弥次郎が言う。

「女子か子供のう。この先に山菜でも採れるところがあるのか」

「血に染まった地に生えた菜を喰いたいか」

弥次郎流の戯れ言であるが、とても食欲をそそるものではない。

「知らねば喰うが、知っていれば遠慮する」

「であろうな。やはりおぬしは城主の息子じゃ。兵糧攻めにされた城兵は味方の屍（しかばね）に群がるというぞ。まあ、左様な憂き目に遭わぬよう気をつけることじゃ」

「拡大の一途を辿（たど）る北条家を追い詰めるような敵などおるまい」

孫九郎は籠城（ろうじょう）など考えたこともない。

「上杉は羽柴と手を結んでおる。これに常陸の佐竹あたりが加われば、判らぬぞ」

「北条は徳川と結んでおる。羽柴、上杉、望むところじゃ」

白い息をもらしながら、孫九郎は意気込んだ。

途中で一息吐き、登りはじめから半刻（はんとき）（約一時間）ほどしてようやく山頂に辿り着いた。嘗ては六つの郭（くるわ）を持つ城であったが、落城とともに全て焼き尽くされ、今では木と草が生い茂るだけの平坦な城跡となっていた。

なにもない城郭跡であるが、実の父が切腹した地を目の当たりにすると胸が熱くなる。

（ここで父上は腹を召されたのか。小田原から見捨てられ、家臣に叛（そむ）かれたとも聞く。さぞかしご無念でござろう）

草原となった跡地に目をやり、やるせない思いにかられていた時、茂みの奥から、わずかに煙が立ち上っていることを発見した。

（妙じゃの）

乾燥した茂みから樹木の摩擦によって自然発火することはあるが、雪が残る地から煙が出ることはまずない。人為的なものであろう。

（この匂いは線香か。そういえば……）

鼻孔に感じた時、樹から人影が見えた。やがて視界に入ってきたのは二人の尼であった。

「そちの申すことは当たるの」

告げた時、八間（約一四・五メートル）ほど先にいた尼も孫九郎らに気づいて目を向ける。

孫九郎と尼の一人の視線が合った。途端、尼は手に持つ風呂敷を落とした。

「……そんな。……そんな」

幻覚でも見たかのように尼の一人が狼狽え、やがて孫九郎に近づいてくる。

「妙徳院様」

背後からもう一人の尼が声をかけるが、妙徳院は花の蜜に惹かれる蝶のように歩み寄ってきた。黒い尼僧衣で、頭は帽子に覆われた顔だけが見える。歳は二十代半ばぐらい。目鼻だちは整っており、高い身分の武家に嫁いでいても不思議ではない美人である。

（この尼、どこかで）

会ったような気もするが、孫九郎は思い出せない。妙徳院は目の前まで接近した。

「……景虎様、生きて、生きておいででしたか……」

妙徳院は跪き、孫九郎を見上げながら涙を流して訴える。

「お会いしとうございました。ううっ」

まるで地獄で仏に会ったようである。妙徳院は声にならない声を出して嗚咽する。

「景虎？　景虎は我が父の名じゃ」

「えっ、景虎様のお子？」

我に返ったように妙徳院は、まじまじと孫九郎を見る。

「左様。我が名は北条孫九郎。小机城主・北条右衛門佐（氏光）の長男ということになっているが、今際の際に母が三郎殿の子じゃと申していた」

「そうでしたか……そうですね」

妙徳院は現実に引き戻され、落胆の溜息を吐いた。それでも孫九郎を通して景虎を思い出すかのように、潤んだ眼差しを注いでいる。

「小机に景虎様の御子息がいたとは……。申し遅れました。わたしは釈。景虎様の側にあがっておりました。父は江戸城代を務めていた遠山左衛門尉（康光）。景虎様とともに越後にまいりました」

「ほう、そなたは遠山の娘か。どこかで見たと思うたのは、江戸で見たそなたの親戚だったということじゃな」

遠山家は美人の血筋であると噂されている。ようやく孫九郎は納得し、改めて問う。

「左衛門尉は越後で死んだと聞いておる。父（景虎）の側にありながら、そなたは、ようも生き延びたものじゃ。最期の様子など聞かせてくれぬか」

「ともに逝けず、生き恥を晒しております。景虎様はわたしを生かすために……」

言いながら妙徳院は声と肩を震わせた。しばしして妙徳院は口を開いた。

「謙信様がお亡くなりになられたあと、景勝殿は実城を乗っ取って、上杉家の跡継ぎを宣言し、景虎様が住まわれていた三之郭を攻めて戦をはじめました。これが各地に広がって、上杉家は二つに割れました。実城の下にある三之郭で戦うのは難しいと、景虎様は前関東管領の上杉立山叟（憲政）様がおられる御館に移り、血で血を洗う争いをするようになりました」

一息吐いて妙徳院は続ける。

「景虎様はよく戦われましたが、御実家の北条家からは見捨てられ、武田家にも叛かれて次第に後れをとられるようになりました。このままでは滅ぶのは確実。立山叟様は景虎様の御嫡男の道満丸様を連れて和睦の遣いにまいりましたが、実城方は無惨にもお二方を斬って申し出を蹴りました。御館が落ちるのも確実となり、景虎様は、これまで味方となっていた堀江駿河守（宗親）殿を頼ることにし、この鮫ヶ尾城を目指されました。わたしは馬に乗れるのでご一緒しましたが、馬に乗れぬ御正室の華ノ方様は、景勝殿の妹ということもあり、我が両親とともに御館に残りました。道満丸様の死を知った御正室の華ノ方様は悲しみのあまり御自害なされたそうにございます。我が両親も……」

声を詰まらせながら妙徳院は続ける。

「御館から鮫ヶ尾城に向かうには春日山の城下を通らねばならず、多くのご家臣が亡くなりました。途中、雪解け水で溢れる高田川を泳いで渡らねばならず、ここでも多数の方を失いました。わたしも溺れましたが、ここにいる楓に助けられました」

楓という尼を見る弥次郎の目が一瞬、鋭くなった。

「泳ぎは何処で？」

「わたしは影の者として春日山に仕えておりましたが、高田川で景虎様に助けていただき、以来、妙徳院様の側に置いていただいております」

「ほう、そなたは軒猿か」

初めて見たとばかりに、弥次郎は目を見張り、問う。

「軒猿なれば、景虎殿を監視し、秘した報せを流していたということか」

弥次郎の質問に楓は答えない。

「楓も、やむにやまれぬ仕儀でした。ゆえに、こうして俗世を離れているのです」

「乱破がそう簡単に一族を抜けられようか。抜ければ追手がかかるはず。かからぬとすれば、誰ぞを監視しているからではないか」

小柄な尼に視線を這わせながら弥次郎は言う。

「景虎様が鮫ヶ尾城に入られた時、わたしは楓とともに後詰を頼むため、武田家の典厩信豊殿がおられる信濃の海津城に向かいました。ゆえに、高田川以降、景虎様が不利になるようなことなどしておりません。また、庵も持たぬ尼など監視してなんの利がありましょう」

「景虎殿については、背信した城主の城に追い込んだゆえ、もはや張り付ける必要がなくなった。尼殿とともにいるのは、北条家との繋がりがあるからでは？」

「わたしは楓を信じております」

妙徳院が言うと楓は両目を閉じて頭を下げた。

「弥次郎、話の腰を折るな」

孫九郎が注意すると、弥次郎は口を噤んだ。

「御館を出た時、一千ほどいた兵のうち、鮫ヶ尾城に入ったのは僅かに百数十名だったそうにございます。あとは衆寡敵せず。城主の返り忠もあり、景虎様は……」

妙徳院は慟哭し、それ以上話すことができなかった。

「つらい話をよう聞かせてくれた。礼を申す。父上も無念ではあったろうが、孤軍奮闘、戦うだけ戦ったと思っていよう。尼殿のような女子にも慕われた」

「ああっ、なんと有り難きことを」

まるで景虎に褒められているかのように、妙徳院は随喜の涙を流していた。

「せっかくじゃ。儂も父に会うていこう」

孫九郎は妙徳院らが積んだ石に両手を合わせた。

「今日は三月二十四日、景虎様の命日にございます」

妙徳院は孫九郎を気遣い、改めて線香に火を灯した。

「景虎様のご遺体は謙信様所縁の栃尾（長岡）にある常安寺に葬られておりますが、まいられますか」

「いや、墓参りをしたいのはやまやまでござるが、都合の悪いこともあって」

孫九郎は関所で止められたことを思い出す。

「こたびは父の終焉の地で我慢致す。最期の様子を聞けぬのは残念じゃが、妙徳院殿に会えたのは、父が導いてくれたのであろう」

「わたしもお会いできて嬉しゅうございます。これは申し上げていいものか、最期の様子を知る者が越後におります」

喜んでいた妙徳院の顔が、険しくなった。

「それは何処に？　誰か」

「景虎様の首を刎ねたのは、村山善左衛門（慶綱）殿の家臣・宇野喜兵衛（景実）。大将は上条弥五郎（政繁）殿。宇野喜兵衛は今、中越の弥彦にいると聞いております」

上条政繁は能登の守護・畠山義続の次男で上条上杉家を継承し、景虎や景勝より早く謙信の養子になった武将である。御館の乱では景勝に与して景虎を攻撃。以降、海津城代などを任されたが、景勝の側近の直江山城守兼続との折り合いが悪く、この三月、上杉家を出奔して秀吉の食客になっていた。ただ、上杉家を去ったことを妙徳院は知らない。

「弥彦は上野に戻るほど離れておるぞ」

弥次郎は危険を察して止めだてる。

「ここまで来たのじゃ。行ってもさして変わりあるまい」

「行っていかがする？　宇野とやらに、わたしは景虎の息子です。いかにして父の首を刎ねたのか教えて下さい、とでも申すのか」

とんでもないと弥次郎は首を横に振る。

「悪くないの」

「斬られるだけじゃ。無駄死にすることもあるまい」

「左様にございます。聞くならば、わたしが行って聞いてまいります。孫九郎様は景虎様が残された唯一のお命。危うきに晒してはなりませぬ」

母親のように妙徳院も宥める。

「それでは戦に行けぬではないか」

「戦にも行ってほしくはありませぬが、武士として、戦は、やむにやまれぬ仕儀。大義の前に命を無駄にしてはなりませぬ」

「まるで死ぬことが決まっているみたいじゃな」

上野の賊から逃れ、越後の関所を通過したこともあり、孫九郎に危機意識はなかった。

「北条と上杉の関係を考えれば童でも判る。だいたい、話を聞いてどうする？　おぬしは怒りを抑えられるほど、できておらぬ。聞くや頭にきて斬りかかり、返り討ちにされるのがおちじゃ。まあ、先に大小を取り上げられようが」

「愚弄するな。儂は左様に気が短くはない。それに行ってみねば判らぬではないか。先代の謙信公は義に篤いと聞くぞ」

「確かに謙信様は義に篤い武将でございましたが、景勝殿というよりも、側近の直江与六。今は山城守を名乗る直江は勝つためには手段を選ばぬ男。孫九郎様にとって良きことはありますまい」

妙徳院が心配して声を上げる。

「景勝は父の幼い子を斬らせたのか？」

問うと妙徳院は表情を曇らせた。

「下知したかどうかは定かではありませぬが、斬るなと命じておけば斬られることはなかったかと存じます。道満丸様を斬ったのは桐沢（具繁）と内田（伝之丞）

と申す家臣だそうです」

「鎌倉（源頼朝）の例を踏まえ、敵の男子は残すなとは申すが、不憫じゃな」

会ったことのない異母弟を哀れに思った。

「まあ、ここで立ち話もなんであろう。どこぞに落ち着けるところはござらぬか」

話を逸らすように弥次郎が言う。

「それでは、わたしが身を寄せております関山の宝蔵院（関山三社権現別当寺）にお出でください。座主の俊海様も歓迎なさいましょう」

妙徳院が誘うので、孫九郎らは応じた。

（もう、この地にまいることはないと思います。安らかにお眠りください）

孫九郎は景虎終焉の地に頭を下げ、妙徳院らよりも先に山を下った。

三

麓が近づいてきた時、弥次郎が背後から身を寄せた。

「まずいかもしれぬ。厄介な輩に付けられておる」

「厄介な輩とは？」

「あの楓とか申す尼の仲間であろう。三、四人おる。あの尼が敵に廻ればさらに不利」

　周囲に気を配りながら弥次郎は言う。急に緊張感が増した。

「軒猿という者たちか。いかがする？　斬り合うのか」

「分が悪いの。ここは敵地じゃ。斬り合いを致せば、死を覚悟せねばなるまい」

「さればいかがする？　彼奴らは監視しているだけでもあるまい」

　会話をしながら孫九郎も辺りに目をやる。だが、忍びの存在を確認できなかった。

「おそらく、間抜けな城主の息子を捕らえようとしているのではないか」

「なんで彼奴らに判る？」

「尼たちの態度であろう。おぬしを敬う姿を見て、春日山方ではないと判る。まあ、さすがに北条の血筋とは思うまい。楓という尼から、なにか合図が出ていたら知らぬがの」

　弥次郎の言葉を聞き、孫九郎は疑念を持つ。

「妙徳院殿は、さほどに警戒する女子ではあるまい。俗世を離れた尼ぞ」

「おぬしの父親の側室じゃ。ここから春日山もそう遠くない。警戒せぬほうが変じゃ」

「左様か。そろそろ下の道に出るぞ。まこといかがする？」

郷津に抜ける北国街道が見えてきた。

「楓を質にすれば、助かるやもしれぬ」

「それはできぬ。父が義を継承する謙信公の名を受け継いだ武将ゆえの」

「甘い。死ぬかもしれんのじゃ。ほれ、言わぬことではない」

北国街道に出るやいなや、孫九郎らは前後を挟まれた。それぞれ二人ずつ。農作業の途中だったのか、四幅袴と小袖を身に着けていた。ただ、口許は手拭いで隠しているので、ただの百姓とは思えない。

「なにをしにまいった？」

この組の頭目か、額の皺が深い男が問う。

「修験の修行の一環で立ち寄ったにすぎず。尼殿たちとは上で挨拶をした程度じゃ」

周囲を窺い弥次郎が答えた。

「偽りを申すな。話は聞いた。北条の一族がなんのために越後に来た？」

「聞いたのならば、判りおろう。これより関山に向かう。邪魔するな！」

弥次郎に代わって孫九郎が声を荒らげた。

「そういうわけにはいかぬ。敵国の武士、しかも城主の倅の侵入を黙って見逃したともなれば、我らの失態。このまま見逃すわけにはいかぬ」

頭目が言うと、配下の三人は腰刀の柄に右手をかけ、左手を懐に入れた。

（敵は四人。この錫杖と短刀だけで勝てようか。また、この場をうまく躱せたとして、信濃や上野に逃れることができようか。その時、この尼たちの身はいかに）

思案しながら孫九郎は錫杖を鑓のように構えた。

「死人が出るぞ」

孫九郎の所作を見て頭目が言う。

「お止めください。修験の方々と接したことならば謝ります。今日は景虎様の命日。血が流れるようなことはお止めください」

後から山を下ってきた妙徳院が間に入って懇願する。

「下がっていよ。此奴ら、我らに刃を向けるとすれば景勝に仕える輩。さすれば仇じゃ」

孫九郎は敵に飛び込む間合いを計っていた。

「やめよ。茂みの中に弓衆がおる。ここは尼殿の申すとおりにしよう」

弥次郎は西の茂みを指して言う。闘争心が微塵もなかった。

「賢い考えじゃ。されど、油断させて逃れようとしても無駄じゃ」

「試してみぬと判らぬ性分での」

「そうしよう」

言うや頭目は腰の刀を抜いて斬りかかろうとする。これに合わせて孫九郎は錫杖を突き出そうとした。その刹那、背後の男が鞘ごと刀を抜いて後頭部を殴打した。

「うぐっ」

頭が割れそうな衝撃とともに孫九郎は意識を失った。

「衆寡敵せず」

勝てぬと判断した弥次郎は錫杖を捨て、抵抗しない意思を示した。

弥次郎は孫九郎を背負い、四人の命令で鮫ヶ尾城趾から一里ほど北西に位置する黒田城に移動させられた。同城も山城で、この時は城主は置かれておらず、十数人の守兵がいるのみ。二人は地下にある岩牢に入れられた。

入牢させられてから半刻（約一時間）ほどして孫九郎は目を覚ました。

「ううっ、痛っ……」

まだ頭の後ろが痛む。孫九郎は頭を押さえながら上半身を起こした。一間四方の狭い岩牢で、高さも四尺（約一二〇センチ）ほどしかなく、立っても腰を屈めねばならなかった。しかも岩の床は湿り、雪の上を通過して入る風が異様に冷たく、薄暗かった。

「目を覚ましたか。無事でなにより」

明るい口調で弥次郎は言う。

「なにが無事か。ここはどこじゃ」

「見てのとおりの牢屋じゃ。我らは見事、囚(とら)われの身じゃ」

弥次郎の声が反響する。

「そちは、黙って捕らわれたのか」

「勝てぬ争いはせぬたちでの。お陰で傷一つ負わなんだ」

嬉しそうに弥次郎は言う。

「風魔者が聞いて呆れる。それで、ここから抜けられるのであろうの」

「無理じゃ。全てとりあげられた。寸鉄も帯びておらぬ」

格子は木製であるが、一尺(約三〇センチ)ほどもあり、隙間は六寸(約一八センチ)ほど。中からでは表側につけられた錠前(じょうまえ)まで手も届かない。鋸(のこぎり)で切るしか牢から出られそうもなかった。

「いかがする気じゃ?」

「我らは俎の上の鯉じゃ。生きるも死ぬも、彼奴らの思案一つじゃな」

「話にならん」

孫九郎は格子を叩くが、びくともしなかった。

「無駄な力を使うな。腹も減る。とりあえず我らは生きておる。用がなければすぐに斬られていよう。おそらく、どこぞの役人が来て、尋問するはず。正直に答え、哀れみを乞い、運がよければ解放される。それまで寝ておればよい。この寒さにも、そのうち馴れよう」

楽観的な弥次郎は、岩壁を背に目を閉じた。

「戯け。誰が哀れみなど乞うか。左様な恥辱を受けるならば、舌を嚙んで死ぬわ」

孫九郎は吐き捨てる。呑気な弥次郎が腹立たしかった。

「それにしても、彼奴らは、いつから我らを見張っていたのかのう」

「おそらく各関所には監視する者がおり、怪しい輩が入れば軒猿に探らせる仕組みでも出来ているのであろう。やはり夜陰に山中を突っ切るべきであったのう」

「後の祭りじゃ」

孫九郎が言うと、弥次郎は口許を綻ばせた。

捕らわれた孫九郎らに与えられる食事は、昼前に一度きり冷え粥が出される。排泄も中でしなければならず、これ以上の屈辱はなかった。

「笑ってる場合か」

「城主の倅も、草の者もすることは一緒だと思うと可笑しくての」

「笑っている暇があれば、逃れる工夫を致せ」

憤りはするものの、弥次郎がいるので救われている。

「いずれ尋問される。その時、逃げる機会がある。それまで腐るな。意志を強く持て」

凍えるほど寒い夜、弥次郎が小声で言う。

不思議なことに、弥次郎は牢から出されて尋問を受けるが、孫九郎はない。弥次郎が牢に戻されると顔や体に傷を負ってくる。

「すまぬの、儂のせいで」

「なに、心配するな。殺されても口は割らぬ。かような仕打ちなど、我が里に比べれば飯事のようなものじゃ。おぬしを北条の一族だと知っておるゆえ、おぬしには手荒な真似は致さぬであろう。そのうち、然るべき役人が来る。それまでの辛抱じゃ」

強気で弥次郎は言うが、牢に戻ってくるたびに傷は増えていった。

「彼奴ら、許せぬ」

弥次郎への暴行は、自身が殴られるよりも精神的に辛かった。

七日後、孫九郎らは後ろ手に縛られ、牢から出された。

「歩け」

鑓の石突で小突かれながら、孫九郎らは本丸の中庭に引き出された。周囲には武器を手にする兵が十人ほど居並んでいる。弓を手にする者もいるので、疾駆して逃げることは困難。体力も消耗し、とても敵の武器を奪って戦えるものではなかった。

縁の上には身なり正しく、『三つ盛亀甲に花菱』の家紋が染められた羽織りを着ている武士がいた。長身で、整った顔だち。歳は二十代半ばぐらいと、若い武士であった。

孫九郎らは縛られたまま地に座らされた。若い高貴な武士は二人を見下ろしている。

(此奴)

罪人でも見るような視線を落とす高貴な武士を、孫九郎は刺すように目で見上げた。

「痴れ者。誰が直視を許した」

留守居の兵が後ろから鑓の柄で孫九郎の頭を下げさせる。

「よい。手荒に扱うな」

兵を制した高貴な武士は、孫九郎らに向かう。

「汝らは北条の一族とか。なにをしに越後にまいったのか」

「我が父の終焉の地を見るためじゃ」

まわりくどい問答をするつもりはない。孫九郎は高貴な武士を睨みながら答えた。これ以上の、弥次郎への暴力を阻止する意味もあった。

孫九郎の返答を聞き、弥次郎は無駄な忍耐をしたと首を左右に振る。

「父とは？」

「上杉三郎景虎。儂は北条孫九郎氏義じゃ」

「ほう、関東に三郎殿のお子がいたとはの。されど、父御同様に浅はかじゃの。相模や武蔵でじっとしておれば長生きできたものを、縁のない越後に来るゆえ命を落とした」

高貴な武士は哀れむように言う。景虎とは言わず、三郎というのは、上杉家の者は謙信が景虎の名を譲ったことを納得していないからかもしれない。

「縁はある。父は謙信公の養子じゃ。されば儂は謙信公の養孫じゃ」

「養子はあくまでも名目。三郎殿は北条と盟約（同盟）を結んだ時の質にすぎぬ。謙信公がお亡くなりになられたのち、とっとと帰国すれば争いは避けられたものを、勘違いして越後に居座ったゆえに上杉は割れ、同族、家臣どうしで斬り合うはめになった。三郎殿は上杉にとって悪しき元凶じゃ」

「黙れ！　さればなにゆえ謙信公は父に景虎の名を譲ったのじゃ。名を貰えなかった景勝は父に嫉妬し、皆が悲しみに暮れる中、謙信公の掟に叛いて城を奪ったと聞く。景勝は謙信公に刃向かう自らの父を暗殺されたゆえ、謙信公を毒殺したとも聞いている」

景勝の父の長尾政景は坂戸城下の野尻池で舟遊びをしている最中、下平修理亮吉長に暗殺されたと言われている。

「無礼者！」

景勝を愚弄された家臣が、鐺の柄で孫九郎を殴打した。

「手荒な真似はするなと申したであろう」

兵に注意した高貴な武士は続ける。

「左様な偽り、おおかた当家を出奔した北條安芸守（高廣）あたりが広めたのであろう。我がお屋形様（景勝）は、謙信公の遺言によって跡継ぎになられたのじゃ」

北條高廣は二度、謙信を裏切り、武田、北条、滝川と主を変え、さらに景勝にも背信し、今は上野の片貝城にあった。

「死人に口なしか。直江とやらに申しておけ。悪しき輩は必ず滅びるとな」

「よう聞こえた」

「なに。されば、そちが直江山城守か」

まさか御館の乱を主導し、景虎を追い込んだ景勝の側近と会話をしていたとは思わなかった。

「左様。儂らが三郎殿を自刃に追い込んだ。悔しいか」

「当たり前じゃ」

孫九郎は立ち上がろうとするが、兼続の家臣たちに押さえつけられた。

「無駄なあがきはやめよ。三郎殿の往生際はよかったぞ」

「黙れ。儂は父とは違う。命があるうちは、狙った敵に向かう」

「面白い輩じゃ。縄を解いてやれ」

兼続は笑みを浮かべて命じると、家臣たちは不満そうに縄を切った。

「今、北条と争うつもりはない。当家は争いを好むものではない。されど、挑んでくれば受けて立つ。これが謙信公の教えじゃ。こたびは父御の終焉の地を見るということゆえ放してやる。何処なりとも行くがよい。しかれども、次に越後で見かければ、その時は首を刎ねるゆえ、左様心得よ。儂が憎ければ、兵を率いて仕寄ってくるがよい」

言うと兼続は孫九郎に背を向けた。

孫九郎の足下には、取り上げられた短刀や錫杖などが抛り投げられた。

「待て。上杉家は盗人も働くのか。銭がないぞ」

声を浴びせると兼続は足を止めた。兼続が家臣たちに目を向けると、皆は首を横に振る。

「なかったと申しておる。偽りを申すな」

「上杉のやり口じゃ。義を口にしながら関東では随分と人攫いをしていたな」

過ぐる永禄九年（一五六六）二月、陥落させた常陸の小田城下で謙信が二十文から三十文で人の売買を行わせた書状が残っている。江戸時代初期、卵が二十文である。謙信は人攫いを黙認しなければ、軍を維持できなかったという。

「乱世ではよくある話じゃ。小田の負担にならぬよう、安く売買させたと聞く」

「それゆえ我が銭も奪うか。さすが上杉じゃ」

言うと兼続は眉を顰めた。

「幾らじゃ」

「小判二枚じゃ」

「それが、汝の器か。小さいの。ふっかけるならば、もっと多くふっかけよ」

兼続は蔑み、懐から小判を二枚出すと、懐紙でも捨てるかのように、あるいは物乞いに恵んでやるかのように孫九郎の足下に抛った。

「おのれ、それが人に銭を返す時の態度か」

孫九郎は兼続を追いかけようとしたが、弥次郎に腕を摑まれた。

「やめよ。命が助かり、銭まで貰った。日頃の行いがよほどよかったようじゃ」

「そちは、あれほど殴られて、それでいいのか」

「命あってのものだねじゃ。この銭で美味い物でも喰って温泉にでも入り、綺麗どころを侍らせれば完治もしようし、十分に釣りもくる」

言った弥次郎は顔を耳許に近づける。

「生きておれば、再び挑む機会がくる。顔を拝めただけでも好機であろう」

弥次郎は小声で告げる。

「腰抜けめ」

憤懣を吐き捨てるが、弥次郎の意見は尤もなこと。孫九郎は自重した。

解放された二人は修験者の姿に戻り、黒田城の城山を降りる。

「それにしても、よう銭に気づいたの。お陰で儲かった。城主の倅とは思えぬ才覚じゃ」

弥次郎は嬉しそうに顔を綻ばせる。

「殴られ損ではの。以前、そちが銭を用意しておけ、と言ったことが頭に残っていた」

「おぬしは昔から物覚えはよかったの。されど、二度と危うい橋を渡るまいぞ」

無事に坂道を下り、弥次郎は安堵した表情をしている。

四半刻（しはんとき）（約三十分）ほどして麓に達すると、二人の尼がいた。妙徳院と楓である。

「ご無事でなによりでございます」

瞳を潤ませて妙徳院は言う。

「左様なことか。我らが助かったのは尼殿の口添えのお陰か」

瞬時に孫九郎は察した。上杉の宰相（さいしょう）と言われる兼続も、超法規的な政権奪取で景虎を死に追い込んだことに少なからず罪悪感を持っているようであった。

「なんのことやら。されど、また、お会いできて嬉しゅうございます」

「尼殿には礼を申す」

「礼などと。それより、院のほうにお立ち寄りください。ささやかではございますが、おもてなしさせていただきます」

孫九郎と景虎を重ねてか、縋(すが)るように妙徳院は言う。

「好意は感謝致すが、我らが立ち寄れば、院に迷惑がかかる。ここは気持ちだけ戴(いただ)こう」

「左様なこと……されば何処に？」

落胆したような面持ちで妙徳院は問う。

「旅の銭もできた。儂は世間を知らぬ。せっかくゆえ、都を見てみようと思う」

「また、おぬしは無茶なことを申す」

「敵地ではないので構うまい。こたびを逃せば二度と機会は訪れぬやもしれぬ」

弥次郎に告げた孫九郎は妙徳院に向かう。

「また、お会いした時、ゆるりと話を致そう。されば」

孫九郎ももう少し景虎の話を聞きたいが、まごまごしていると兼続の手下に狙われるかもしれない。このたびは立ち寄らぬことが一番良いと判断した。

「道中のご無事をお祈り致します」

背後から妙徳院は頭を下げるが、孫九郎は振り向かずに南に向かう。

「都か。悪くないかもしれぬ」

弥次郎も思いのほか、楽しみにしているようであった。

第二章　舞いと天下人

一

妙徳院らと別れた孫九郎らは、信濃から越中に抜けて海沿いに進み、琵琶湖の西を通過して山城国に達した。

京七口の一つの大原口から鴨川を渡り、孫九郎は都の地を踏み締めた。

北から東は比良山地、北から西を丹波高地に囲まれた盆地に都は存在する。既に躑躅の花が鮮やかに咲いているが、山を下る風は、思いのほか冷たく感じた。

「これが都か」

今出川通りを西に歩みながら、初めて都を目にした孫九郎は感激した。

都は瓢箪のような形をして上京と下京に分かれている。各々が「構」と呼ばれる土塀で囲繞(いじょう)された城壁都市構造をなしており、釘貫(くぎぬき)・櫓門(やぐらもん)によって防衛されていた。上京には天皇や将軍、公家(くげ)衆や裕福な商人たちが住み、下京には職人や下層階級の者たちが暮らしていた。

「小田原の城下も賑わっているが、比べものにならぬな」

孫九郎は周囲を眺めながら感嘆する。往来にいる人の数は予想を遥かに超えて多く、服装も関東に比べて華やかである。路上には珍品を並べる店が数多(あまた)連なり、単なる屋敷だというのに瓦を並べる屋根には驚くばかりである。

町の至るところには民家や商家だけではなく、寺院が見られることにも目を見張る。碁盤のように区切られた町割りには、所狭しと建物が立ち並ぶ。米屋、酒屋、古着屋、武具の修理屋などなど……人の数に比例して同じような店が何軒も連なっていた。都の賑わいぶりには圧倒されるばかり。小机にいれば、ついに見ることのできない風景である。

「都に上った者は、皆、おぬしと同じような目をしているのであろうの」

孫九郎の顔を見て弥次郎は笑みを浮かべる。

「そちとて同じじゃ。鏡でもあれば自(おの)が面(つら)でも眺めよ」

「違いない」

弥次郎は否定しなかった。二人は修験者の衣を脱いで、小袖と袴に替え、二刀を腰に差し、身分の低い武士の姿をしていた。勿論、徒である。

「羽柴の勢いはとどまるところを知らぬな」

都で見る多数の武士は、ほとんどが羽柴秀吉の家臣であった。

織田信長の草履取りから身を起こした秀吉は、本能寺の変で信長を死に至らしめた惟任（明智）光秀を山崎の戦いで破って主の仇討ちを達成。次いで賤ヶ岳の戦いで勝ち、北ノ庄城で柴田勝家を自刃させて織田家家臣の筆頭に躍り出ると、小牧の戦いで織田信雄・徳川家康と対峙。長久手の局地戦で家康に後れをとるものの、信雄を攻めて和睦を結び、戦全体では勝利して畿内の大半を支配下に収めた。さらに、中国で十ヵ国を領有する毛利家とは盟約を結んでいるので西からの不安はない。

百姓の出身にも拘わらず、官位も正二位の内大臣に任じられ、押しも押されもせぬ殿上人として朝廷から政を任されている。

秀吉は二条に妙顕寺城を築いて天下に睨みを利かせ、この三月には紀伊の根来、雑賀を討ち、勢力の拡大に勤しんでいた。

「城への出入りが慌ただしいの。戦でも近いのであろうか」

荷車のようなものではないが、人が頻繁に行き来していた。

「聞いてみるか」

弥次郎の言葉に頷き、孫九郎は近くの造り酒屋に入った。床几などはなく、注文をとりにくる女中などもいない。樽の販売が主であるが、酒瓶などで量り売りなどもする。二人は升酒を頼んだ。

「城への出入りが多いが、戦でも近いのか」

「お武家はん、羽柴はんを探りにきましたんか。やめなはれ。今の羽柴はんは、前の織田はんより強うおまっせ」

五十歳ぐらいの痩せた店主は升酒を出しながら言う。

「ほう、なにゆえか」

「羽柴はんは敵だった者を取り込んで大きゅうなる。そやさかい、味方が増える。京、大坂、堺を制したんで銭廻りもいい。古今東西、銭持ってる者には敵いまへんやろう。帰って、そうお殿さんに申したらええ」

秀吉には絶対に勝てぬと店主は言う。

「なるほど。して、その羽柴に挑むのはどこの大名か」

「近く、四国に出陣するそうな」

「長宗我部か。なるほど。それは大掛かりな戦になりそうじゃの」

長宗我部元親は土佐から版図を広げ、今や四国を席巻しつつあった。四ヵ国を制すれば、十万以上の兵を動員できるであろう。

「関東はいかに」

升の端に盛られている塩を舐め、今まで黙っていた孫九郎が問う。

「お武家はんは関東の者か。西が落ち着けば東に向くは道理。徳川はんも降参して質を出してるさかい、早う頭を下げに来たほうがええとちゃいますか」

家康も前年の暮れに和睦の証として次男の於義伊（のちの結城秀康）を人質として差し出している。秀吉は於義伊を養子として迎えた。

「徳川がのう」

初耳である。徳川家は北条家と同盟を結んでいるが、人質の件は伝わっていなかった。

（世は動いているのう。箱根の嶮はそれほど高いのか）

信長が一瞬で消えたこともあり、北条家は出来星大名の秀吉を軽く見ていて、ほとんど交流がない。情勢に疎いことを痛感させられた。

酒屋の紹介で旅籠に宿を取ることにした。旅籠といっても江戸時代のように女中がいて身の周りの世話をするようなところではなく、素泊まりのいわゆる木賃宿である。竈(かまど)や風呂は貸してくれるが、全て自分でしなければならない。

「食事を作るのは面倒ゆえ、どこか酒が呑める処(ところ)に行こう」

弥次郎は女性のいる処に繰り出すことを楽しみにしているようであった。

その前に軍資金を調達、と弥次郎は闇の賭博場に足を運んだところ、全て負けて文なしになってしまった。後から考えれば、お上(のぼ)りさんから巻き上げる悪人たちであった。

「戯(たわ)け。これでは帰国しようにもできなくなってしまったではないか」

孫九郎は眉間に皺を寄せて叱咤(しった)する。小机まで半月、無飲無食では体がもたない。

「我が生業(なりわい)を使えば、すぐに用立てできるが」

「盗みはいかぬ。万が一のことがあれば、北条の名を汚すことになる」

「文なしのくせに、妙なところだけは生真面目じゃのう。盗みは駄目、実家から借りられぬとなれば、自ら稼ぐしかない。自尊の心を捨て、働かねば銭は手に入らぬぞ」

面倒な主君だと弥次郎は吐く。

「仕方ない。儂にできることなれば、致そう。家臣の尻拭いも楽ではないの」

「頭の硬い主君でなくば、楽しく過ごせるんだがのう」

互いに愚痴を言い合うばかりであった。

二人は酒屋に仕事の口を尋ねた。

「そんなら、仕事の口利きもしてるさかい、但馬屋を訪ねなはれ」

言われるまま上京にある堀川に行くと、油屋の大店但馬屋があった。

「お頼み申す」

暖簾を潜り、弥次郎が声をかけると、若い丁稚が顔を出した。仔細を告げると奥から恰幅のいい初老の男が出てきた。丸顔で脂ぎっている。

「手前が店主の宗兵衛でございます。お武家はんが仕事を捜しているそうで」

二人を値踏みするような目で舐めながら宗兵衛は言う。

「お武家はんなら、どこぞの家に仕官なされてはいかがですか」

「いや、仕官するわけにはいかぬのじゃ」

弥次郎が首を振る。孫九郎は黙ったままでいる。

「左様ですか。川の底さらい、土手の堤造り、荷物運び、肥担ぎなどありますが」

「そういう骨の折れることではなく、今少し楽なものはないかの」

「お武家はん、楽して銭など稼げまへん。額に汗せな」

弥次郎に注意した宗兵衛は孫九郎に目を向ける。

「なにか、特技などありまへんか？」

「特技とは？」

但馬屋に入って初めて孫九郎は口を開いた。

「能、狂言とは言いまへん。唄や踊り、舞いなど」

「儂に芸人になれと申すのか」

「汗をかくのは嫌、芸を見せるのも嫌では、都で仕事を捜すのは無理ですな。ほかを当たっておくれやす」

宗兵衛は告げて立ち上がろうとした。

「幸若舞なら多少の心得がある」

満を持して孫九郎は主張した。

「是非とも拝見」

宗兵衛の勧めに応じ、孫九郎らは奥の座敷に入った。

用意させた大盃を右手で掴むやすっくと立ち上がり、前に差し出した。

「～後の世も　また後の世も　めぐりあへ　染む紫の　雲の上まで……」

孫九郎は幸若舞の『高館』を舞いだした。

「ほう」

宗兵衛のみならず、弥次郎も、しなやかに舞う孫九郎に魅了されている。

「……六道の　衢の末に　待てよ君　遅れ先立つ　習ひありとも」

舞い終わり、孫九郎は盃を笠のように頭に載せ、見得を切った。

「お見事。これならば客を呼べる」

宗兵衛は孫九郎を褒めた。

「そやけど、身なりも大切。お武家はんは美しい顔立ちをされてはりますゆえ、人の目を惹く衣装を身に纏えば、舞いもより華やかに見える。お待ち下され」

乗り気の宗兵衛は別の部屋に行くや、幾つかの衣を持って現れた。

「これは女子の衣ではないか」

赤や桃色、黄色など鮮やかな色彩の衣であった。

「かの信長公は女衣を着て踊ったと伺ってます。傾き者ですな」

「ほう」

初耳だが、「大うつけ」と言われた信長のことなので、女の衣装を着るぐらいのことがあっても不思議ではないと思う。

信長と孫九郎では武将の力量に差はあるものの、武士の名が出た以上、後には引けない。孫九郎は小袖を脱ぎ、用意された桜色の小袖に袖を通した。

「これは。完全に大うつけを上廻っておるぞ」

狂言や能でも、これほど滑稽な格好はしない。いくらいいなりでも、孫九郎は呆れた。

「近頃、都では阿国の歌舞伎が流行り、こんな格好をしてますな」

宗兵衛は馬鹿にした感じではない。舐め廻すように目を這わせている。中性的な孫九郎の容貌が、初老の商人の心を鷲掴みにしたのかもしれない。

「似合うではないか。これで銭が稼げそうじゃの」

弥次郎は頰を上げる。

「慮外者め。そもそも、汝のせいでかような格好をせねばならぬのじゃぞ」

腹立たしい限りだ。

二

北野社（天満宮）の社内に弥次郎の姿があった。

孫九郎は但馬屋で渡された桜色の小袖に袖を通し、緑色の細い紐で腰を結わく。さらに臙脂色の陣羽織を羽織り、総髪の髷も解き、前髪は左右に分け、後ろの部分を髷として高々と結いあげ、首には長い数珠をかけ、唇に紅を引いた。

対して弥次郎は灰色の小袖、茶色の袴と、ありきたりな武士の形をしている。

孫九郎は傾いた姿のまま傘を差し、腰に木刀を差して境内の階段を降りてくる。

「孫九郎様！」

「孫九郎様、こっちを向いて」

優雅に孫九郎が登場すると周囲から黄色い声援がかかる。素性は明かさず、芸名を名乗ろうとしていたが、どこからか漏れて伝わっていたので仕方なかった。

(別の名を名のればよかったか。宗兵衛の仕業であろう。致し方ない)

少々後悔をしているが、遊女を真似た歩き方が見物客には受けている。とりわけ女性に。周りは黒山の人だかりである。

見得をきりながら孫九郎は傘を畳んで、足下に寝かす。その刹那、弥次郎が小刀形の手裏剣を投げつける。二人はおよそ六間（約一一メートル）離れている。

孫九郎は瞬時に腰の木刀を抜くと、手裏剣を叩き落とす。

「おおっ」

途端に感嘆の声が上がる。

続けて弥次郎が手裏剣を投げると、孫九郎は木刀で弾く。当然、弥次郎は弾きやすい胸元に投げているが、孫九郎は身に掠ることなく見事に数本を地に落とした。

「さすが孫九郎」

拍手と喝采が沸き起こる。これが続く中、孫九郎が木刀を置いて扇子を手にすると、辺りは水を打ったように静かになる。

「～後の世も　また後の世も　めぐりあへ　染む紫の　雲の上まで……」

孫九郎は幸若舞の『高館』を舞いだした。

参集した民衆は、しなやかに舞う孫九郎に魅了され、うっとりしていた。

「……六道の　衢の末に　待てよ君　遅れ先立つ　習ひありとも」

扇子を頭に孫九郎は舞いを終えた。

「孫九郎、最高」

称賛の声とともに銭が抛られる。

これを弥次郎が笊に拾って廻る。夕刻前のことであった。

孫九郎が境内に戻っていくと、民衆は参拝を終えて散っていく。

「今日も見事な舞いでしたな」

禪昌が笑みを向ける。禪昌は北野社内にある松梅院の別当で、芸事に関心があり、庶民から武家までと交友範囲が広かった。

「お恥ずかしい限りです」

孫九郎は頭を下げる。

「これは本日の玉串料です」

弥次郎が笊の中の銭から一割を懐紙に包んで禰昌に仕える若い巫覡に渡した。

「この分では、当社を出るのも遠くないかもしれませぬな」

「そう願いたいものでござるが、今しばらく厄介になります」

屈辱を噛み締めながら孫九郎が言うと、禰昌は微笑みながら奥に入っていった。

「今日はなかなか。三一四文残っているぞ。どこかに繰り出すか？」

嬉しそうに弥次郎は言う。

「戯け！　喜んでいる場合か。汝がくだらん双六博打になど手を出すから、かように惨めな思いをせねばならぬのじゃ」

口許を綻ばせる弥次郎に、孫九郎は強い語気で言い放つ。

宗兵衛が禰昌を紹介してくれたので、大道芸人の真似ごとをして日銭を稼ぎ、社の一室に寝泊まりさせてもらっているという経緯である。

「終わったことを申すな。もともと泡銭ではないか」

「されば、乱破の技でも駆使して博打に勝てばよかったであろう。どうせ左様な場所に集まる輩は、碌な奴ではあるまい」

変なところが正直なので、孫九郎は弥次郎に憤りを覚える。

「おぬしが、汚い真似をするなと申したであろうが。確かに碌な奴ではなかろうが、頭巾をかぶっていたのは、どこぞの高僧じゃ。広い武家屋敷に戻っていった者もおる。其奴らを威せば、かような生活から逃れられるやもしれぬ。碌な奴ではないゆえ構うまい」

「ならぬ。都でもめ事を起こすな。北条の名に瑕がつく」

帰国する銭を稼ぐまで騒動を起こしたくなかった。

「城主の倅が芸人の真似をしているのじゃ、もうついておるのではないか」

「これは奉納の舞いじゃ。文句を言われる筋合いはない」

孫九郎の自尊心を保つ方便である。

「されば、舞いを続けても構うまい。日に日に銭の数は増えているゆえ。もう少し芸の数を増やせば、全国を廻り、それで食ってゆけるぞ」

「なにが悲しくて芸人にならねばならぬ。世間を知るために都におるのじゃ」

「おぬしは若いくせに、変なところが頑固じゃ。それも父親譲りかの。景虎殿も、さっさと諦めて帰国すれば、城主として楽しく暮らしていけたであろうに」

「父の話はするな。よい、酒が呑みたくば呑みに行け。儂は粥が食えるだけあればよい」

「左様か。されば」

弥次郎は孫九郎に銭の半分を渡し、酒屋のほうに消えていった。

北野社の門前には食べ物屋が軒を列ねているので、銭さえあれば自炊しなくても困らない。まあ、今の孫九郎ならば、只飯を食わせてくれる店もあるだろうが。

孫九郎は蕎麦屋に入って、蕎麦を頼んだ。机は四本脚の粗末なもの。腰掛は丸太を切ったまま。しばしして注文の品が出された。焼いた鰯と、昆布と煮干しでとった出しの香りが湯気となって鼻孔をくすぐり、食欲を煽る。

(これが我が舞いで稼いだ味か)

美味であるが、虚しくもある。戦場で恩賞を得たあとならば、どれほど喜ばしいことか。戦勝祝いでは山海の珍味が並べられるものであるが、今はこれが贅沢な品でもあった。孫九郎は鰯をつまみ、蕎麦を啜り込んだ。

この頃、都に阿国の一座があり、孫九郎は交友を持ち、互いに刺激し合った。

三

七月、入京した秀吉は妙顕寺城に入った。

孫九郎は相変わらず北野社で舞いを見せて日銭を稼いでいた。この日も夕刻前に舞うつもりでいた。昼間、蕎麦を食いに行ったところ、秀吉の上洛で町は家臣たちでごった返して店も満員。入ることもできなかった。

「戦でも近いのか」

孫九郎は弥次郎に問う。

「近いと言えば近いかの。秋には越中に兵を向けるとか。こたびではあるまい。それにしても腹が減ったの。握り飯でもくすねてくるか？」

「戯け。天下人の膝元で罪を犯してどうする。握り飯で斬首はご免じゃ」

「されば、八百屋のお鍋に菜っ葉の切れ端でももらってくるかの」

弥次郎は知り合いの女子の許に向かっていった。

「儂も馴染みの女子でも作るかの」

そう思いながら北野社に戻ろうとしたところ、周囲を囲まれた。

「北条孫九郎殿でござるな」

二十代半ばの武士が声をかける。才槌頭をした線の細い男である。

「貴殿は？」

「内大臣に仕える石田佐吉でござる。上様が貴殿のことを聞きつけて、一度会いたいと仰せにござる。いかがでござろうか」

尋ねているが、否とは言わさぬ高圧的な口調である。

佐吉は天正二年（一五七四）頃、秀吉に仕え、戦場では主に兵站奉行を担い、平時には検地から大名の取次ぎ、時には台所奉行までをこなし、吏僚として羽柴政権を支えていた。

「いつ伺えばよろしいか」

「明日、巳ノ刻（午前十時頃）ではいかがか」

「承知致した」

「決して遅れぬよう。上様はことのほか約束を守らぬことを嫌いますので」

半ば脅すように告げた佐吉は、足早に妙顕寺城へと戻っていった。

「内大臣といえば、百姓から成り上がった羽柴秀吉であろう。天下人に呼ばれるとは、おぬしも出世したものよな」

弥次郎が感心口調で言う。

「気に食わぬの。家臣でもないのに命令されるのか」

「相手は天下人じゃ。致し方なかろう。拒めば追手をかけられるやもしれぬ」

「北条家の端くれとして、左様な真似はせぬ。堂々と登城するつもりじゃ」

孫九郎は力強く言い放つ。

「されど、相手はおぬしを武士として呼んだかどうかは判らぬぞ」

「確かにの。儂の応対一つで北条の名に瑕がつく」

「もう手後れではないか。公衆の面前で舞っているのじゃ。女子の衣を羽織って」

弥次郎は口許を隠す。

「そちが言うな」

殴りたい心を孫九郎は抑えた。

「戯れ言はさて置き、しきたりなど、いかがするのか？　天下人への挨拶など、おぬしは知っておるのか。知らねば、恥をかき、それこそ東国の者と嘲られよう」

東国の者は畿内の有職故実を知らぬと、蔑みの対象となっていた。

「知らぬものは仕方なし。北条孫九郎として会うまでじゃ」

「まあ、それもよし。話のねたになり、こののち投銭が増えるやもしれぬ」

弥次郎は現実的だった。

孫九郎らが寝泊まりを許されている北野社の宿坊に戻ると、宗兵衛が訪れた。

「さすが商人。耳が早いの」

舞いの口利き以来、孫九郎と宗兵衛の間には妙な絆ができていた。

「お陰さまで。新しい着物がいりましょう。どうぞ、袖を通してください」

宗兵衛は桐箱に入った真新しい中縹色（濃い水色）の直垂を差し出した。直垂は上級武士の礼装である。中縹色は若い武士に好まれている。

「只より高いものはない。そなたは、なにを求めておる？」

「左様な。こたびは、これまでのお礼です」

好色そうな顔に笑みを浮かべて宗兵衛は言う。北野社で舞うお膳立てをした宗兵衛にも上がりの一部が支払われていた。

「まことかの。まあ、今の儂には有り難い。貰っておこう」

「今一つ。これも」

宗兵衛は紅梅の女子の着物も差し出した。

「御存知でしょうが、内府様のお声がけは、北条様の舞いを見るため。それを口にしなかったのは、北条様の才を試してはるのでしょう。内府様は能がお好きやそうです。こののち、誼を通じておいて損はないかと存じます」

内府とは内大臣の唐名である。

「舞いの芸人としてか」

「内府様は関白になられると聞いてます。損はありまへん」

「儂が誼を通じることができれば、そなたも食い込めるということか」

商人ですから、と宗兵衛は満面の笑みを浮かべた。


翌日、孫九郎は宗兵衛に貰った直垂に袖を通し、妙顕寺城に登城した。

妙顕寺城は北野社から二十六町（約二・八キロ）ほど南東に位置した平城で、館を大きくしたようなもの。戦に備える城ではなく都における政庁であった。

ぶ厚い門で仔細を告げると、中に招き入れられた。弥次郎は衣装を持って従った。

御殿の中に行くのかと思いきや、中庭に向かう。孫九郎はついて行く。

「ここで膝をついて待つように」

縁側から三間ほど離れたところである。告げた羽柴家の家臣は離れていった。

「儂を地べたに跪かせる気か！　愚弄するな。帰る」

孫九郎は吐き捨て、踵を返した。

「待て、相手は関白になる男じゃ。無位無官のおぬしとは違う。芸人として呼ばれたのじゃ。このぐらいは覚悟の上ではないのか」

「乱破のくせに、尤もらしいことを申すの。気が小さいのではないか」

「気が小さいゆえやってられる。それにおぬしを死なせると、里に戻れぬでな」

辺りを見廻しながら弥次郎は答える。

「されば、この恥辱を受けろと申すか」

「牢にも入ったのじゃ。このぐらいわけなかろう」

「なに」

屈辱を思い出し、思わず孫九郎は刀の柄に手をかけた。

「場所を弁えよ。かようなところで抜いてみよ。叛意ありと羽柴の兵に囲まれようぞ」

半歩飛び退いて弥次郎が注意した時、髭面の武士が顰め顔で近づいた。

「そのほう、早う膝をつけ。上様がまいる」

「儂は浪人ではない。また、芸人でもない。歴とした相模に居を置く北条家の家臣じゃ。縦え相手が天下人であろうとも、庭先に跪く謂れはない」

「なに、そのほう上様に逆らう気か」

髭面の武士は居丈高に命じる。

「逆らう気はないが、犬になる気もない。武士として扱えと申しておるのじゃ」

「なんじゃと、若造め」

髭面の武士が刀の柄に手をかけたので、孫九郎も倣う。まさに一触即発である。

「なにをしておるか」

咎めたのは石田佐吉である。縁側の上から声をかけた。

「これは」

髭面の武士はすぐに改まり、その場に片膝をついた。

相手が戦う姿勢ではなくなったので、孫九郎も柄から手を放す。佐吉の後ろには派手な衣に身を包んだ子供のように小さい初老の男がいた。

「いかがした」

佐吉が問う。

「はっ、此奴が礼儀を知らぬもので。正すことができず、申し訳ございませぬ」

髭面の武士は詫びる。

「北条殿、上様の前にござるぞ」

佐吉が叱責する。勿論、秀吉を指している。

（いかがする。我が対応で北条家が愚弄される）

孫九郎は戸惑った。元来、官位を持たぬ孫九郎は殿上人（てんじょうびと）の前では跪くのが常識である。だが、関東に覇（は）を築き、由緒ある伊勢氏の血を引く北条氏の孫九郎が、百姓上がりの秀吉に膝をついていいものか。だが、官位を持たぬ孫九郎が殿上人に礼を尽くさねば、北条家は礼儀を知らぬ地方の大名と愚弄される。

（儂はいかがしたらいい？　血か武士のしきたりか）

孫九郎はすぐに答えが出せず、対応に困惑した。

「北条殿、聞こえぬのか」

佐吉が厳しく催促をする。このまま戸惑っていれば、愚弄されるかもしれない。

「これは失礼致しました。某、武蔵・小机城主、北条氏光が長男・孫九郎氏義にござる」

孫九郎は立ったまま頭を下げた。

「北条殿、儀礼を知らぬのか」

「某も関東を治める北条家の端くれ。屋敷の中とあらば平伏（へいふく）も致しましょう。されど、庭先で下僕（げぼく）のごとく跪かされるのは一族の名誉に関わりますゆえご遠慮致します」

勇気を持って孫九郎は答えた。

「無位無冠は地下ということ。上様に跪くのが当然の儀礼。これを守らぬ輩は無礼討ちにしても構わぬのが武家の倣い。それでも跪かぬおつもりか」

佐吉は理路整然と言う。

「一族の名誉がかかってござるゆえ」

「芸人の真似事をするのが武士の名誉か」

「舞いは好きで舞っているにすぎず。噂によれば、羽柴様も能を舞われるとか。されば、さしたる変わりはないかと存じます」

相手が怒ることを覚悟で孫九郎は告げた。

「無礼者！　内府様の能は観世親子（宗拶・又次郎）や樋口石見の御墨付きじゃ」

秀吉は能を自ら舞い、また観覧するだけではなく、『明智討』や『柴田』など、自分が勝利した戦いを描く能を新たに作り、能役者に舞わせていた。

「これは失礼致した。されど、身分に上下があり、舞いに上下があっても、武士が舞うことについては変わりないのではござらぬか」

返すと、俊英な佐吉が言葉に詰まった。

「ははっ、佐吉、一本とられたの。面白い輩じゃ。上がれ」

豪放磊落な秀吉。少し高めのよく通る声で言う。

唐織の錦の袖無し陣羽織を着て、赤に金と銀をあしらった袴を穿いている。噂に違わぬ猿面で、しかも子供かと思うほどの矮軀であった。

（此奴が百姓から成り上がった秀吉か）

実際に戦場で相対すれば、鎧でも太刀でも討ち取れる自信は孫九郎にある。

信長の草履取りから身を起こし、奉行や諸戦場で活躍して城持ち大名となり、今では天下に一番近い存在にまで成り上がった秀吉は、この年四十九歳であった。

孫九郎は改めて表の入口から屋敷に上がった。

（なんと雅びな）

小田原城も豪華だと思っていたが、そんな比ではない。廊下は顔が映るほど磨きあげられ、化粧壁にも金粉銀粉がふんだんに埋め込まれている。柱からは漆黒の光沢が放たれ、金か銀の装飾品が飾られている。

五百畳ほどの大広間は青い艶が醸し出され、青畳の海を見るようだった。それだけではなく、縁は繧繝や高麗の贅沢なもので、藺草の芳しい香りが漂っていた。

指定された中央に座していると、十間（約一八メートル）も先の高くなった上座に秀吉が現れた。

「ご尊顔を拝し恐悦至極に存じます。先ほどのご無礼の段、平にお詫び致します」

「構わぬ。儂が内府じゃ。孫九郎と申したの。なにゆえ都で舞っておる?」

秀吉は鷹揚に問う。

「されば……」

孫九郎はこれまでの経緯を話した。

「なるほど、上杉に実の父を殺されたか」

秀吉はなにやら含むところがあるらしい。

「それより、帰国するために都で舞うとは、そちは変わり者じゃの。どうじゃ、余に仕えぬか。寂れた関東にいるより、雅びな都におるほうが楽しかろう」

秀吉得意の引き抜きが始まった。既に惟住(丹羽)家からは長束正家を獲得している。ほかにも毛利家の小早川隆景、上杉家の直江兼続、徳川家の石川数正などに声をかけていた。

「有り難き仕合わせなれど、某は北条の血筋なれば、羽柴様の禄を戴くわけにはまいりません」

「左様か。その北条じゃが、なかなか上洛せぬのは、余に逆らうつもりなのか」

残念そうに言いつつも、秀吉の目が獲物を前にした猿のように鋭くなった。

「代替わりをして何年も経っておらず、その上、上杉や真田、佐竹と争っておりますれば、関東を離れられぬものと存じます」

「余が仲立ちすれば、従うか」

「おそらくは」

隠居したとはいえ実権は先代の氏政にある。氏政は腰が重いので、孫九郎は答えはしたが、難しいと思っていた。

「判った。北条が上洛するまで、余の許におれ」

「畏れながら、それは質ということにございますか」

「北条殿、無礼にござるぞ。上様は仕官を求められた。これを拒んだのは貴殿でござる」

間髪を容れずに佐吉が注意する。人質は当然といった面持ちである。

（これを拒めば、斬られることもありうる。あるいは投獄か）

越後での入牢を思い出し、孫九郎は肚裡で首を横に振る。

「左様なことなれば、仰せに従います」

屈したからには、多少なりとも喜ばせなければならない。

「お近づきのご挨拶としまして、拙きながら、我が舞いをお見せしとうございますが、いかがでしょうか」

「さすが孫九郎。舞うか。それを楽しみにしていたのじゃ」

あくどそうな顔が綻んだ。

中庭の先には能舞台が築かれていた。孫九郎はいつものように髷を解いて前髪を左右に分け、残りを茶筅に高く結いあげ、宗兵衛が用意した女衣を身に着け、唇に紅を差し、目蓋に青い染料を塗った。

対面の縁側には秀吉をはじめ、女房衆や家臣たちが居並んだ。孫九郎には誰が誰だか判らない。若く美しい女子がたくさんいた。

孫九郎は傘で顔を隠したまま舞台にあがり、頃合いを見て傘を取り除く。

「おおっ！」

北野社同様に、歓声があがる。男女を問わず、孫九郎の美貌に惹かれている。

「〜後の世も……」

孫九郎は得意の『高館』を女舞いで舞いはじめた。

しとやかに、しなやかに、優美に、優雅に、女子よりも女子らしく艶やかに、艶めかしく舞う。と、突如、腰の木刀を抜いて、床をどんと叩き、男舞いに切り替わる。今度は筋肉が隆起するかのように激しく、俊敏に、猛々しく、雄々しい舞いである。だが、見ている者の目は変わらず、うっとり蕩けている。厳つい荒武者が同じことをしても、注目されるかは疑問である。あたかも華奢な女子が勇猛に舞っているように見えるので、観覧している者たちは、魅了されている。

「……習ひありとも」

舞いを終えると、秀吉らは孫九郎に釘づけであった。

「見事じゃ孫九郎」

秀吉が称賛すると、他の者たちも頷いた。

「於禰、いかがかえ」

秀吉は左隣に座す正室の於禰に問う。ふくよかで優しそうな表情をしている。通説では、この年四十四歳であった。

「ほんに美しゅうございます」

「茶々はいかがか」

秀吉は右隣にいる若い姫に問う。白い細面で、一際美しく見えた。浅井長政と信長の妹・お市の長女として誕生。この年十七歳になる。

「一人が男と女子になり、奇妙ですが、とても惹かれました」

茶々の答えに、秀吉は何度も頷いた。

「孫九郎、そなたに姉か妹はおらぬか」

「上様はまた、左様な」

秀吉が問うと、左隣に座す正室の於禰が脇をつねる。

「残念ながらおりませぬ」

「従姉妹(いとこ)はどうか」

孫九郎に女を感じたのか、秀吉の目は欲望に満ちはじめている。

「従姉妹なればおりますが、ただ、既に嫁いでおります」

「本家は小田原だったのう。母の素性は」

「我が母は北条幻庵の娘にて、既に他界しております。我が主・氏直の母は亡き信玄公の息女(そくじょ)と聞いております。盟約が破れて帰国したとも」

若き当主、氏直の母は信玄の娘の黄梅院(おうばいいん)。武田、今川、北条氏による甲駿相の三国同盟破綻(はたん)後、甲斐に戻された。

「北条殿、〈公〉とは大臣に任じられた人につけられる敬称。信玄殿は殿上の資格も持っていなかった。気をつけられよ」

間髪を容れずに佐吉が注意する。

「よいよい、余も信玄を好いておる。生前は徳川を打ち負かした、なかなかの者じや。一度、相対してみたかったのう」

余裕の体で秀吉は言うが、秀吉が仕えていた信長は、徹底して信玄との直接対決を避け、贈り物を続けた。三方原の戦いで援軍を送ったものの、織田、徳川連合軍は完膚なきまでに叩きのめされ、敗走中、家康は恐怖の余り脱糞したことはつとに有名である。

家康が上洛要請に応じないので、秀吉はあえて徳川を口にしたのかもしれない。

「まあ、よい。孫九郎、これよりは城におれ。在京料はやる。それゆえ北野社で舞うことは禁じる。よいの」

否とは言わさぬ口調で秀吉は言う。孫九郎を芸人として囲い、独占したいようである。

(致し方ないの。そのうち、折りを見て帰国致そう)

今、天下人を敵に廻すわけにはいかない。

「承知致しました」

不承不承、孫九郎は応じた。

七月十一日、秀吉は噂どおりに従一位・関白に叙任され、姓を藤原に改めた。百姓出身の関白など史上初めてのことであろう。まさに押しも押されもせぬ天下人である。また、於禰も従三位(じゅさんみ)に叙任され、北政所(きたのまんどころ)と称するようになった。

孫九郎は城の一室を与えられ、寝起きをするようになった。

四

秀吉が関白になってから半月と経たぬ七月二十四日、土佐の長宗我部元親が降伏した。秀吉は自身、一度も具足(ぐそく)に袖を通すことなく、家臣たちだけで四国討伐をしたことになる。

「思いのほか四国は早く片づいたの。さすが関白じゃの」

弥次郎は感心する。

「それに比べて儂は、只飯喰らいと嘲るか」

「なんの。これほど楽なことはなかろう。武士の理想ではないか」

「武士は戦ってこそ武士。なにもしていないのでは、申し訳ない」

北野社では舞いを披露して投げ銭を得ていた。武士として戦場に出られぬので、異質ではあるが労働には納得感があった。今は秀吉の御伽衆(おとぎしゅう)のようなものである。

「近く、越中攻めがあるではないか。おぬしはいかがするつもりか」

「佐々（成政）に恨みはないが、寄食している恩がある。只飯を喰らうわけにはいかぬ。されど、出陣が許されれば儂にとっては初陣じゃ」

「初陣は一族に求められ、認められて果たしたいか。おぬしの場合はどうかの」

小机城には都にいることを手紙で伝えているが、帰国命令は出されない。城主の氏光にとって孫九郎はどうでもいい存在なのかもしれない。

「まあ、なるようになるさ」

自分の自由にはならない。孫九郎は前向きに考えるようにした。

その日、秀吉と顔を合わせた。

「四国の戦勝、おめでとうございます」

「まあ長宗我部など、鳥なき島の蝙蝠じゃ。騒ぐほどのことはない」

秀吉は満足そうに闊達な口調で言う。

「畏れながら、越中攻めの端に加えて戴きとうございます。天下の軍勢、殿下がいかにご采配するのか、見とうございます」

「左様か。天下の戦、とくと見るがよい」

「有り難き仕合わせにございます」

初陣を果たせる。本来は小机城で初陣式を行いたいところであるが、天下軍の一員ともなれば、そのような儀式は小さなこと。孫九郎は歓喜した。

（さて、いかような具足に致すか。在京料で足りようか）

玩具を求める童のように、孫九郎は心を躍らせた。

「赤などいかがでしょう。真紅の具足は戦場でも目立ちますぞ」

どこで聞きつけたのか、宗兵衛が注文取りにくる。戦場で目立つことは重要。敵の目標になることは当たり前であるが、これを恐れたのでは武士はやっていられない。それよりも戦場は恩賞を得るための場所。目立てば戦功を見逃されにくいからである。ただ、新品の具足は高価なもの。素材にもよるが、兜まで合わせて百両などは普通であった。特に鉄砲の玉を弾くようなものになると、二倍、三倍は当たり前である。

「相変わらず耳が早いの。仲介をして儲けるつもりか。直に買うほうが安かろう」

「手前を介すほうが安うなることもございます」

揉み手しながら宗兵衛は言う。

「されば任すとするか。赤か。北条家は漆黒の具足が多い」

「ここは都にございます。天下の軍勢に加わるのです。黒では目立ちませぬぞ」

「左様か。されば、赤で。兜の前立てはいかが致すかのう」

孫九郎は、綺麗な着物を着られることを期待する嫁入り前の娘のようであった。

だいたいの概要を伝え、宗兵衛が戻ると、石田佐吉が姿を見せた。

「こたび具足はいらぬとのこと。殿下も袖は通さぬとの仰せじゃ。具足よりも、いつぞやの衣を持って参じよ、と仰せになられたので忘れぬよう」

一方的に伝えた佐吉は、孫九郎の質問を受けずに部屋から出ていった。

「くそ！　殿下は儂を芸人としてしか見ておらぬのか」

扇子を畳に投げつけ、孫九郎は怒りをあらわにする。

「なんの実績もない輩に、戦はさせまい。おぬしとて、ただ本陣で機嫌伺いしているのもつまらぬであろう。戦に参じるには、舞い以外のなにかがいるのではないか」

扇子を拾いながら、弥次郎は尤もらしいことを言う。

「なにか、とは？」

「加藤主計頭（清正）あたりをぶちのめすとか」

秀吉子飼いの加藤清正は賤ヶ岳七本鑓の猛将で、三千石を与えられている。

「恨みもない者を殴れるか。それにまだ四国から戻っておるまい」

「戯れ言じゃ。殿下の言いつけを無視して一騎駆けしてみるか」

「軍法違反は斬首じゃ。よくて切腹。初陣どころではなくなる」

秀吉は北条家のことを口にしているので、問題はおこしたくなかった。

「それがおぬしの限界。破天荒な男でなくば、戦功をあげる武士にはなれぬぞ。まあ、矢玉に当たって死なせたくない、と考えれば、殿下に大事にされている証じゃ」

慰められても、孫九郎は素直に喜べなかった。

秀吉は軍勢を整えるため、一旦、大坂に戻っていった。孫九郎は都に残された。

周囲では煩いぐらいに蟬が鳴いている。これに苛立ちが募る。夏、真っ盛り。盆地の都は風がないと蒸し風呂のようで、なにもしなくとも汗が浮く。

「なにゆえ、かように暑いのじゃ」

孫九郎は城の縁側で小袖の前をはだけ、裾を膝までまくり、団扇で扇いでいた。

「なにもせぬから暑いのであろう。汗をかけば涼しくなるもの。おぬしは御伽衆も同じ。舞いの稽古でもしたらどうじゃ。次に舞いを披露した時、出来が悪ければ、在京料を召し上げられ、抛り出されるやもしれぬぞ」

修行の賜物か、弥次郎は襟元までしっかり小袖を合わせ、涼しげに言う。

「遠慮する。この暑い時に動けば溶けてしまいそうじゃ」

池や川にでも浸かりたい心境であった。

涼を求めて二条の森を歩いていた時、二十代半ばの小柄な女子が近づいた。

「孫九郎様ですね。わたしは、然るお方に仕える者。我が主が、是非、孫九郎様と話がしたいと申しております。いかがでしょう、今宵、お運びいただけぬでしょうか」

名も名乗らぬ女子が尋ねる。小柄で目が垂れた顔つき。仕えると言っているので侍女であろう。侍女であるならば主人は女子である可能性が高い。

「お運び？　何処に？」

「今ここでは申し上げられません。されど、決して孫九郎様にご迷惑はかけません」

侍女は必死に懇願する。垂れ目のせいか、泣き顔に見える。

「貸せる銭などはないが、よいのか」

「構いません。そのようなものは欲しておりませぬ」

侍女は、じっと孫九郎を見て告げる。嘘はなさそうである。

「左様か、よかろう。して、何処に？」

「暮れの六ツ半(午後七時頃)、城の北門でお待ち致します」

「あい判った」

応じると、侍女は笑みを浮かべた顔で頭を下げると、小股で去っていった。

「よいのか。見知らぬ女子の申し出を受けて。あの女子、おそらく女忍ぞ」

樹の陰から顔を出して弥次郎が注意する。

「左様か。そちが申すゆえ間違いはあるまい。面白そうではないか」

「古今東西、女子と銭には気をつけろ、と申すであろう。しかも素性の知れぬ女子じゃ。敵の女子であったら、いらぬ疑いをかけられる。女子遊びならば遊廓(ゆうかく)にでも行け」

弥次郎が止めだてする。

「女子遊びをするわけではない。万が一の時は敵を探っていた、と申せばよかろう。仮にその女子が敵だとして、寄食している者を誑(たぶら)かして、殿下の軍を崩せようか」

「左様なことではない。おぬしが敵と通じていたということが全てじゃ。北条を攻める殿下の謀(はかりごと)であったらいかがする?」

「よもや、左様な」

事実ならば驚愕するが、詮索(せんさく)しすぎだと孫九郎は思う。

「殿下は、幾つ城を落としてきたのじゃ？　謀ぐらいできぬで天下は取れぬぞ」

「そちの申すことは尤もやもしれぬが、既に約束してしまった。破れば北条孫九郎は約束を破ったと吹聴される。まあ、なんとかなろう。話のたねが増えるしの」

憂鬱だったこともあり、孫九郎は危機意識よりも好奇心を優先させた。


猛暑だったこともあり、夕刻前から桶をひっくり返したような雨が降り出した。夕立ちかと思いきや、暗くなっても続いている。

酉ノ下刻（午後七時頃）、孫九郎は侍女に言われたとおり、北門の外に来た。そこには蓑を羽織った小柄な下人が一人いた。

「はて」

「お声を出さぬよう。わたしでございます」

蓑笠の中から女子の声がする。昼間の侍女であった。夜に女子が外出するのは物騒なので男装は頷ける。

「こちらに」

侍女の先導で御池通りを東に進む。十町（約一キロ）ほど行ったところを北に折れると、一間半（約二・七メートル）丈の竹垣に囲まれた屋敷で侍女は止まった。

「こちらです」

引き戸の門を開けて中に入ると、傘を差した宗兵衛が笑みで迎えた。

「また、そちか。こたびは人の仲介か？」

なんにでも首を突っ込む老いた商人に、孫九郎は呆れるが、奇妙な力強さも感じた。孫九郎が入った屋敷は、のちに裏茶屋と呼ばれる逢い引き茶屋である。

「それは中で」

宗兵衛は、「どうぞ」と手で招く。

「具足は買わずにすみそうか」

「北条様次第でございます」

好色（こうしょく）そうな顔を綻ばせて宗兵衛は勧める。

「変わり者め。さて、戸の先は極楽か地獄か」

誰が待っているのか、孫九郎は期待しながら敷居を跨いだ。

下働きの女子に足を洗ってもらったあとで上がり、廊下を二間ほど歩くと、案内した侍女が跪いた。孫九郎が部屋の前に立つと、侍女が戸を開ける。

「失礼致す」

相手の身分等が判らないが、一応、最低限の挨拶をして孫九郎は部屋に入った。

部屋は六畳間で奥にもう一部屋あるが襖が閉められている。室内には行灯が一つあり、淡い光が柔らかに照らしていた。さらに香が焚かれ、芳しい薫りが漂っていた。

上座に女人が座していた。涼やかな水色の衣を纏っている。夏でも重ね着をしているので高貴な身分だと判る。孫九郎の位置からでは相手の顔は判らない。

一間ほど離れた下座にも敷物があったので、孫九郎は腰を下ろした。

「北条孫九郎氏義で……なんと！」

名乗りかけた孫九郎は、正面の女人を見て瞠目した。

「そなたは茶々様では……」

見間違うはずがない。秀吉に幸若舞を披露した時、右隣に座していた。秀吉同様、孫九郎も見惚れる美女である。

「しっ、我が名を口にせぬよう」

茶々が赤い唇に白魚のような人差し指を当てる。

「なにゆえ、あなた様がここに？」

秀吉の側室と同じ部屋にいることが信じられない。また、恐ろしくもあった。

「美しく舞う天賦の才の持ち主と直に会いたかったのじゃ」

気儘な性格なのか、微塵も罪の意識を持っていない。

「天賦の才などと。某は、ただ食うために舞わねばならぬだけ。されど、あなた様は、あのお方の御側室なのではありませんか」

「まだじゃ。越中から戻った時、わたしは、仇である〈あの男〉の女になる」

悔しげに茶々は言う。信長の命令とはいえ、近江（おうみ）の小谷（おだに）城を攻め、茶々の実父の浅井長政を自刃に追い込んだのは、まぎれもなく秀吉である。さらに、実母が再婚した柴田勝家を賤ヶ岳の戦いで破り、越前の北ノ庄城で自害させたのも秀吉である。

「断わることはできぬのでござるか」

「天下人に乞われ、断わることができようか」

愚問だと茶々は一蹴（いっしゅう）する。

「それに、妹たちの世話をしてもらった恩がある」

妹の於初（おはつ）は京極（きょうごく）家に嫁ぎ先が決まり、もっか修行中。末妹の於江（おごう）は最初、尾張（おわり）の大野（おおの）城主の佐治一成（さじかずなり）に、その後、秀吉の養子となった羽柴秀勝（ひでかつ）に嫁いでいる。

「左様でござるか」

「乱世は強くなければ滅びるか、平伏（ひれふ）すのみ。もう左様な選択をするのはこりごりじゃ。わたしは絶対に滅びぬ生き方をしたい」

わたしを連れだして欲しい。孫九郎には、そんなふうにも聞こえた。

（今の儂には無理じゃ。仮にここから連れ出せたとして、箱根（はこね）の嶮（けん）を越えれば、北条家に災いをなすことになる。ほかに逃れる地があろうか。僅か一月たらずで四国を平定する秀吉じゃ。地の果てまで追ってこよう。情を通じたわけでもあるまいし）

　と自分に言い訳をするが、女一人助けることができない無力であることを実感した。これが、なんとも言えぬ憤りにもなった。

「それで、あの男に屈すると」

　乱世の女子ならば、辱（はずかし）めを受けるぐらいならば死を選ぶべき。落城時に夫や一族に殉ずる女子は珍しくない。

「そなたは勘違いをしておる。屈するのではない。あの男の家を乗っ取るのじゃ」

　意外な茶々の返答である。

「いかにして？」

「あの男には何人もの側室がおるが、いずれも身籠（みごも）ってはおらぬ。おそらく子種がないのであろう。それゆえ、わたしが子を成せば、その子が天下人の跡継ぎとなる」

「左様な」

「父親が誰であるかは問題ではない。あの男の女となったわたしの、腹から出た子が次の天下人じゃ。それゆえ、わたしに合力してみぬか？」

衝撃的な茶々の言葉に孫九郎は愕然とする。

「なんと！」

「四国はあの男なしで一月。越中も似たようなもの。一月後に我が軀はあの男に犯される。どうせ蹂躙されるならば、少しでも気に入った男に抱かれたい。好機はこの時期しかない。越中の平定がすめば、わたしは鳥籠の鳥も同じ。どうじゃ孫九郎、そなたの子を天下人にしてみぬか。それとも、あの男が恐ろしいか」

妖しい目をして茶々は誘う。刃を抜くこととは違う、異質な迫力があった。

「面白いが、生まれた子が、あの男に似ておらねば、あなた様の身が危うくなるのでは」

「美しい子が生まれれば、わたしに似たと言えばいい。欲に眩む男を誤魔化すなど容易きこと。孫九郎、そなたの子を天下人にしてみぬか？」

この状況で帰れるのか、と改めて茶々は迫る。

（これは儂の負けじゃの。敷居を跨いだ時に勝負はついていた）

もし、拒んで裏茶屋を出れば、茶々を勾引かしたと秀吉に伝わり、孫九郎は追手をかけられる。逃げ失せることができても、北条家に災いを齎すことになる。

「安心おし。これは、わたしとそなた、侍女と宗兵衛の秘密。そなたの身はわたしが保証致そう。いずれ、また舞いを見たいゆえ」

「ははは っ、あなた様なれば、天下を握ることができよう。面白い。美しき女子の企てに加担致しましょう」

言うや孫九郎は立ち上がり、襖を開けた。案の定、褥が用意されている。

「子ができるまで、寝かせませぬぞ」

「まあ」

手をとりながら言うと、茶々は含羞んだ。あまり経験はないのかもしれない。

孫九郎は茶々と褥に入り、秀吉が欲してやまぬ美女を貪った。

「痛い」

苦痛に耐える茶々の上で、孫九郎は女の生命力の強さを感じた。

(この女子は天下を相手に戦うのか。儂も負けていられるか)

孫九郎は汗を滲ませながら茶々を求めた。顔を歪めていた茶々の表情も次第に解れ、快美な吐息をもらすようになっていった。

外の雨はまだ降り続いたままである。

第三章　真実の初陣

一

天正十三年（一五八五）八月の越中攻めに孫九郎も参じた。秀吉の本隊が到着した時、佐々成政は降伏したので戦を見ることもなかった。孫九郎は勝利の舞いを披露するために加賀（かが）の津幡（つばた）まで行ったようなものであった。

帰京後は、ただずっと留め置かれた。

暮れが近づく中、孫九郎は石田三成（みつなり）を通じて秀吉からの呼び出しを受けた。

「茶々殿のことが露見したのではないか」

都から大坂城に向かって歩きながら弥次郎は言う。

「よもや」

否定するが心配ではある。ただ、茶々が妊娠したという話は聞かないので、孫九郎の子を天下人の跡継ぎにしようという企ては失敗したようである。

「殿下が目をつけた女子を横取りしたのは天下広しと言えども、おぬしだけであろうの」

「戯け。声が大きい。それに人聞きの悪いことを申すな。茶々殿は御側室。儂はにも奪ってはおらぬ。それに会うたのは側に上がる前のこと。弄ばれたとすれば儂のほうじゃ」

往来にいる町民を見廻し、孫九郎は注意する。

「殿下が聞いて納得するや否や」

「儂の首が飛べば、そちの身も危ういのであろう。されば助かるよう思案致せ」

「おぬしはいつも難題を持ちかける。面倒な主じゃ」

無理だと首を横に振る弥次郎である。

登城すると一室に通された。すでに先客が二人いた。

孫九郎は空いている下座に腰を下ろした。孫九郎の右は同じぐらいの年齢の若武者である。左には五十歳ぐらいで髭はなく、頬の丸い武士が座していた。

二人が誰か判らないので、話しかけるのも気が引ける。気まずい空気が流れ、沈黙が四半刻も続く中、ようやく秀吉や三成が姿を見せた。

「おう、愉快な面々が揃ったの」

孫九郎らが挨拶をすると、秀吉が悪戯っぽい笑みを浮かべて口火を切った。

「みな、初めて見る顔か？　されど、知らぬ間柄ではないぞ。佐吉」

秀吉は未だ三成を初名で呼ぶ。

「はい。こちらにおられるのは先日、徳川家を離れられ、殿下にお仕えするようになった石川伯耆守数正殿でござる」

石川数正は家康の片腕といわれる譜代の重臣で、政治、軍事で徳川家を支えてきた。小牧・長久手の戦い後、秀吉との和睦交渉をしているうちに出奔したという。

（名前は聞いている。よもや徳川の重臣を引き抜くとは。おそらく、背信したとかいうことを触れ、国許に居られぬようにしたのであろうな。さすが殿下というべきか）

三河武士は犬のような忠義心を備え、主家のためには命も惜しまぬ戦国の世には珍しい気風を持っていた。これを裏切らせるのだから、単に秀吉が人誑しというだけではなく、手腕の恐ろしさを改めて実感した。

次に三成は元服前の若侍に目を移す。

「こちらにおられるのは、信濃の上田城主・真田安房守（昌幸）殿のご次男・源次郎信繁殿にござる」

真田昌幸は武田の旧臣で、同家滅亡後、織田、北条、徳川、上杉、羽柴（藤原）と主を替え、秀吉をして表裏比興の者と言わしめた謀将である。北条、徳川、上杉はそれぞれ一杯喰わされ、徳川家は上田合戦で敗北させられている。

信繁は少し前まで上杉家の人質になっていたが、真田家が秀吉に臣下の礼を取ることになり、越後から大坂に移ったことになる。この年十六歳。

（徳川の旧臣に、真田の質。これに北条の血筋の儂。ともに信濃で戦った三家じゃ。この者たちを儂に会わせるということは、北条も早う上坂して臣従しろと伝えさせるためか）

三成が二人に孫九郎の紹介をする中、孫九郎は察した。

「源次郎、いかな心境か」

「殿下には父ともども感謝しております」

信繁の阿諛に秀吉は嬉しそうである。

秀吉に牽制され、上田合戦に参陣できなかった家康は、敗北を知って激怒し、今度は自身が直に采配を振るつもりでいたが、真田家が秀吉の家臣となり、石川数正を引き抜かれたので上田攻めを一時中止した。信濃に兵を進めている最中に秀吉に挟撃されては敵わない。真田家は万々歳。家康は地団駄踏んで悔しがっていることであろう。

「伯耆守はいかに」

「日本の統一。大いなる計画に合力できること感謝しております」

「孫九郎はいかに」

世の中は大きく動いているのに、お前は女漁りか、と蔑まれているようにも聞こえた。

「某も広く世を見させていただき、感謝しております。このこと国許にも報せる所存です」

「そうか。よき心掛けじゃ」

早く氏直に頭を下げさせろ、秀吉の金壺眼は言っていた。

孫九郎の答えに満足したのか、秀吉は部屋を出ていった。

「北条殿は上方に上って長いと伺いますが、殿下の戦に参じられましたか？　某は小競り合い程度にしか参じられず、多勢の戦いを見とうござる」

秀吉がいなくなった途端、信繁が歳の近い孫九郎に問う。

「某はこれにて」

上田合戦には参じていないが、勝ち戦を自慢されたくないのか、石川数正は座を立った。あるいは、徳川家出奔の理由を聞かれたくないのかもしれない。

「殿下の越中攻めに同行させていただきましたが、我らが国境に控えている間に佐々殿は降伏。多勢の移動を見ただけにて、戦を目にしたわけではござらぬ」

「左様でござるか。某も天下の大軍を見とうござった」

徳川の大軍を敗走させた自信か、信繁は鷹揚に言う。

北条家と真田家は上野の沼田領で争ったままである。

（くそっ、儂も帰国できていれば、佐竹と戦えるのじゃが。真田とも）

帰国許可がおりない。孫九郎は女遊びでもして鬱憤を紛らわすしかなかった。

孫九郎に帰国が許されたのは翌天正十四年（一五八六）の初冬であった。この年の十月二十六日、満を持して家康が上坂し、翌日、秀吉に臣下の礼をとった。

これによって秀吉は東の脅威がなくなり、翌年三月をもっての九州征伐を決定した。

「東国の者どもは頭が硬い。天下の趨勢を教えてやれ」

家康でさえ頭を下げたのだ。早くこれに倣えと秀吉は孫九郎に命じる。

「承知致しました。これまでお世話になりましたこと、生涯忘れませぬ」

平伏した孫九郎は大坂城を後にした。

「茶々殿のことを、突つかれなくてよかったの」

弥次郎が隣で歩きながら、にやける。

「言わぬことが大人の重圧なのやもしれぬ。儂ごときが太刀打ちできる相手ではない」

「どうする、都に立ち寄って行くか？」

「もう都に用はない。それに都には謀の好きな御仁がいるゆえ、面倒に巻き込まれる。こたびは殿下からの下知も受けておる。寄り道してはいられぬ」

但馬屋宗兵衛や阿国のことを思い出しながら孫九郎は言う。

「惜しいのう、おぬしが舞えば、銭も女子も集まるのに」

「主を利用するな」

「給金や扶持をくれぬ主じゃ。せめて利用して稼がせてもらうしかあるまい」

弥次郎の皮肉に、思わず孫九郎は頬を緩めた。

「ところでおぬしは殿下の家臣か？　北条の家臣か？」

「北条の家臣に決まっておろう」

「されば、小田原の殿様が殿下の下知を蹴り、天下の軍勢が小田原を攻めた時、おぬしはいずれの側に立って戦うのか」

「言わずもがな。殿下の恩は忘れぬが、北条の先鋒として天下の軍勢に挑む所存」

志は微塵も揺らいではいなかった。

「勿論、上杉への恨みも忘れてはおらぬ」

「上杉は徳川同様、殿下に臣下の礼をとっておる。簡単に刃を向けられなくなったな」

「今のところはの。まあ、今は北条と殿下が争わぬよう尽力するばかりじゃ」

まぎれもない本音である。孫九郎は期待しながら帰国の途に就いた。

この年、秀吉は姓を藤原から替え、豊臣秀吉が誕生した。

「おお、なんとか戻れたの。これで儂の身も安泰じゃ」

箱根の嶮を越えて小田原の城下に達し、弥次郎は解放感に満ちた表情でもらす。

小田原は相模の端に位置し、東に大磯（おおいそ）丘陵、西に箱根火山、北は丹沢山塊（たんざわさんかい）、南は相模湾に臨む東海との玄関口である。城は八幡（はちまん）山に主郭を置き、西の早（はや）川、東の山（さん）王（のう）川を外堀として、土塁（どるい）、空堀を備え、町をそっくり取り込む様相は惣構（そうがまえ）と呼ばれ、その外郭線は延々三里（約一二キロ）にも及び、難攻不落を誇っている。早雲が大森氏を追ってから約九十年、北条氏が居城とした城である。

「これからのほうが問題じゃぞ」

秀吉からの密命は、簡単に進むとは思えない。孫九郎は浮かれていなかった。

孫九郎が小田原城を訪れるのは二度目のこと。本能寺の変後、神流川の戦いに向かう氏直を見送りに来た時である。父の氏光は参陣。孫九郎は許されなかった。大手門で仔細を告げなければ、孫九郎程度の親戚筋では顔だけで通過できなかった。それだけ関東において北条氏は強大になったとも言える。

本丸御殿の一室で待っていると、家老の松田憲秀、当主の氏直、大御所の氏政が現れた。

「ご尊顔を拝し、恐悦至極に存じます。小机の孫九郎にございます」

「重畳至極。面を上げよ」

二十五歳になる氏直が鷹揚に命じる。北条氏の血を引く細面をしている。髭は薄く、目が細いのが印象的である。

顔を上げると、氏直のほうから話しかけてくる。

「諸国を旅していたと聞く」

「血筋ゆえ。お陰で小机では目にできぬものを見ることができました」

祖父の幻庵は戦国には珍しい自由人。都で遊学をしていたことがある。

「なにを見た？」

「ち、伯父上杉三郎景虎の終焉の地。都の町並み、泉州堺に大坂城」

父と言いそうになり、孫九郎は言い変えた。

「無駄なことを」

景虎の名を出すと氏政の顔が険しくなる。四十九歳。氏直よりも目は大きかった。

「大坂はいかなところか」

氏直は興味があるようだ。

「三角洲を埋め立てて巨大な城と町が造られております。規模は小田原と同じほどかと存じますが、驚くべきは漆黒の壁に黄金色が輝く五層八階の天守閣が聳えておりました」

「上方の者どもは贅を尽くすのが武士だと思うているようじゃの」

嫉妬をこめて氏政は皮肉を口にする。信長政権があっという間に消滅したので、秀吉も同じだと蔑んでいるようにも思えた。

「して、筑前はなにか申していたか」

秀吉の関白就任がまだ伝わっていないのか、氏直は旧官途名で呼ぶ。

「畏れながら、秀吉様は関白に任じられております」

前置きした孫九郎は改まる。

「この夏、関白の妹（朝日姫）が徳川殿に嫁がれたのは御存知かと存じます。ゆえに、先日、徳川殿は上坂なされ、関白に臣下の礼を取りました。無論、所領は全て認められ、在京料も与えられております。当家も徳川殿に倣えと仰せにございました」

言葉を選びながら孫九郎は告げた。

「孫九郎、そちは誰の家臣じゃ？」

能面のような顔を顰めて氏政は問う。

「小田原のお屋形（氏直）様にございます」

弥次郎と同じ質問をすると思いながら孫九郎は答えた。

「されば、氏直殿に上坂など勧めるな。我らは上方になど関心はない。当家は関東に磐石な国を造り、領民が平和に暮らせればよい。それだけじゃ」

「僭越ながら申し上げます。関白は自ら出陣することなく四国を平定し、具足に袖を通すことなく越中を平らげました。西で敵対するのは九州の島津のみ。九州が片づけば殿下の兵が箱根の山を越えましょう。その前に誼を通じておくべきかと存じます」

先ほどよりも孫九郎は気遣ったつもりだ。

「孫九郎は上方に行って臆病風に吹かれたようじゃ。なぜ北条が百姓関白に所領を認めてもらわねばならぬ。我らの所領は我らが血を流して得た地じゃ。それに、この小田原城は謙信、信玄が仕寄っても城壁に瑕もつけられなかった難攻不落の城。関白の大軍おおいに結構。仕寄ってまいればよい。存分に引き付けて討ち取ってやろうぞ」

氏政は強気で言う。自身、上杉、武田を追い返しているので自信に満ちていた。

「そういうことじゃ。上方のことなど抛っておけ。そちもはや童ではあるまい。北条のために働け。佐竹と麾下の者どもが小煩くて敵わぬ」

父親には決して逆らわぬ氏直なので、秀吉との交渉などするつもりはないようである。

「下知あらば、先陣駆ける所存です。されど、上坂の儀、今一度、再考のほどを」

「孫九郎殿、大御所様は否との仰せ。ご親戚とは申せ、しつこくなされるな」

松田憲秀が釘を刺す。氏政の先代の氏康にも仕えていたので、親戚の孫九郎などが及ばぬほどの力を持っていた。老将で六十は超えていた。

「そういうことじゃ」

言うと氏政が立ち上がり、氏直らが続いた。

(大坂の繁栄を見ておらぬゆえ、呑気に申せるのじゃ。武田は滅び、上杉は屈した。関白は百姓の出やもしれぬが、信長を上廻る男。馬鹿面をしていると北条は滅ぶぞ)

縁側の廊下を歩きながら孫九郎は心中でもらした。

長い廊下を折れ曲がると、女子が二人座していた。一人は侍女で髪を後ろで一つに纏めていた。もう一人は姫らしく重ね着をし、臙脂の打ち掛けを羽織っていた。

「いかがなされたか」

「冬姫様が足を挫かれたのじゃ。今、薬師を呼びに行っておる」

二十代半ばの侍女は孫九郎とは知らずに、煩わしそうに言う。

「ここではお寒かろう。某が部屋までお連れ致そう」

言うや孫九郎は冬姫を軽々と抱えた。

「これ、無礼な。姫様を放せ」

侍女は血相を変えて言うが、冬姫は孫九郎に抱えられて含羞んでいる。瓜実顔で色白、北条の血を惹く見目麗しい少女である。氏政の末娘でこの年十二歳。

「こちらは小机の孫九郎様でござる」

騒動になるのを危惧してか、弥次郎が庭先に跪いて告げた。

「まあ、これは失礼致しました」

侍女は慌てて跪く。

「挨拶はよい。姫の部屋は何処か」

「されば、こちらに」

侍女の案内に従って孫九郎は冬姫を抱えたまま歩きだした。まだ幼く、柔らかさはないし、どこか乳のような香りがするせいか、欲望の対象として見るようなことはなかった。

ほどなく北ノ郭にある冬姫の部屋に到着した。

「なんとお礼を申せばよろしいでしょう」

敷物の上に座らされた冬姫は頬を紅らめて声を発した。

「礼を申されるほどのことはしておらぬ。家臣が主君の姫を運んだだけ。されば」

軽く会釈をした孫九郎は冬姫の部屋を後にした。

「なかなか手が早くなったの」

本丸御殿を出た孫九郎に擦り寄り、弥次郎は言う。

「本家の娘に手など出すわけがなかろう。それこそ首が飛ぶ。とは申せ、なかなか気が利くではないか。お陰で騒ぎにならずにすんだ」

孫九郎は労（ねぎら）いの言葉をかけた。

「あの姫君、おぬしに満更ではない様子。本丸御殿に足を運んだのは、おぬしを一目見ようと思い、慌てて廊下を駆けて躓（つまず）いたようじゃぞ」

「そちの思い過ごしであろう」

「いや、真実じゃ。儂は注意を促す侍女の言葉を聞かず、小走りしている姫の様子を目にした。なにせ、北条三郎の血は容姿端麗な北条家の中でも格別ゆえの」

「上杉三郎じゃ」

念を押す孫九郎だが、面倒なことにならなければと憂慮する。

（あのまま見過ごすことはできまい。それはそれで文句を言われかねぬ）

冬姫と秀吉のことが重なり、日が悪かったと思うしかなかった。

「そういえば、おぬしに黙っていたことがある」

小田原を出た弥次郎が言う。

「なんじゃ。好いた女子でもできたのか」

「左様に浮いた話ならばよいがの。実は、大坂に上条政繁がいるとのことじゃ」

「なに！　なにゆえ、申さぬのじゃ！」

孫九郎は馬を止めて大声を上げた。

「上条がいると知れば刃を向けかねん。それゆえおぬしのためにも北条のためにも黙っていたのじゃ。上条は剃髪して宜順斎（ぎじゅんさい）と号し、殿下の食客（しょっかく）になっている」

「戯け！　それでも主に申すのが筋であろう」

「今申した。ゆえに、おぬしも儂も生きている」

仇が近くにいたのに、会うこともできなかった。孫九郎は忿恚（ふんい）で身が震える。

「くそっ、次に大坂に上る時は、首を刎ねてくれる」

憤りをあらわに孫九郎は帰途に就いた。


孫九郎はおよそ一年八ヵ月ぶりに小机城に帰城した。

（かように小さき城であったか）

小机城は城山に築かれた山城で、西郭と東郭からなり、空堀と土塁に守られていた。

見慣れた城であるが、大坂城に続き、小田原城を見たせいか、残念な気持にかられた。

「ようやく戻れたのに、嬉しそうではないの」

「文句を言われるのが判っているからの。四半刻ですめばいいが」

憂鬱な気分で城門を潜った。

「孫九郎様ーっ」

城内に入るなり、懐かしい声が響き渡った。上信国境で別れた七之助である。ずんぐりむっくりした体を揺すって小走りに近づいた。

「おう、七之助。久しいの。息災(そくさい)でなにより」

「一時は便りもないゆえ心配しておりましたが、越後を出てからは文(ふみ)が殿に届けられていると伺いましたので、安堵致しました。お健やかでなによりにございます」

泣き出しそうな笑みを向けて七之助は言う。

「そちも無事に帰れたのでよかった」

気掛かりの一つが晴れたので、孫九郎は胸を撫で下ろす。

「しばらく見ぬうちに、なにか逞(たくま)しくなったような気が致します」

舐めるように眺めながら七之助は言う。

「そりゃ、生きるために舞えば逞しくもなろう」

「戯け！　黙っておれと申したであろう」

拳を握って孫九郎は憤る。

「それは、ご苦労なされましたな。なにがあったのですか」

「左様なことより、義父上に帰城したことを伝えよ」

命じると七之助は足早に本丸に向かった。

西郭に行き、主殿で待っていると氏光が七歳になる新太郎とともに現れた。二人は上座に腰を下ろしている。まるで主従が応対しているようである。

育ち盛りでもあるので、しばらく見ない間に新太郎は三寸（約九センチ）ほども背が伸びていた。時が過ぎていることを孫九郎は実感した。

「お久しゅうございます。ただ今、戻りました」

「慮外者め！　一年半以上もの間、汝はどこをほっつき廻っていたのじゃ！」

雷鳴でも落ちたように氏光は怒声を発した。

「文でお伝えしたはずですが」

「左様なことを申しているのではない。断わりもせず、いかな理由でじゃ！」

悪びれることもない態度が、氏光の怒りの火に油を注いでいた。

「少々、国の外が見とうなりましたゆえ」

「左様なつまらん理由で、汝は一年半以上も城を空けたのか。聞けば都で舞いを見せて銭を稼いでいたとか。汝は北条家の面汚しじゃ。本来ならば勘当して然るべきじゃが、義父上（幻庵）の計らいで繋がっておるのじゃ。されど、責を蔑ろにするような輩では、とても城主は務まらぬの」

隣の新太郎に城主の座を譲りたいということが、ありありと顔に出ていた。

「つまらぬ理由で城を空けたゆえ、関白とも昵懇となり、本家への下知も受けてまいりました。ささやかながら、北条家のためになっているものと存じます」

「出過ぎた真似をするな」

氏政が恐いのか氏光は釘を刺す。氏光は氏政の異母弟である。

「承知しました。そういえば、某が上野の子持山辺りを歩いている時、賊の類いに襲われました。七之助は北条の三つ鱗の紋が入った箱を背負っておりました。今、上野で当家に弓引く者は沼田の真田ぐらいしかおりますまい。なにか心当たりはございますか」

「なにゆえ儂に問う？　子持山ならば、真田の輩であろう」

少々狼狽えながら氏光は言う。

（あの山賊、やはり弥次郎が申したように義父上の手廻しやもしれぬな）

否定したかったことが現実味をおび、孫九郎は落胆した。

（城主の座など、儂にとってはどうでもいいことだというに）

言ってやろうかとも思ったが、刺激するのはよくないと、堪（こら）えることにした。

孫九郎は謝罪して氏光の前を下がった。

「いいのか。命を狙われたこと、抛っておいて」

東郭に向かいながら弥次郎は問う。

「証もない。今、深掘りしても仕方あるまい。よもや城中でということはなかろう」

「判らんぞ。人の欲に限界はない」

「その時は、どこかの手練（てだれ）が助けてくれるのではないのか」

ちらりと弥次郎を見て孫九郎は頰を上げる。

「毎度、ただ働きでは、手練の動きも鈍くなるやもしれぬ」

「安心しろ、当分、遊んで暮らせる」

東郭の部屋に戻った孫九郎は銭袋を弥次郎に渡した。

弥次郎は満足の体で小机城を出ていった。箱根の麓にある湯屋に行ったようである。湯屋には背中を流す湯女（ゆな）がおり、床の世話もしてくれる。地方の簡素な遊廓であった。

翌日、孫九郎は氏光に呼び出された。

「汝は冬姫様にちょっかいを出したのか？」

眉間に皺が深く刻まれていた。

「足を挫いておられたので、部屋までお運びした次第。碌に話もしてござらぬ」

「それが、ちょっかいじゃ。都でなにをしていたかと思えば、女子遊びか」

それは、当たらずといえども遠からず、なので孫九郎は否定しない。

「まったく、誰に似たのか」

「某は小机城主・右衛門佐氏光の長男ではないのですか」

「さあのう、汝の母に聞くがよい」

違うと明確に口にしたようなものである。

「誤解です。説明をしに小田原にまいります」

「汝は動くな。汝が動くと問題がおきる。汝はしばらく寺に蟄居（ちっきょ）しておれ」

ついに厄介払いされてしまった。

孫九郎は小机城から五町ほど南西に位置する泉谷寺（せんこくじ）に蟄居した。同寺は北条家二代目当主の氏綱（うじつな）が開祖の寺である。

「出家するのか」

耳が早い弥次郎は聞きつけ、縁側に座す孫九郎に話しかける。

「戯け。まあ、真（まこと）の父も童の頃は寺で喝食（かっしき）をしていたそうじゃ。ほとぼりが冷めるまで鐘の音を身近に聞くのも悪くない。精進料理はいただけぬがの」

「少し煩悩（ぼんのう）もなくしてもらえ」

「そちに言われたくはないわ」

孫九郎はそれほど気落ちしてはいない。しばし寺にある書物読みに耽（ふけ）ることにした。

二

天正十五年（一五八七）五月八日、秀吉は島津義久（よしひさ）を降伏させ、九州を平定した。

この報せが小田原に届くと、氏直は諸国境の警備や周辺の鍵となる城の普請（ふしん）、さらに小田原本城の強化などを立続けに命じた。

少しずつ緊張感が増す中、孫九郎は住職の良天（りょうてん）と縁側で碁を打っていた。

「俄（にわか）に慌ただしくなってまいりましたな」

「まったく、困ったものじゃ。お屋形様は、いや大御所様は、まこと九州までを平らげた関白と戦うつもりか。今の関白は信長を超える存在。謙信や信玄など足下にも及ぶまい」

良天が巧みで、孫九郎は少々手詰まりになっていた。

「物騒（ぶっそう）ですな。仏門に身を置く者としては争わずにすむ道を捜していただきたいところです」

「無理であろう。小田原の方々は京、大坂を見たことがない。それに、関白に頭を下げた徳川を味方だと思っておる。御坊の仕事が増えるやもしれぬな」

猛暑が続く中の七月中旬、懐かしい人物が泉谷寺を訪れた。

「久しいの北条氏。しけた面をしているが、それでも美貌は健在じゃの」

寺に現れたのは、山上道牛（やまがみどうぎゅう）であった。大坂で何度か顔を合わせ、酒を飲んだ仲である。

道牛は上野の山上城主であり、出家号を名乗る前は氏秀（うじひで）といった。ほかには照久（てるひさ）、氏成（うじなり）、総勝（みちかつ）、輝氏（てるうじ）、綱勝（つなかつ）とも伝わり、年齢は五十代後半であるが、十歳は若く見えた。

孫九郎の伯父の氏康（うじやす）に攻められて城を追われ、一族の伝手を頼って下野の佐野（さの）家に寄食。道牛は上杉、北条、武田家と戦い、首塚を築く活躍をしたので佐野家四天王に列した。

織田家が関東に勢力を延ばした時、佐野家はこの麾下となって上杉攻めにも参じた。嘗て信長にも対面したことのある道牛は、顔の広さから織田旧臣の伝手を頼って秀吉と同盟を結ぶために上洛したところ、秀吉の誘いを受けて直臣になった。これが佐野家のためになると考えてのこと。そのまま道牛は京、大坂に住むようになっていた。

「おっ、おお」

まったく思案の外にあった人物の訪問に、孫九郎は戸惑った。

「水臭いではないか。帰国するならば、餞別の宴など都の遊廓で催したものを」

寺であることも意に介することなく道牛は大声で言う。

「山上殿、場所を弁えよ」

「小さいことを気にするな。して、なにをやらかして蟄居させられておるのか」

「随分と長い間、城を空けすぎたようでござる。して、貴殿はなにゆえ小机に？」

少しは反省しているということを匂わせねばならなかった。

「昨日、殿下の遣いで、宿敵のいる小田原に赴いた」

道牛の表情が瞬時にこわばった。

「貴殿が、ここにいるということは、誰の血も流れなかったということじゃの」

「感情を抑えるのに苦労した。儂も丸くなったかのう。まあ、先代(氏康)がいなかったゆえ抑えられたのやもしれぬ」

道牛は笑う。道牛を上野の山上城から追ったのは、亡き氏康である。

「貴殿が殿下の遣いでなければ、小田原からここに来られなかったはず。貴殿は上野や下野で何十人もの北条家の家臣を血祭りにあげている」

「城を奪われたのじゃ。まだ足りぬわ」

「お屋形様が聞かぬでよかった。して、小田原下向の当所は上洛のことでござるか」

孫九郎の顔からも笑みが消えた。

「左様。殿下は惣無事令を出された」

惣無事令は戦国の大名、領主間の交戦から農民間の喧嘩刃傷沙汰に至るまでの抗争を禁止する平和令であり、領地拡大を阻止し、秀吉政権が日本全国の領土を掌握するための私戦禁止令である。争い事は関白の名の下に全て秀吉が裁定を下し、従わぬ者は朝敵として討つというもの。

「惣無事令を無視したゆえ島津は攻められ、降伏した」

「小田原の様子は？」

「言わずもがな。察しがつこう。殿下は西日本を纏められた。あとは東国。徳川も下ったゆえ、心おきなく出陣できる。このままでは天下の軍勢が箱根の嶮を越える。その前に上洛するよう、貴殿も勧められよ。特に隠居のほうを」

氏政が秀吉を見下している姿は、孫九郎も目にしているので納得できる。

「帰国した時に告げたが、軽くあしらわれてござる」

「さもありなん。あの城の中におれば、身の危険は感じぬわな。されど、二十万の軍勢はだてではない。拒めば殿下は天下の沽券（こけん）にかけて落としに来る。兵の半分を失っても」

秀吉の剛腕ぶりは、多少なりとも越中で見ている。孫九郎は頷いた。

「小田原の使者が上洛を承諾するまで、この辺りにおられるのか」

「いや、訪ねる先は幾つもある。こたびは報せるが役目。二度目の遣いに応じなければ、それが戦の契機となろう。貴殿も助言されよ。より、嫌われるやもしれぬが。ははは っ」

豪快に道牛は笑う。

「そうじゃ、どうせ寺でごろごろしているならば、儂と一緒に東国を廻らぬか？北条家の倅が同行していれば、頭の硬い者どもも惣無事令に従おう」

「面白きことじゃが、儂が山上殿と一緒にいれば、北条家も殿下の軍門に下ったと間違われる。儂はあくまでも北条の一族。小田原に逆らうわけにはいかぬ」

「つまらぬ柵に縛られておるのはつまらぬぞ。左様な性ではあるまい。貴殿は儂と同じように気儘な暮らしをするほうが似合っておる。殿下も貴殿の舞いを見たいと仰せになられていた。茶々殿も」

疑念に満ちた目を孫九郎に向けて道牛は言う。

「殿下が」

阿諛でも、人誑しの画策でも、天下人に褒められるのは嬉しいことである。

「まあ、気が変わったら言ってきてくれ。関東は貴家と争っておる武将たちの許を廻る。常陸の佐竹を訪ねれば、儂が何処にいるか摑めよう。また、会おう。今度は楽しく酒を呑もうぞ。多少なりとも懐は温かいゆえの。ははは」

大声で笑った道牛は、一度も振り返ることなく寺を出ていった。

「惣無事令か。世の中、動いているのう。それに比べて、蟄居している儂はなんと情けなき男か。武士として、いっぱしの仕事がしたい」

孫九郎は自分が取り残されているような気がして焦りを覚えた。

十月初旬、氏直は下野の倉ヶ崎城を攻めると陣触れをした。小机城にも下知は届けられた。

「ようやく真実の戦陣に立てる」

報せを聞いた孫九郎は、すぐさま寺を出て城に戻った。

「誰の許しを得て、帰ってきた？」

孫九郎の顔を見るなり、氏光は不快げに言う。

「陣触れが出たと聞きました。一人でも兵は多いほうがいいと思いまして」

「初陣も果たしておらぬ者など数のうちに入らぬわ」

「畏れながら、関白と越中に同陣致しました。決して足手纏いになることはありませぬ」

ここぞとばかりに孫九郎は主張する。

「敵になる男と同陣したとはの。小田原が知れば、腹を切らされるやもしれぬぞ」

「関白を知る者は北条家では某一人。お屋形様は軽々しい真似はせぬかと存じます」

「上方にいたせいか、口だけは達者じゃの。まあ、よい。それほど参じたいのならば参じよ。但し、関東の戦は上方のように鉄砲を放つだけの生温い戦はせぬ。覚悟せよ」

急に許可したのは、なにか思惑があってのことか。

(儂が討ち死にすることを望んでのことか)

帰城後の返答により、孫九郎は氏光に対して穿った見方をするようになった。

それでも出陣は嬉しい。越中にはただ移動しただけで終わった。

(真実の初陣じゃ)

闘志満々。孫九郎は期待で胸を躍らせた。

十月中旬、孫九郎は宗兵衛から貰った真紅の具足に身を包み、主殿で氏光に顔を合わせた。氏光は黒糸威の具足を身に着け、床几に座していた。孫九郎も隣に腰を下ろした。

「腑抜けた上方に染まりおって」

孫九郎の姿を見て、氏光は吐き捨てるが、孫九郎は気にしない。

氏光の後室の於安ノ方が三方を持って現れた。上には干し鮑、勝ち栗、結び昆布が載せられている。鮑は打ち鮑と呼ばれ、打って、勝って、喜ぶという験に因んだもの。出陣にはかかせぬものである。

供え用とは別に、小さく刻んだ鮑などがある。氏光が一摑みずつ口に入れ、酒で腹に流し込んだ。固くて食べづらく美味しくはないが、しきたりなので孫九郎も義父に倣った。

酒を呑み干した氏光は、勢いよく皿を床に叩きつけると、破片が主殿の端まで飛び散った。広範囲に飛ぶと縁起がいいとされている。

「出陣じゃ！」

氏光は叫ぶと、参集する小机衆が鬨（とき）で応え、揃って主殿を出ていった。

（儂ではなく新太郎との同陣を望んでいるのであろうな）

一度も目を合わせない氏光を見て、孫九郎は察した。

小机では勿論、騎乗は許されている。孫九郎は栗毛の駿馬に跨（また）がって馬脚を進める。

「孫九郎様が一際目立っておりますな」

轡（くつわ）をとる七之助が、我がことのように嬉しそうな顔で告げる。

「申すな。文句を言われるだけじゃ」

本来は晴れ晴れしい姿であるが、素直に喜べないのは寂しいばかり。

（誰もが認める功を上げ、三郎の息子は違うと言わせるのじゃ）

孫九郎は切れ長の双眸を東に向け、馬に揺られた。

小机衆百の軍勢は一路、江戸を目指した。この当時の江戸は葦が生える湿地帯で、その三角州のような地に太田道灌によって築かれた小さな平城が江戸城である。江戸城の本丸に富永氏、二ノ丸に遠山氏、三ノ丸に太田氏が城代として置かれている。

遠山氏は景虎の母の一族であり、側室・於釈の親族でもある。嫡流は直定が当主を務めていた。

（父の母の生まれ故郷か）

二年前は挨拶をして通り過ぎただけであるが、足を止めて改まると、どこか懐かしいような気がして万感の思いにかられた。

皆は本丸の主殿に集まり、雑談をしている。孫九郎は諸将の中から、ある人物を選び、隣に座した。

「左衛門尉殿、ちとよろしいか」

孫九郎は遠山氏の庶流で直定を補佐する康英（直昌）に声をかけた。四十歳ぐらいで長身面長。於釈の兄であり、景虎の家老・康光の嫡子である。

「これは孫九郎殿、なんなりと」

北条家の一族なので、康英は気を遣う。

「二年近く前、越後に忍びで潜った時、貴殿の妹君の於釈殿にお会いした」

「おお、於釈か。息災でござったか」

一瞬、誰か判らず、思い出したかのように康英は言う。

「顔色もよく健やかでござった。当家に見捨てられたせいか、武蔵に戻る気はないようで、三郎殿の終焉の地近くの宝蔵院で妙徳院と称し、菩提を弔っておられた」

「左様でござるか。あれも頑なな女子ゆえ、まだ引き摺っておるとは。正室でもあるまいし、操を立てることもないはず。女子の幸せを捨てるつもりか」

康英なりに心配しているが、康英と於釈の価値観は水と油ほど違っていた。

「ところで、なにゆえ越後にまいられたのです？　江戸でも噂になってござった」

「まあ、故あってとしかお答えできぬ。お察しを」

言うと康英は頷いた。孫九郎が景虎の忘れ形見であることは、薄々知っているらしい。

「某の祖、いや、大聖院様（氏康）のご側室・於類様についてお聞きしたい。なにか知っていることはござらぬか」

危うく祖母と言いかけて孫九郎は質問し直した。氏光に聞かれれば面倒なことになる。

「於類様は、ご正室の瑞渓院（ずいけいいん）様から疎まれていたゆえ、我ら遠山一族としても、あまり口にはできなかった。一度、見たら忘れられぬほど美しい女子で、舞いは天賦の才を持たれていた。熱海（あたみ）の伊豆山（いずさん）神社で巫女（みこ）の姿をし、神事の舞いを披露していた時、参拝した大聖院様に見初められてご側室になったと聞いてござる」

孫九郎が知っている情報と同じである。

（我が舞いは祖母譲りだったのかもしれぬな）

左様ですか、と相槌を打つと、康英は続ける。

「ただ、亡くなられた時、三つ鱗の紋が入りし、古き守り刀が一緒に添えられていたとのこと。その刀は大聖院様が与えられたものではないと聞いてござる。あるいは、鎌倉の執権（しっけん）職であった北条氏の物かもしれぬと」

「されば於類様は遠山家の血筋ではないと？」

「これがよく判らぬ。養子、養女は武家の常。身分の低い家臣の娘が重臣や当主の養女となって嫁ぐことは珍しくない。知ってのとおり、小田原の北条家の元の氏は伊勢。二代目の春松院（しゅんしょういん）（氏綱）様は、その血筋の老女の養子になって北条姓を手に入れたという話が残されていよう。今となっては真偽のほどは定かではないが、大聖院様は伊豆の北条家との結びつきを強くなされようとしたのかもしれぬな。於類殿が美しいゆえ一石二鳥。平家色が濃くなり、これを源氏の出の瑞渓院様が嫌ったのかもしれぬ」

瑞渓院は源氏の血筋で、嘗て駿河・遠江・三河を支配した今川義元の妹である。

「源氏と平家か。源氏は身内にも容赦しないが、都の平家は一族を大事にして争わぬ。平家の血を引く鎌倉の北条家は執権を巡って殺し合いを重ねてきた。小田原の北条家は一族を大事にしたが、三郎殿だけは邪険にされた。都の平家と伊豆の平家の間に生まれたゆえ、源氏に警戒されたということにござろうか」

「そうかもしれぬが、あまり声には出されぬがよろしかろう。今さら掘り起こしても角が立つばかりで益なきこと」

「左様にござるな」

孫九郎は頷き、それ以上、於類のことも景虎のことも口にはしなかった。

翌日、氏直が到着、さらに伯父の氏照が滝山衆を連れて参陣。岩付、河越衆も加わって二万ほどの軍勢になった。

（冬姫のことはそれほど問題になっていないようじゃの）

氏直に呼び出しを受けなかったので、孫九郎は安堵した。

「されば、倉ヶ崎城を落として佐竹らを打ち払う契機とする。いざ、出陣！」

氏直の号令に家臣たちは鬨で応え、北条軍は威風堂々、江戸を出立した。

「こたび、弥次郎殿は参じぬのですか」

七之助が不思議そうに馬上の孫九郎に問う。

「彼奴の働き場所は戦場ではないからの。いないと心配か」

「上野では助けていただきましたので」

「助けてもらっていては、功を挙げられぬぞ」

「某は轡取りゆえ、功は孫九郎様に挙げて戴きます」

臆病だが、己をよく知る七之助を、孫九郎は微笑ましく思った。

軍勢はゆるりと進み、三日後に倉ヶ崎城から一里（約四キロ）ほど南の地に達した。

倉ヶ崎城は下野の中ほど、宇都宮から五里半（約二二キロ）ほど北西に位置している。同城は北の毘沙門山（標高約五八七メートル）と南の茶臼山（標高約五一七メートル）に郭を持つ山城で土塁と空堀に守られていた。

城主は大門弥二郎資長で城兵二百数十人と、宇都宮家から上郷衆数十人が援軍として入城していた。

氏直は本隊を今市に置き、倉ヶ崎城を包囲させた。東を武蔵衆、東南を玉縄衆、西を壬生義雄らの下野衆、北は日光の僧兵。孫九郎らの小机衆は本隊の西に陣を敷いた。

「これでは、旗すら見えぬの」

孫九郎は南の麓から城を眺めてもらす。今市は城から三十町（約三キロ）離れている。目の前には大谷川が流れており、城方からの攻撃を受けることはないが、剣戟を響かせるようなこともできなかった。

「危ない目に遭わずにすみそうです」

「それでは功が挙げられぬ。儂は初陣じゃぞ」

「いかがなさるおつもりですか」

七之助は心配そうに聞く。

「今少し近づいてみぬとな。なにをしに来たのか判らん」

「叱られますぞ」

「大事ない。陣にいても叱られる。同じ叱られるのならば、戦を直に見たほうがよい」

言うや孫九郎は馬に跨がって陣を出た。孫九郎は初めて戦陣で兜をかぶった。朱(しゅ)塗(ぬり)三十二間総覆輪筋兜(そうふくりんすじかぶと)。鉄砲玉を弾く優れ物で、前立は金の蝶。蝶の家紋は平家が好んで用い、信長も蝶の家紋が入った陣羽織を着用。蝶は蛹(さなぎ)から羽化して羽ばたく虫。出世、再生の象徴として縁起がいいとされていたからである。

「お待ちください。何処に行かれるのですか」

家老の上田左近(うえださこん)が問う。

「ちと物見(ものみ)に出かける。すぐに戻るゆえ安堵致せ」

「抜け駆けは軍法違反でござるぞ。くれぐれも抜け駆けはなされぬよう」

上田左近は釘を刺す。先陣は常に「地黄八幡(じきはちまん)」の玉縄衆が駆けている。当主は若き北条氏勝(うじかつ)で、意気込んでいた。

「承知」

頷くと孫九郎は馬腹を蹴って馬脚を進めた。迷惑そうに七之助が轡をとる。

「案外、簡単に騙せるの」

「それでは、抜け駆けなされる気ですか」

「する気はないが、敵が仕掛けてくれれば、戦わぬわけにはいかぬ。北条一族が逃げたとあれば、物笑いになり、全体の士気にも関わろう」

孫九郎は戦う気十分である。

二人は大谷川を越え、城の西の瀬尾に達した。

「この尾根を上って行けば城に達するの」

「道などありませぬぞ」

七之助が言うとおり、樹木が繁るただの山であった。

「それゆえ敵に露見せぬであろう。物見とは遠望するばかりではなく、敵の様子を摑んでくること。則ち敵に近づくことじゃ」

馬で樹木の間を進むことは困難だと判断し、孫九郎は駿馬を樹に繫ぎ、徒で急傾斜を登りはじめた。

「なにも、かようなところを登らずとも、よいのでは」

枝を手で払い、汗を滴らせ、荒い息を吐きながら七之助はこぼす。

「かようなところゆえ、敵に見つからずに近づける。手薄なところを見つけることが叶えば、味方の手負いを少なくして、城を落とすことができる」

孫九郎は本気で思い、枝をたくし上げ、飛び出た根を跨いだ。

一町ほども登ると数人の人影が見えた。

「気をつけよ。敵の物見やもしれぬ」

注意した孫九郎は七之助から短鑓（たんそう）を受け取り、樹の陰に身を隠した。

城兵と思しき五人は、孫九郎に気づかずに樹を縫いながら降りてくる。

（いかがする？　敵は五人か。儂と七之助では手に余るの）

正直、七之助を戦力とは考え難い。弥次郎の姿は見当たらない。越後で複数の敵に囲まれた時は戦わなかった。

（ここは、やり過ごすのが賢明か）

迷っている時、七之助がくしゃみをした。

「誰かおるぞ。北条の者やもしれぬ」

髭の武士が朋輩（ほうばい）に声をかける。みな陣笠をかぶっているので足軽（あしがる）か物見に違いない。

（気づかれたか。致し方ない）

孫九郎は敵に姿を晒した。

「七之助、逃げよ」

下知した孫九郎は上の敵に対して鑓（やり）を身構える。

「此奴（こやつ）、兜首じゃ！」

小太りの兵が驚いたような顔で叫ぶ。通常、兜首は最低でも報賞金が得られるもの。孫九郎は自分に敵の目を集中させ、その間に足の鈍い七之助を逃す策である。

「なに？　されば、近くに伏兵がいるやもしれぬ。気をつけよ」

兜首は侍大将で、十数人程度の配下を連れているものである。小太りの兵は周囲を見る。

(隙あり)

敵が視線を外したので、孫九郎は数歩斜面を駆け登り、鑓を突き出した。慌てた敵も合わせて突くが、孫九郎には届かない。孫九郎の穂先は臑当(すねあて)を貫いた。

「ぐあっ」

臑を刺された小太りの兵は、左足を抱えてその場に尻をついた。

鑓の長さが同じ場合、傾斜の下にいる者の穂先は上にいる者の足に届くが、上の者の穂先は下にいる者の体には届かないものである。

「七之助、近づいたら敵の足を狙え」

鑓を振って近づかせないようにしている七之助に言い、孫九郎は次の敵に向かう。

「敵は二人じゃ。恐れることはない。囲んで討ち取れ」

組頭なのか髭の武士が指示を出す。

「させるか」

孫九郎は敵に廻り込ませないように斜面を横に走り、土を摑んで敵に投げ付ける。

「むっ」

土が目に入り、目蓋を閉じた瞬間、孫九郎は再び傾斜を数歩登り、臑を薙いだ。

「おあっ」

色黒の兵はもんどり打って倒れた。

（あと三人）

長身の兵が廻り込んで七之助を討とうとしていたので、孫九郎はその兵の尻を突く。

「うおっ」

無傷の兵が二人になると、髭の兵は慌ててもう一人と逃げだした。

「七之助、無事か」

「お陰様で」

敵がいなくなると七之助は、へたり込んだ。

「さて、いかがするか」

敵の負傷兵が三人。

「頼む。殺さないでくれ」

長身の兵が懇願する。

「儂を殺そうとしたではないか。まあ、よい。そちたちをどうするかは我が主が決めよう。歩け。歩けぬならば、この場で首を刎ねてくれる」

「あ、歩く。歩くゆえ、斬らんでくれ」

長身の兵をはじめ、もう二人も足を引き摺りながら山を降りた。

孫九郎は三人の捕虜を氏直の本陣に連れて行き、近習の山角定勝に差し出した。

「ようやった。これで敵の様子も、攻め口も判る」

氏直は頬を綻ばせて喜んだ。

捕虜から城の状況を摑んだ氏直は諸将に下知を出した。

指示を受けた寄手は城に殺到。中でも日光の僧兵は北東の抜け穴から城に入り、これを機に北条軍は城内に雪崩れ込んだ。こうなれば、あとは衆寡敵せず。

十月二十日、倉ヶ崎城は陥落。籠った城兵は全員討死した。

「勝手な真似をしよって。抜け駆けまでして功が欲しいのか」

陣で筋兜を投げつけて氏光は激怒した。

「遭遇は偶然です。されど、そのお陰で小机衆は褒められたではありませぬか」

氏直に称賛されたせいか、孫九郎は言い返す。

「功は博打に勝ったようなもの。汝が勝手に陣を離れたことを責めているのじゃ」

「博打も打たねば勝てませんが」

都や大坂でのことを思い出しながら孫九郎は言う。

「戯け！　儂に意見するのか」

激昂（げきこう）した氏光は血相を変えて近づき、孫九郎の頰を拳で殴りつけた。

「そんなに、某が憎いですか」

倒れた孫九郎は起き上がりながら言う。唇の端から血が流れている。

「いかな功を挙げようと、家臣が主の命令を無視すれば、その軍勢は崩壊する。小机衆は崩壊させせぬ。そのためじゃ」

憤りをあらわに氏光は吐き捨てる。

殴られた孫九郎の怒りは氏光に負けないが、さすがに義父を殴り返すわけにはいかない。見れば睨んでしまうので、視線を逸らしたまま陣を出た。

「孫九郎様」

七之助が追い掛けてくる。

（嫉妬か。くだらん）

背後から声をかけられるが、孫九郎は振り向きもせずに騎乗し、鐙(あぶみ)を蹴った。

(このままずっと、かようなことが続くのか。京、大坂のほうが面白かったの)

憤懣(ふんまん)を晴らすかのように、孫九郎は駿馬を疾駆させた。

三

倉ヶ崎城を落城させた氏直は小田原で論功行賞を行った。といっても多くの所領が手に入ったわけではないので、殆どは金、銀、銭である。

「北条孫九郎、捕虜確保の功により、銭三十貫文を与える」

「有り難き仕合わせに存じます」

孫九郎は主殿で平伏して礼を口にした。一番鑓をつけたわけでも、一番首を取ったわけでも、城に一番乗りをしたわけでもないので、この程度という評価である。聞きだしたのは山角定勝なので、定勝は孫九郎の何倍も貰っていた。

(銭の多寡(たか)は問題ではない。ようは、北条家の当主が功を認めたか否かということじゃ)

孫九郎が氏直に褒められて、下座に戻ると、隣で氏光が不快な表情をしていた。

論功式が終わり、酒宴となった。諸将の前には山海の珍味が並べられ、勝利の美酒を堪能している。大御所の氏政も嫡子が指揮して城を落としたので恵比須顔である。

当主と前当主が上機嫌なので、重臣をはじめ一族衆も笑顔が絶えない。みな、呑めや歌え、果てには踊る者もいた。

（早う終わらんかの）

隣には孫九郎を嫌う義父がぶっちょう面で盃を呷っているので、いくら高価な酒を出されても美味には感じられず、苦痛なだけであった。

「孫九郎、そういえば、そちは都で舞いを見せて銭を貰う商いをしていたとか。せっかくじゃ、勝利の舞いを披露してみよ」

氏政が脇息に肘をつき、鷹揚に告げる。

（かような仕儀になると思っていたわ）

報賞を受けているので嫌とも言えない。また、北条家において氏政の命令は絶対である。

「承知致しました」

否々ながら立ち上がると、廊下から声がかけられた。

「わたくしも一緒に拝見しとうございます」

女子の声である。振り返るとそこには冬姫がいた。

「おお、冬姫か。構わず、こちらにまいって一緒に見よ」

今、城に残る氏政の唯一の姫。まさに眼の中に入れても痛くないほど可愛いに違いない。

許可された冬姫は嬉しそうに一段高くなった上座に上り、氏政の右側に腰を下ろした。

「されば」

舞い用の衣装もないので、孫九郎は盃を摑むや立ち上がり、右手で前に差し出した。

「〜後の世も　また後の世も　めぐりあへ　染む紫の　雲の上まで……」

孫九郎はいつもの『高館』を舞いだした。

「おおっ」

見ている者たちは、優雅に舞う孫九郎に魅了されている。冬姫も、うっとりとした表情で孫九郎を見ていた。

「……六道の　衢の末に　待てよ君　遅れ先立つ　習ひありとも」

舞い終わり、孫九郎は盃を笠のように頭に載せ、見得を切った。

「天晴れじゃ。孫九郎。盃を取らせるぞ」

氏直は称賛する。孫九郎は応じて氏直の前に罷り出て、注がれた酒を呑み干した。

喜ぶ氏直に対し、氏政は急に不機嫌になった。

「もうよかろう。ここは男の場じゃ。奥に戻るがいい」

冬姫が蕩けるような眼差しを孫九郎に向けているので、腹立たしいのかもしれない。

氏政は瑞渓院の悋気を目の当たりにし、於類への嫌悪も受け継いでいるのかもしれない。於類から生まれた三郎景虎、孫九郎はその忘れ形見とされているのだ。

至極の時間を終わらされ、冬姫も膨れ面で主殿を退出していった。

（大事にならねばいいが）

女子が絡むと面倒になる。孫九郎は危惧しながら盃を呷った。

翌日、帰城の途中、孫九郎は小田原から半里ほど北の久野に立ち寄った。

久野は広い城郭形式の幻庵の本屋敷を中心に太鼓、七軒、中、丹波などという名のついた屋敷が隣接していた。周囲には職人たちの屋敷が立ち並んでいる。

本屋敷に入ると幻庵が縁側で日向ぼっこをしながら、竹で茶筅を作っていた。

「爺様、お久しゅうござる」

挨拶をした孫九郎は幻庵の隣に座す。

幻庵宗哲。名は長綱と伝わるが「ちょうこう」という出家号だとも言われている。初代早雲の四男で、この年九十五歳。それでも矍鑠としている。

「親父（氏光）とうまくいっておらぬのか」

幻庵は小刀で器用に竹を裂いている。

「まあ、今に始まったことではありません」

「されど、いがみ合っているわけにもいくまい」

さすがに老眼は避けられず、作り途中の茶筅を、近づけたり、離したりして見ている。

「小机の家督は新太郎に譲られるようです。某も、それでいいのかと思っております。小机の家臣たちも、そのつもりで新太郎に接しております」

「左様か。今少し儂に所領があればのう」

幻庵には孫の氏隆がおり、久野を相続することが決められている。

「爺様の臑を齧るつもりはありません。叶うならば、上杉への復讐を」

「やめとけ。一つしかない命。終わったことを、穿り返しても詮無きこと」

「反対ですか」

「そなたには於松（松ノ方）の血も流れているのじゃぞ」

長女だったこともあり、幻庵は松ノ方を非常に可愛いがったという。また、あえて景虎の血が流れているとは言わなかった。

「復讐ができぬとあらば、都に居を構え、若き日の爺様のように、気儘な暮らしをしたいと考えております」

「都か、懐かしいの」

作業を停止し、幻庵は遠いところを眺め、過去を思い出すように言う。

「一時、北野社の世話になりました。能や狂言、近頃では、ややこ踊りなどが催され、賑わっておりました」

「左様か。そなたも幸若舞を舞ったとか。そなたの舞いの才は血かもしれぬの」

「我が祖母をご存じですか。江戸の遠山は判らぬと申しておりました」

孫九郎は身を乗り出すようにして問う。

「美しい女子だった。誰もの目を惹いた。鎌倉（頼朝）の落とし子の末裔という噂もあった。伊豆にはあちこちであるらしい」

島津氏の始祖の忠久（ただひさ）はその一人。

「されば平家ではなく、源氏ということですか？　さればなにゆえ疎まれたのです」

「最後の最後には、源氏の敵は源氏と申す。鎌倉が義経を嫌ったように。確か下野には義経の遺児がいたという噂もある」

下野の御家人・中村朝定（なかむらともさだ）にはそういう噂がある。

「噂はあくまでも噂。真偽のほどは定かではない。そなたも、迷信や風説に惑わされることなく、現実を直視して生きることじゃ。都も、悪くない。されど、乱世ゆえ、簡単にはいくまい。世が落ち着いたならば、それもよかろう」

自身、若い頃は好き勝手に生きてきただけに、理解ある武将である。孫九郎は幻庵と話をするのが好きだった。その後も老将と話に花を咲かせた。

小机城に戻って三日後のこと、孫九郎は改めて氏光に呼ばれた。

「大御所様が、そちに嫁を娶（めと）らせて落ち着かせ、北条のために尽くさせよ、と仰せになられた。どこぞに好いた女子はおるか？」

氏光は一方的に言う。

（なるほど、大御所様は冬姫が儂に関心を持ったことに腹を立てたということか）

即座に孫九郎は理解した。

「はい。某は大御所様のご息女・冬姫様をお慕いしております」

憤ったのはこちらも同じ。立腹ついでに孫九郎は冬姫の名を出してみた。

「戯け！　冬姫に色目をつかうな、という大御所様の叱責が判らぬのか。左様なことを口にすれば、身のほどを知らぬと、怒鳴られるのがおちじゃ」

鼻の穴を広げて氏光は言い放つ。

（知らぬと思うてか。かようなことなれば、冬姫の部屋に忍んでおけばよかったかの。さすれば首が飛んでいようか。どの道、正式には結ばれぬ運命ゆえの）

孫九郎は忿恚と落胆に満ちていた。

「それで義父上は誰を某に娶らせるおつもりですか」

もはや決定済みであることは窺えた。

「そちに似合いの女子じゃ。見てくれは悪くないゆえ安堵せよ」

告げると氏光は部屋を出ていった。

（婚儀か。これで好き勝手に動くことができなくなったの）

西郭を出た孫九郎は厩に向かった。駿馬を奔らせて憂さ晴らしをするつもりだ。

「おぬしも年貢を納める時がきたか」

馬陰から声がする。弥次郎である。

「つまらん話はすぐに聞きつけるの。して、儂はどこぞの女子を嫁にするのじゃ」

「増田与助と申す足軽の娘で奈波という」

「左様か」

孫九郎は失意を感じなかった。百姓や町人の娘を娶らされると思っていたからである。

ただ、これで氏光が、どれほど孫九郎を嫌っているかが判る。城主の息子ならば、ほかの城主の娘（養女）などを娶わすのが常である。仮に家臣であれば重臣の娘が相当であるが、少領の主とはいえ、足軽とは、いくらなんでも度が過ぎる。家督は渡さないと宣言をしているようなものであった。

「いかがする？　まこと嫁をもらうのか」

「武士は好いた惚れたで婚儀をするものではあるまい。嫌だと申して出奔するのは可能じゃが、さすれば奈波と申す女子が自ら命を断つやもしれぬ。どの道、断れぬ運命じゃ。好いた女子がいるわけでもない。身を固めるのも悪くない」

「惜しいの。関白の側室に手を出せるおぬしが、足軽の娘を娶らねばならぬとはの」

「乱世じゃ。身分など関係あるまい。関白がいい例じゃ。儂に運と才があれば、小机を凌ぐ城主になれるやもしれぬ」

「そこまで言えるのならば、心配は無用か」

「祝いになにをくれる？」

「いかさま双六で巻き上げた銭で、おぬしの嫁の腰巻きでも贈ってやろう」

「戯け」

孫九郎が馬草を投げると、弥次郎は姿を消した。

暮れも近づく中、小机城の東郭に多くの人が詰め掛けた。門には紅白の幕が張られ、主殿には家臣たちが居並んでいる。

上座に孫九郎は直垂姿で胡坐をかき、右隣に白無垢の花嫁衣装を身に纏った奈波が座している。

嫁入りは女子にとって人生の一大事。ただでさえ緊張するにも拘わらず、足軽の娘が城主の息子に嫁ぐとあって、奈波の顔は可哀想になるほどこわばっていた。

氏光が口にしたとおり、見てくれは悪くない。美人という容姿ではないが、丸顔で愛嬌がある。年齢は十四歳。半士半農の娘なので日焼けして健康そうである。その氏光の姿はこの場にはなかった。

熊野神社の神主が二人の前に立つと、ざわついていた場が静まり返った。神主が、御幣を振りながら祝詞を口にする。

（これが婚儀というものか）

神主の声を聞きながら孫九郎は漠然と実感していると、御祓いは終了した。

「めでたい。これで小机の北条家も安泰じゃ」

三三九度が終わると、小机衆で次席の神田次郎左衛門が祝いの言葉をかけた。

「おめでとうございます」

家臣たちも続き、酒宴となり、歌や舞いが披露された。

増田与助は娘を孫九郎に嫁がせることができたので、一族の誉れと酒を呷っている。

孫九郎は酒を嗜みながら、家臣たちが繰り広げる踊りを眺め、歌を聞いている。

孫九郎は胡坐をかいて寛いでいるが、隣の奈波は女子なので、婚儀の席で食べ物を口にしたりせず、ずっと正座しているので苦痛そうである。

（そろそろ解放してやらねばの）

奈波が辛そうにしているので、孫九郎は花嫁を抱えて座を立った。

「おおっ」

周囲も察したので、歓声を上げて見送り、飲酒は続けられた。

寝室には、すでに油皿に灯が一つ灯され、敷物が敷かれていた。

「あっ、あの、用意がございますので、少し間を戴きとうございます」

震えるような声で奈波は言う。しきたりなどを城の老女に教えられているのであろう。

「間とは男と女の間のこと。かような時は、全て男に身を任せるものじゃ」

孫九郎は構わず奈波を抱き締め、唇を重ねた。

遠くから騒ぐ声が聞こえる中、孫九郎は奈波を求めていく。

誰もが羨む孫九郎に抱き締められ、奈波は幸福そうな表情で声を押しころしていた。

四

九州を平定した秀吉は、天正十五年（一五八七）十二月三日、東国の武将たちに

「関東奥両国惣無事令」を発した。

道牛が泉谷寺に告げにきた法令である。

小田原には年明けに届けられたが、相変わらず氏政は秀吉に従う気は微塵もなかった。

氏政が使者を上洛させると否々応じたのは翌年の初夏のことだった。政略結婚を結ぶ家康からの催促があったので、仕方なく、といったところである。

当時の北条家は上野の沼田で真田家と、下野、下総で佐竹家を主格とする北関東連合軍と争いを続けていた。

その間、孫九郎は小机衆の一人として参陣、命令に従って戦い、帰城すれば奈波と楽しく過ごしていた。まだ子には恵まれていないが、ささやかな幸せの中にあった。

「奈波、城下の道筋に咲いていたぞ」

東郭の中庭から、孫九郎は白と紅色をした芍薬の花を差し出した。

「まあ、綺麗。さっそく生けましょう」

かつての松ノ方のように奈波は嬉しそうに受け取り、花瓶に挿した。気立てがいい女子である。孫九郎は奈波の笑顔を見るのが好きだった。

「申し上げます。殿様からの下知で、急ぎ、小田原に行け、とのことにございます」

氏光の近習の堂村吾兵衛が告げに来た。

「小田原に？　義父上は？」

「判りませぬ。某はそれだけしか聞いておりませぬ」

「左様か。義父上に直に聞いてみよう」

呼び出されるようなことをした覚えはない。西郭に行こうとした。

「畏れながら、殿も理由は判らず。ゆえに小田原にと」

あくまでも氏光は孫九郎に会いたくないようである。

「承知した」

堂村吾兵衛に告げた孫九郎は奈波を見る。

「聞いてのとおりじゃ。儂は叱責を受けるようなことをしておらぬ。関白の人となりなど話せ、ということであろう。心配致すな。明々後日には戻る」

着替えた孫九郎は七之助を伴って小机城を発った。その日は平塚の宿で夜を過ごし、小田原に着いたのは翌日のこと。主殿に入ると氏政、氏直親子のほか、氏照、氏規らの一族衆のほか、松田憲秀らの重臣も顔を揃えていた。

「お呼びの下知を受け、孫九郎、ただ今まいりました」

上座から三間ほど離れた場所で孫九郎は平伏する。

「重畳至極。面を上げよ」

鷹揚に告げた氏直は上座に近い位置に座す松田憲秀を見た。

「実は先日、徳川殿からの書が届き、上洛しなければ、親戚の結びつきを解消したいと申してきた。関白の無理強いでござろうが、大御所様は痛風で動けず、お屋形様は真田や佐竹との争いもあってこちらも動けぬ。そこで美濃守（氏規）様が上洛なされる」

氏規は早雲が関東支配を始める契機の城となった伊豆の韮山城主で、氏光の兄にあたる。孫九郎にとっては伯父となるが、氏規は氏光とは違って正室・瑞渓院の末息子なので、氏光とは格が違っていた。

「左様ですか」

いい人選だと孫九郎は思う。北条兄弟の中で一番賢いといわれる武将で、今川義元の存命時、駿河で人質生活を送り、家康の隣の屋敷に住んでいたので昵懇になったという。

「関白の書に、孫九郎様にも上洛させよ、とあるので美濃守様に同行なされるように」

「なんと」

まさか上洛させられるとは思わず、孫九郎は驚いた。

「そちは関白のお気に入りじゃ。舞いなど披露して機嫌を取っておけ。女子を誑かすことにも長けておるゆえ、関白の周囲にいる女子など誑し込み、当家が優位になるよう努めよ。但し、関白の側室になど手を出して睨まれる真似はすまいぞ」

「承知致しました。されば、支度をするために、一旦、帰城致します」

氏政は孫九郎のことを、芸人か色事師のようにしか思っていないようである。身に覚えがないわけではないので、孫九郎は頷く。

「その必要はない。荷物は後から運ばせよ。そちは、美濃守と一緒に韮山に行け」

強引に氏政は命じる。一度、勝手な行動をとっているので心配なのかもしれない。

(今さら、なにを焦っている。ここまで遅らせたのは誰じゃ)

というのが本音であるが、さすがに声には出せない。

(上洛か。少し足を伸ばせば大坂。大坂には父の仇・上条宜順斎がおる)

気が進まぬ上洛に意味を持たせることができた。

「判りました」

孫九郎は応じ、氏規とともに伊豆の韮山城に向かった。

七之助には荷物をとりに行かせる前に久野に立ち寄らせ、上洛することを告げさせた。幻庵の許には風魔一族がいるので、必然的に弥次郎に伝わるようになっていた。

韮山城は箱根から南伊豆を押さえる重要な地で、北条家の始祖・早雲が伊勢新九郎（しんくろう）と名乗っている時に、堀越公方の足利茶々丸（あしかがちゃちゃまる）を追い出して築いた城である。

城の南東には天狗岳（てんぐ）が隆起し、西には狩野川（かの）が流れて天然の要害となしている。丘陵の一番高い所（標高約一二八メートル）に本丸を置き、北に二ノ丸、権現曲輪（ごんげんくるわ）、三ノ丸と順番に低くなっている。また、本丸の南には南曲輪を築き、曲輪と峰の間には堀切を作り、普段は橋をかけて峰の一部に出丸（でまる）としているので、簡単に落ちる城ではなかった。

（早雲様が築かれた北条家を飛躍させた城か）

北条家発祥の城を訪れ、孫九郎は万感の思いにかられた。

「そちは、北条家の中で唯一、関白を知っておる。いかな人物か」

山頂から周囲を眺める孫九郎に氏規は問う。

「人の心を読む術に長けております。また、人誑しと言われるだけあって話していると取り込まれます。お気をつけられますよう」

「覚えておこう」

大丈夫だ、などと言わぬので、孫九郎は氏規に好感を持った。

翌日、弥次郎が荷物を馬に載せて訪れた。

「相変わらず、人使いが荒いの。儂を呼び寄せるということは、面倒になりそうなのか」

弥次郎は嫌そうな表情ではない。

「嬉しそうな顔をしているではないか」

「遊ぶならば湯本（ゆもと）の女子よりも、都の女子のほうがいいからの。おぬしもそうであろう」

「戯け。儂は嫁のいる身じゃ。以前の儂とは違う」

本心である。上洛するより、奈波と一緒にいるほうがいいと思っている。

「嫁が恐いか？　誑しの孫九郎も尻に敷かれるようになったとはの。茶々殿らが聞かれれば、さぞ落胆するであろうの。まあ、せっかく上洛するのじゃ。嫁の目は都には届かん。黙っていてやるゆえ、思いきり羽を伸ばしたらどうか」

「儂は任で上洛するのじゃ。遊山ではない。遊びならば、そち一人でしろ」

「まあ、今はそういうことにしておこう。都にはいろんな人がいて面白いゆえの」

但馬屋宗兵衛のことでも思い浮かべているのか、野卑な笑みを浮かべて弥次郎は言う。

「勝手にしろ」

孫九郎の頭の中は、秀吉がどんな要求をしてくるのか、で一杯だった。

八月七日、氏規は二百人ほどの家臣を従えて、韮山城を出立した。孫九郎も一緒だ。

氏規ら一行は途中で三河の岡崎城に立ち寄り、榊原康政、成瀬正一を案内役として入洛したのは十七日のこと。

「なんと」

秀吉が新たな政庁を築き、天皇の行幸を実現させた聚楽第のことは噂には聞いていた。黄金の城が鴨川の河原でも遠望でき、孫九郎は呆気にとられた。

「九州の端まで手に入れたんじゃ。金銀財宝は捨てるほど集まろうて」

弥次郎は当然といった口調である。

(北条家にとってはいいことやもしれぬ。美濃守様の口から大御所様に伝えられれ

ば、争う気などなくなろう。財の力は兵の力も同じ）

孫九郎は期待した。

未ノ刻（午後二時頃）、都に入った氏規は徳川屋敷近くで禁裏御所の北に位置する相国寺に宿泊をすることにした。

榊原康政を通じて、秀吉への謁見を求めたが、秀吉は連日、諸大名や公家衆との公儀と称する茶会などを催し、なかなか日取りを言い渡さなかった。

そんな最中、懐かしい顔を相国寺で見た。但馬屋宗兵衛である。

「御無沙汰しております。お元気そうでになによりですな」

一癖も二癖もありそうな脂ぎった顔に笑みを浮かべて宗兵衛は挨拶する。

「久しいの。そなたも息災でなにより。して、こたびはなんの悪巧みをしておるのじゃ」

「悪巧みとは人聞き悪いことを。そういえば、奥方様を迎えられたとか。おめでとうございます。悔しがっている女子は数多おりましょう」

宗兵衛の言葉を聞き、ちらりと横を見ると、弥次郎が北叟笑んでいた。

「そういうことゆえ、悪い遊びに誘えず、そちも残念であろう」

「なんの、男の遊びは底なしにございます。お陰で商いも広がる。それゆえ、今宵、手前のところにお渡り願えませぬか。面白きことをお目にかけます」

「遠慮する。儂は主から下知を受けて上洛した。遊びにきたのではない」

きっぱりと孫九郎は断わった。氏規の会見を成功させるのが孫九郎の役目である。

「上洛は殿下の下知ではないのですか」

「なに！　そちは殿下にお目見得できる身分になったのか？」

問うと、但馬屋宗兵衛は自信満々に笑みを浮かべた。

「また、そちの毒糸に絡まれそうじゃの。いや、すでに絡まれているのやもしれぬ」

一気に孫九郎は不安を感じた。

「ちと出かけてきます。殿下からの下知だそうにございます」

夕食後、孫九郎は氏規に断わり、但馬屋に足を運んだ。

「よう、お越しいただきました。こちらにございます」

玄関先で出迎えた宗兵衛は、本宅ではなく、離れに案内する。僅かな提灯の灯りと月の光に照らされているが、枯れ山水（かれさんすい）の整った庭である。

「北条はんをお連れ致しました。なにかあれば、申しつけていただきますよう」

戸の外から宗兵衛は声をかける。

(宗兵衛が気遣いをする人物とは誰か。儂に会わすとすれば女子か)

あれこれ考えながら、「失礼致す」と一声かけて孫九郎は戸を開けた。

「なっ！」

部屋の中を見て、孫九郎は愕然(がくぜん)とした。一瞬、思考が停止したが、すぐに孫九郎は戸を閉めかかった。

「逃げるな、孫九郎」

声の主は女子である。しかも顔見知りで、超がつくほど高貴な身分。顔を見られた以上、かけられた声のとおり、なかったことにはできない。

「一別(いちべつ)以来、ご無沙汰しております。茶々様」

宗兵衛の北叟笑む顔が目に浮かぶ。

孫九郎は仕方なしに、閉めかかった戸を開け直して部屋の中に入った。

「かようなところにまいって、殿下が知ったら、いかなことになるか、お判りですか」

茶々から一間ほど前に孫九郎は腰を下ろした。軽はずみな行動が信じられない。

「殿下は昨日から近江の大津(おおつ)に下向している。気にすることはない。前回はそなたの子を宿すことができなかったゆえ、今一度挑もうぞ」

切れ長の目を孫九郎に注ぎながら茶々は積極的だ。

「殿下は茶々様にぞっこんと聞いております。監視の一人や二人、張りつかせているのではないですか」

「殿下が恐ろしいか？」

側室になると、言葉遣いも変わっていた。

「当然。我が首一つですめば構いませんが、鉾先(ほこさき)が小田原に向くとなると話は別。茶々様、あなたの行動一つで、何千、何万の命が失われることになるのですぞ」

「監視は、みな近江の者。わらわが不利になることを申すはずがない」

「天下人を甘く見ないほうがよいかと存じます。必ず殿下に忠節を尽くす者が見張っております。茶々様の失態を見つければ、出世に繋がりますゆえ」

なんとか茶々と接触しないように孫九郎は説く。

「甘いのは孫九郎のほうかもしれぬ。わらわの痴態を報告すれば、おそらくその監視は褒められよう。されど、痴態を知った監視を殿下が放置しておくと思うか？必ず殿下は、あれこれ理由をつけて処罰して、何事もなかったことにする。天下人の威信にかけて。それゆえ監視は報告せぬ。わらわは殿下の庇護(ひご)の下にあれば、気儘に暮らせる」

「それを知って儂に近づくとは茶々様も恐ろしい人だ。殿下に叛くことに罪の意識は感じぬのですか」

「孫九郎には仇に抱かれる女子の心中など判るまい。何度、懐剣で刺し殺してやろうと思ったことか。日々嫌な目に遭っておるのじゃ。わらわに褒美があってもよかろう」

茶々は憤懣の塊となっており、払拭したくて仕方ないようだった。

「心中お察し致します。茶々様ではないにしろ、儂は父を見殺しにした伯父に仕えてござる。されど命を奪おうとまで考えたことはない。隠居したりとはいえ、本家の当主ゆえ」

「前にも申したが、殿下に子種はない。数多いる側室に子ができぬことで明らかになっている。もし、わらわに子ができれば、それは殿下の跡継ぎ。豊臣家にとって、これほど幸せなことはない。側室として家の安寧を願ってのことじゃ」

「ものは言いようですな。某には妻がござる。真心を踏み躙ることはできませせぬ」

優しい奈波の笑顔が脳裏を横切る。

「小さなことを申すの。武家の女子ならば、家を潰さぬ限り、夫に女子の一人や二人いることは覚悟していよう。ましてや孫九郎の妻となるならば、承知の輿入れに違いない」

「男子（おのこ）のようなことを口になさいますな」

「わらわは天下人の女子じゃ」

側室とは言わなかった。

「以前、孫九郎はわらわの企てに賛同し、抱いてくれた。今のわらわに魅力はないのか」

「憂えのせいか、以前にも増して魅力的であらせられる」

本心である。孫九郎が独り身ならば躊躇（ちゅうちょ）しないであろう。

「されば構うまい」

茶々が強請（ねだ）る。思案のしどころであった。

「条件がござる。儂が茶々様を抱くのは、我が意志。茶々様の命令ではない」

もはや逃げられぬならば強く出たほうがいい、と孫九郎は判断した。

「あい判った」

「今一つ。儂が抱くのは天下人の女子ではなく、一人の女子としての茶々様。あなた様の下知には従わぬ。我が意の儘に抱く。それでよろしいか」

「願ってもない」

茶々が頷いた瞬間、孫九郎は膝歩きで近づき、しなやかな肢体を抱き締めた。

（奈波すまぬ）

罪の意識を覚えながら、孫九郎は茶々の軀を求めていった。

氏政の忠告を守れなかった。果たして、この結果がどうなるか、孫九郎には、まったく読むことができなかった。

第四章　小田原決戦

一

事をすませた孫九郎は、こっそり部屋を抜け出し、夜明け前に相国寺に戻ろうとした。

「よきものを拝見させていただきました」

好色な顔に満足の笑みを浮かべ、但馬屋宗兵衛は言う。

「下衆(げす)な趣きじゃの。これで役目を果たした。儂は戻って殿下との会見の支度をする」

告げた孫九郎は立ち去ろうとした。

「お待ちください。孫九郎様はこれより聚楽第に向かっていただきます」

「どういうことか」

足を止め、顔だけ傾けて孫九郎は問う。

「北条様が上洛なされたら聚楽第にお連れするように、殿下から下知を受けております」

「なに！　されば茶々様は儂を誘い出すための餌だったのか？　とすれば、殿下はこのことを承知しておるのか」

弄ばれているようで腹が立つ。

「さあ、天下人の肚裡は手前ごとき商人には判らしまへん。茶々様が孫九郎様を慕われていることはご存じと違いますか。嘗て密接な間柄になったことも薄々は判ってはりましょう。こたびのことは判らしまへんが」

「その上で、儂は殿下と顔を合わせねばならぬのか。やはり女子には気をつけねばのう」

今さらながら氏政の戒めが、重くのしかかる。言いながら、はっと気がついた。

「儂を聚楽第にということは、儂と伯父御（氏規）を引き離す算段か」

「おそらくは」

孫九郎は瞬時に思案を巡らした。

（伯父御は決して北条が不利になることは申すまい。また、受け入れまい。儂が側にいたとて、これは変わらぬ。されば、なにゆえ引き離す？　儂が知ることといえば、都でのしきたりか。誰ぞに聞いて嘲られぬようにしてくれればよいが）

思案の中では、交渉が頓挫することはないと思えた。

「拒んでも強引に引っ張って行かれるのであろうな」

「ご推察のとおり。これも貴家のためになりましょう」

「舞いではなく、そちたちの掌の上で踊らされているようじゃの」

騒動を起こすつもりはない。孫九郎は宗兵衛に従った。

城内の南二ノ丸の一室にいると、弥次郎が訪れた。

「同業の者が数多いる中、よう無事に入ってこれたの」

「おぬしの従者と申したら、門番もすんなり通してくれた。おぬしは豊臣家に好かれておるの。隠し事を知られれば、大変なことになるやもしれぬが」

縁側に腰を下ろしながら弥次郎は口許を歪めた。

「別に疾しいことはない。美濃守殿への報せは？」

「した。さして、落胆はしておらなかったぞ。当てにしていなかったのやもしれぬな」

「左様か」

　気は楽だが、期待されていないとなると、残念な気持もあった。

「そういえば、上杉権少将（景勝）が都にいるぞ。いかがするつもりか」

「そちは上杉屋敷に潜れるのか」

　上杉屋敷は聚楽第の南二ノ丸から五町ほど北東の一条戻橋下るにある。

「無駄なことを聞くな」

　軒猿が見張っているので潜入は無理だということである。

「そちができぬのならば、儂はなおさら。それに、近く美濃守殿が殿下に謁見するのに、都で騒ぎを起こすわけにはいくまい。やはり仇討ちは戦場で堂々とせねばなるまい」

「望んでおるのか？　交渉が決裂することを」

「戯け。北条の一族として、左様なことを望むわけはない。個の恨みと家の大事は違う」

　孫九郎は自身に言い聞かせた。

（されど、話がこじれたならば、上杉への先陣は儂が駆ける）

　いつでも、その覚悟は持っている。

秀吉は八月十九日、大津から帰京した。

翌日、孫九郎は秀吉に呼ばれ、聚楽第の中の一室に控えた。四半刻ほど待たされたのち、秀吉が現れた。

「御尊顔を拝し、恐悦至極に存じます」

少々後ろめたさを感じながら孫九郎は平伏した。

「重畳至極。畏まることはない。面を上げよ。どうじゃ、久しぶりの都は？」

顔を上げて秀吉を見る。皺だらけの顔に笑みを湛えているが、金壺眼は笑っていない。

「僅かな間に豪華な城が築かれており、ただただ驚いております」

茶々のことを聞かれているのではないかと、臆しながら孫九郎は答えた。

「そうであろう。御上を迎えた城じゃ」

自慢気に秀吉は言う。この四月十四日、後陽成天皇の行幸が行われている。これは信長ですら成し得なかったことである。

「恐縮しております」

「御上にはお成りいただいたが、相模守（氏政）は来ていないらしい。相模守は、さぞ高貴な御仁なのであろうのう。いかな城を築けば、来城していただけるのかの」

慇懃(いんぎん)な口ぶりが重くのしかかる。

「詳しくは美濃守より言上(ごんじょう)致しますが、我が主は決して殿下を蔑(ないがし)ろにしてはおりませぬ」

「北条殿、殿下の前で自称の官途は口になされるな」

横に控える石田三成が注意する。

「よいよい、余と孫九郎の間柄じゃ。堅苦しいしきたりはいらぬ。孫九郎には、こののちも楽しませてもらわぬとならぬゆえ。失望させまいの」

「仰せのとおり、精一杯尽力致すつもりです」

なにか勿体(もったい)つけたような秀吉の言葉に、孫九郎は危惧しながら頷いた。

その晩、孫九郎は多数の行灯を照明とした舞台の上で舞いを披露した。秀吉の隣には茶々が侍(はべ)っている。酒なのか、舞いにか、気高く艶やかな女人は矮軀(わいく)の天下人にしなだれかかり、嫉妬を誘うかのように潤んだ瞳を孫九郎に投げかける。

(これが、あの女子なりの戦いか。儂の戦いは……まだ始まっておらぬ)

見物する者を魅了しつつも、孫九郎は自身の舞いを否定した。

二十二日、氏規は聚楽第に登城し、大広間で秀吉に謁見した。

大広間には秀吉のみならず、徳川家康をはじめ、織田信雄、豊臣秀長、宇喜多秀家、上杉景勝らの武将のほか、今出川晴季や勧修寺晴豊などの公家もいた。

皆が官位官職を持っているので束帯、衣冠、直衣姿なのに対し、無位無官の氏規は烏帽子に褐色の直垂の出で立ちであった。

氏規は満座の中で辱めを受けるような形となった。

それでも無事に謁見は終了。憤りながら相国寺に戻ると、その晩、秀吉がお忍びで現れた。氏規が、慌てて身を正すと、秀吉は気さくに近づき話しかける。

「なにゆえ、そなたの兄殿は上洛を拒んでおるのだ。御上も北条殿は関東を私し、朝廷を蔑ろにしておるのではと御心を砕かれておる。御上はまだお若く、これを見るに忍びない」

深刻そうに秀吉は言う。

「朝廷を蔑ろにするなど、とんでもないことでございます。兄氏政は隠居の身であり、昨今、痛風を病んでござれば、なかなか上洛の儀が叶わぬだけのことでございます。兄も殿下の御好意に応えられぬこと、日々危惧してございます。病の身にはございますが、なんとか年内には拝謁したいと申してございますれば、今少しお待ちいただくようお願い申しあげます」

氏規は腰を引き、畳に額を擦りつけて懇願した。

「左様か。上洛したいと申しておるか。これで喉の痞えが降りたというものじゃ」

秀吉は猿顔を皺くしゃにして喜んだ。

「畏れながら、兄が上洛できぬ問題がございます」

「申してみよ」

「上野における沼田のことにございます。沼田は徳川殿との約定によって我ら北条の地と定められてございます。徳川殿が沼田に価する替え地を真田に与えるとのことでございますが、未だ真田は城に籠り、時には我らに鉾先を向けてまいります。これが解決できぬうちは、兄の上洛は難しいかと存じます」

ずっと押され続けてきた氏規であるが、言うべきことは主張した。

「なるほど。余も沼田のことは、よう判らぬゆえ、北条家より沼田の件について詳しき者を上洛させよ。詮議のうえ裁定致すとしよう」

「有り難き御言葉にございます。万が一、殿下に知らぬと申し捨てられ、事が切れた暁には、この氏規、必ず先陣となって、錆矢を奉らんとする所存にございました」

「それでこそ美濃守じゃ。坂東武士の心意気、この秀吉感じ入ったぞ。誰ぞ酒を持て」

秀吉は寺内であるが、酒の用意をさせており、自ら酒を盃に注いだ。

酌をされた氏規は恐縮しながら酒を流しこんだ。

秀吉にすれば、赤子をあやした程度であろう。簡単に氏規の心を掌握した。

二十四日、氏規は豊臣秀長の屋敷に招かれ、豪華な接待を受けている。

孫九郎が相国寺に戻ることが許されたのは二十八日の夜であった。

「謁見のこと、首尾は上々と伺っております」

久しぶりに氏規と顔を合わせ、孫九郎は問う。

「表向きはの。勝負は次に上洛する者に委ねられた」

やはり氏規は阿呆ではなく、秀吉に頭を下げながらも状況をよく見ていた。

「美濃守殿が？」

「いや、小田原の者になろう。そちの方はいかがであったか」

「芸人扱いでござる。殿下の心証をよくしたとは思いますが、本音は判りません」

金壺眼の奥底に潜む暗い陰りは、孫九郎を憎んでいるようにも見えた。

帰国する前、孫九郎は秀吉に暇乞いの挨拶をした。その席でのこと。

「畏れながら、大坂に上杉旧臣の上条宜順斎がいると伺っております」

意を決して孫九郎は尋ねた。

「上条？　はて左様な者がおったかの。治部、いかがか？」

秀吉はど忘れしたかのような顔で、横にいる石田三成に問う。

「はい。上杉家を出奔し、殿下の下に寄食なされております。殿下は越後の話など聞かせよと仰せになられ、三度引見なされました」

記載された帳面でも見ているかのように、三成は整然と答えた。

「そういえば、左様な者がおったの。して、上条になに用か？」

秀吉にとって上条宜順斎は、上杉家の内情を知るための存在で、さして重要な人物でないのかもしれないが、孫九郎は違う。

「父の仇にございます」

「北条のか？」

おそらく知っているであろうが、秀吉は惚けた顔をして問う。

「いえ、上杉三郎景虎。北条氏康の六男にて上杉謙信の養子にございます」

「ほう、左様に込み入った事情があるのか。会うていかがする？」

秀吉の暗い目が光る。

「叶うならば、果たし合いを致したく存じます」

「それは穏やかではないの。上条は余の食客。いわば家臣じゃ。上条が、そちの父を闇討ちにでもしたのならば、果たし合いをさせてやるも吝かではないが、戦場で堂々と戦ったのならば、武士の本分を果たしたことになり、そちの申すことは筋違いとなる」

「それは……上杉弾正少弼（景勝）が通達もせずに夜討ちをしかけ、その後、上条は弾正の手先となって父に兵を向けました」

悔しさを噛み締めながら孫九郎は申し立てる。

「なるほど、いきなりというのは卑怯じゃが、警戒を怠るも武士にあるまじきこと。まあ、そちの申し分だけを聞くわけにはいかぬ。じゃが、会わせてやっても構わぬ」

「真実にございますか！」

身を乗り出すようにして孫九郎は問う。

「真実じゃ。その代わり、氏政か氏直を上洛させよ。さすれば上条と差しで会わせてやる。どうするかは、そちの思うがまま。どうじゃ」

これも天下人の軽い腹芸なのか、秀吉は双六博打でもしているように問う。

(くそ、我が仇討ちは汝の遊びではない! また、当主らを呼ぶための道具でもない)

怒鳴り返したいが、交渉は順調に進んでいる。孫九郎が破談させるわけにはいかない。

「承知致しました。左様に伝えます」

必ず上洛させる、と言えないのがつらいところ。悔しさを堪えながら孫九郎は答えた。

「期待しているぞ」

怪しい笑みを浮かべながら、秀吉は部屋を出ていった。

(上洛か。まあ、せねば戦になる。お屋形様もこれは避けよう。お屋形様が上洛致せば、儂は上条と差しで会える。さすれば仇討ちが。殿下はこれを許そうか)

危惧する点は幾つもあるが、少しは進展すると、孫九郎は前向きに考えることにした。

二十九日、孫九郎らは帰途に就いた。

小田原で報告を終えた孫九郎は小机城に戻った。その晩のこと。

「都で女子遊びをなさいましたね」

褥の前で奈波は柳眉(りゅうび)を逆立てていた。

「いや、左様なことは……」

弥次郎め、余計なことを、と肚裡で思った時である。

「お顔に書いてあります。一時の遊びなのですか？　それとも馴染みの女子ですか」

いつになく奈波の追及は厳しい。

「いや、なんと言おうか、魔が差したというか、なりゆきというか。馴染みではないが、知らぬというわけでもない」

と言うや、奈波は孫九郎に近づき、両頬をつねり上げた。

「一時の過ちならば許して差し上げます。されど、馴染みとあれば捨ておけませぬ。二度とその女子と会わぬと申されませ。申さねば、この手を離しませぬ」

より奈波の指に力が入る。意外と指の力が強く、頬が痛い。

「い、たたた、判った。もう会わぬゆえ、この手を離せ」

「真実ですか」

「ああ、真実じゃ。これが証じゃ」

孫九郎はそのまま奈波を抱き締めた。

嫉妬に満ちる妻を抱きながら、茶々と二度と会わぬことは難しいという認識でいた。

箱根の山々が紅葉に色を染めた頃、矢場で弓を手にする孫九郎の許に弥次郎が近づいた。

「おめでとう、茶々殿が懐妊したそうじゃ。京、大坂は大騒ぎだそうな」

「なにゆえ、儂に祝いの言葉を申す。殿下の子かもしれぬ」

言いながら放った矢は的を外した。

「おぬしの子かもしれぬ。だとすれば、おぬしの子が天下の跡継ぎじゃ。いかが致す？」

「いかがもなにも、殿下も茶々殿も喜んでいるのであろう。されば、余計なことに首を突っ込まぬが、お家のため。あとは年明けの交渉がうまくいけば、皆、万々歳であろう」

狼狽（うろた）えながら孫九郎は言う。

「誰ぞが妙な触れをせねばの」

野卑な笑みを浮かべて弥次郎は言う。

「誤解は血を流す元になる。滅多なことを申すまいぞ。特に奈波にはの」

孫九郎は不安感にかられた。

翌天正十七年（一五八九）二月、氏直は評定衆の板部岡江雪斎融成を上洛させた。

江雪斎は伊豆・下田郷の真言宗の坊主であり、筆に長けているので氏直に召し出され、右筆となった。宏才弁舌、人にすぐれ、そのうえ仁義を持ち合わせて文武に達する人である。戦評定にも加わっていた。

秀吉に謁見した江雪斎は、上野の沼田問題を丁寧に説明した。

「されば、沼田領の三万石を三等分し、三分の二を北条家の領地と致す。されど、残り三分の一の名胡桃領には真田家代々の墳墓があるゆえ、動かすわけにはゆかぬ。真田が失いし沼田の地は駿河大納言（家康）の地より替え地を与えることと致す。これにて領地が儀は解決致したので、すみやかに氏直か氏政に上洛するよう申し伝えよ」

絶対に否とは言わさぬ口調で秀吉は裁定を下した。

秀吉の判断は北条家にとってはかなり満足のいくものであった。これ以上望めば、険悪になるばかりで益がない。

「ありがたき台慮（将軍や関白の考え）のほど、只々恐悦の極みにございます」

江雪斎は寛大な秀吉の配慮に頭を低くして帰国した。

実のところ、名胡桃に真田家の墳墓はなかった。真田信幸は沼田で失った地を家康から信濃の箕輪領の替え地として受け取っている。

五月二十七日、茶々は山城の淀城で男子を産んだ。この赤子は鶴松と命名。茶々は淀ノ方と呼ばれるようになった。秀吉は幸せの絶頂に達していた。

二

同年十月二十四日、沼田城代を務める猪俣邦憲の麾下が、名胡桃城を奪取した。

その報せは二日後には小机城にも届けられ、俄に慌ただしくなった。

北条家は秀吉が下した沼田領の所領分けを無視したことになる。

「猪俣は戯けか」

氏光は西郭で吐き捨てているが、孫九郎の思案は違う。

（分家の城代が命令を無視するわけもなし。また、豊臣家との和平を望む氏直様が

下知するわけもなし。おそらく名胡桃城を奪い取ったのは氏政様の命令に違いない）

猪俣邦憲は鉢形城主・藤田氏邦の家臣である。

（これで仇討ちは当分、できそうもないの。いや、豊臣が敵に廻れば北条は天下を相手に戦か。さすれば仇と戦うことになる。幸か不幸か家の命運を賭けての）

緊張感に包まれながら、孫九郎は弥次郎に城奪取の経緯を探らせた。

数日して弥次郎は戻ってきた。

調査によれば、猪俣邦憲が、真田麾下の中山九郎兵衛尉に調略の手を伸ばし、九郎兵衛尉が義兄で名胡桃城代を務める鈴木重則に対して、主の真田昌幸が上田城で呼んでいるという偽書を見せて城から誘い出した。その隙に猪俣麾下の竹内孫兵衛が軍勢を率いて名胡桃城を奪い取った、というもの。

「猪俣は鉢形城主の家臣じゃが、元は大御所様の家臣であったの」

藤田氏邦は、氏政と同じ瑞渓院の子であるが、珍しく小田原とは一線を引き、北武蔵で独自の支配体制をとっていた。これを疎ましく思い、氏政は家臣の猪俣邦憲を送り込んだ。

「左様。おそらく、おぬしの推察は正しいのではないか」

「裁定を踏み躙(にじ)られた殿下は黙っておるまい」

「調べたところ、猪俣が城を奪う前に、真田は名胡桃城に上杉家の援軍を受け入れて、沼田城を奪取すると触れさせたようじゃ」

極秘情報を摑んできた、とばかり、弥次郎は得意げに言う。

「されば真田が先に仕掛けたと申すか？　真田が当家に」

流言なので惣無事令に触れることはなかろうが、戦に発展しかねないことである。事実、城を奪うという軍事行動が行われてしまった。

「殿下の下知か」

瞬時に孫九郎は秀吉の黒い笑い顔が浮かんだ。

「おぬしのせいやもしれぬぞ。五月に跡継ぎが誕生したであろう。それゆえ、少しでも多くの所領を一粒胤(だね)の息子に譲り渡したいと思案するのは親心じゃ」

「儂のせいでは……」

自分の子ではないと首を横に振るが、舞いなどを披露し、淀ノ方を昂(たかぶ)らせたのは事実。間接的に子を授からせた可能性までは否定できない。

「多くの所領を与えるには、誰かから奪うのが手っ取り早い。誰の所領をと考えれば、なかなか上洛に応じぬ北条こそうってつけ。空いた地に誰ぞを移動させる。長久手の戦いで敗れた徳川など移したくて仕方なかろうの」

考えたくはないが、弥次郎の言葉には真実味があった。

「もし、殿下が仕掛けたとしたら、血を流さずには収まらぬの」

「北条は誘いに乗ってしまったゆえの。大御所様が、今少しおぬしの言葉に耳を傾けておれば、かようなことを避けられたかもしれぬな。もはや後の祭りやもしれぬが」

「他人事のように申すな。一族の存亡に関わる問題じゃ」

心配するが、孫九郎にはなんの権限もない。

せめてもと、義父の氏光の前に罷り出た。

「こたびのことは偶然の出来事なので、早急に名胡桃城を返却し、詫びの使者を上洛させるよう、助言することをお伝えください。天下と戦えば、北条は滅びますぞ」

「小田原の指示で名胡桃城を奪ったならば、儂がとやかく申す必要はない。勝算あってのことであろう。そちも余計なことを申して小田原に睨まれるまねはすまいぞ」

逆に釘を刺され、東郭に戻された。

「殿下を敵に廻せば上杉も敵に廻る。おぬしの望みどおりではないのか」

相変わらず冷めた口調の弥次郎である。

「私恨のために天下を敵に廻すはずがなかろう。戯けたことを申すな」

氏光に軽くあしらわれたこともあり、孫九郎は憤る。

「されど、おぬしが茶々殿を刺激し、殿下を刺激した結果が跡継ぎの誕生にと繋がった。殿下がこれを読んで、宗兵衛殿をおぬしの許に差し向けたとしたら、いかがする」

「左様に都合よくいくか。下衆の勘ぐりじゃ」

「茶々殿が申したとおり、茶々殿の子であれば父親が誰でもいい。もしかしたら、跡継ぎの真実の父親を滅ぼすために、兵を向けようとしているのではないのか」

弥次郎は怪しそうに孫九郎を見る。

「全て臆測じゃ。もう、申すな」

責任の一端が自分にあるようで、孫九郎は苛立ちを覚えた。

鈴木重則は、中山九郎兵衛尉に騙されたことを知り名胡桃城に戻るが、既に後の祭り。失態を恥じた重則は沼田城近くの正覚寺（しょうがくじ）で自刃した。

真田昌幸は即座に家康と秀吉に訴えた。

「北条め、我が裁定を足蹴にしよって！」

秀吉は、表向き憤激するものの、内心では北叟笑んだ。北条家の行動は明らかに惣無事令の違反である。

北条家が名胡桃城を奪うより早い十月十日、既に討伐の軍役を麾下の諸国に発表していたからである。北条家が命令に従わぬことを予想していたのであろうが、背かなくても難癖つけて軍を起こすつもりだったに違いない。

十一月二十四日、秀吉は北条氏直に対しての宣戦布告状を発した。

秀吉からの書状を受けた北条氏直は驚愕し、取次ぎを行っていた氏規に弁明するよう指示したが、もはや秀吉を止められるものではなかった。

秀吉は北条家を討伐するために二十余万の軍勢と二十万石の兵糧を用意させた。

釈明は認められなかった。報せは小机城にも齎された。

「ついに殿下と一戦交えることになったか」

最悪の事態を迎えることになり、孫九郎は憂えた。

「とは申せ、決まったからには一泡吹かせぬとな」

思いのほか弥次郎は乗り気だ。

「無論、当家を敵に廻したことを後悔させるほどにの」

孫九郎も闘志を燃やした。叶うならば、上杉家と対峙する陣に参陣したいところである。

上洛した使者を追い返された北条家も、天下軍を迎撃する準備を始めた。

長々と評議を行った北条家が立てた大まかな戦略は、箱根の嶮と上野・信濃国境の碓氷峠を押さえ、関東の兵を小田原に集結して戦うというもの。

孫九郎らの小机衆はほかの相模衆数百とともに箱根を押さえる足柄城に入り、敵を迎え撃つことになった。

足柄城は古くから坂東の境をなす神の御坂と呼ばれる足柄峠（標高七五九メートル）を押さえる城として堅固に築かれた。

「数百の兵があれば、万余の兵が仕寄ってきても東に行かせることはなかろう」

孫九郎は足柄城に入り、城を見渡しながら言う。五つの郭からなる城なので、相応の兵が在城していれば、簡単に落ちることはない。充分戦えると孫九郎は感じている。

戦意は高まっているが、懸念もある。奈波の体調が思わしくなく臥せっている日が続いている。孫九郎は心配を払拭するかのように、城をさらに強固にするため、一城兵として土塁固めなどに汗を流した。

天正十八年（一五九〇）三月一日、三万二千の兵を率いた秀吉は都を出立し、二十七日には伊豆と駿河の国境に近い三枚橋城に着陣した。

秀吉の到着で黄瀬川の西には十六万以上の軍勢が揃ったことになる。これを聞いた北条方の山中城や韮山城の城兵たちは戦々恐々とした。

北条家に兵を向ける天下の軍勢は、おおかた次のとおり。

東海道からは徳川家康、織田信雄のほか秀吉とその股肱の臣が進む。

海からは加藤嘉明、脇坂安治らの約一万五千。

中仙道から進む北国軍は前田利家を総大将とし、上杉景勝、真田昌幸ら三万五千の軍勢。

これに関東以北、万余の兵が加わる予定である。

一方、天下軍を待ち受ける北条軍は相模の小田原城には北条氏政、氏直親子と関東諸将の精鋭、周辺の領民を含む七万五千。

ほかは、相模の津久井城、上野の松井田城、館林城、武蔵の岩付城、河越城、松山城、鉢形城、八王子城、忍城、伊豆の山中城、韮山城に兵を置き、それ以外は僅かな留守居のみの形とした。

孫九郎は許可をとり、国境に近い長久保城から一里ほど北東に位置する茶畑辺りまで敵を探りにきた。既に敵兵が入っており、色とりどりの旗指物が見えた。

「もう手の届くところまで敵は来ているのか」

遠望しながら孫九郎は言う。

「いかほどの兵が足柄に来ましょうか」

不安そうな面持ちで七之助は言う。

「伊豆は山中。韮山が主流ゆえ、これが落ちぬ間は昼寝をしていられよう。来れば万余の兵を迎えねばなるまい。されど、峠は狭く急峻ゆえ、多勢に囲まれても恐るるに足りぬ」

安心させるように孫九郎は言う。

軽い敵状視察を終え、夕刻、足柄城に戻ると、留守居が十数人しかいなかった。

「いかがしたのか」

孫九郎は依田大膳亮に問う。

「国境に多勢が迫ったことを聞き、本城に入るようにというお屋形様からの下知が届けられ、右衛門佐（氏光）殿は小田原に戻りました」

「儂は？」

「今少し当城に残り、敵の様子を報せよ、と仰せでした」

淡々と依田大膳亮は告げる。

(小田原からの指示ではなく、義父の考えであろう。あわよくば、儂がこの城で討ち死にすることを願っておるに違いない。新太郎もおることだしの)

十一歳になる新太郎は小田原城にいた。人質であり、匿(かくま)われてもいた。

「そちたちは、いかがするのか」

「我らは敵と戦うように下知されました」

「この兵でか？　犬死にしろと申すのか」

なんと情のない命令か。孫九郎は氏直、いや氏政の下知に憤る。

「それで家名が続くならば、構いませぬ。我らは代々北条家の家臣にございます」

忠義というよりも、依田大膳亮の妻子も小田原城に入っているようである。

「左様か。安堵致せ。儂も城に残る」

「えっ」

依田大膳亮より早く七之助が、信じられないといった顔で声をもらす。

「家臣だけに戦わせたとあっては、北条一族の名折れじゃ。まあ、死守しろとは申しておるまい。干戈(かんか)を交えれば忠義は示せる。儂が証明してやるゆえ、危うくなったら逃れようぞ。箱根の山は深い。敵に見つかることもなかろう」

「左様なことなれば」

依田大膳亮は表情を崩した。

三月二十九日、羽柴秀次が率いる三万七千八百の大軍は激戦の末に山中城を落城させた。

城将の松田康長は討死、北条氏勝は城を脱出し、居城である相模の玉縄城に向かった。

織田信雄ら四万五千七百の軍勢は韮山城に進んだ。

山中城を落ちた兵が足柄城に逃れ込んできた。

「敵の兵は無尽蔵。次から次に地から湧いてきます。鉄砲の音は消えることなく、矢は雨のごとく降り続けておりました」

血なのか泥なのか、全身汚れた出で立ちの兵は肩で息をしながら報告する。

「左様か。ついに来たか」

重圧を感じながら孫九郎は溜息をもらす。越中に参陣し、圧倒的な兵力を目の当たりにしたが、戦闘は見ることができなかった。闘将の佐々成政を降伏させる軍事力が自分に向けられると思うと、背筋が寒くなる。これが現実となり、身近に迫っているのだ。

「四千もの兵が籠る堅固な山中城が僅か一日で落ちたのです。この城などは半日ともたぬでしょう。城を退いても、罰は当たらないのではないですか」

臆病な七之助は縋るように主張する。

「先日も申したが、北条一族の者が戦わずに退くわけにはいかぬ。儂は関白と何度も顔を合わせたことがある。儂が戦わずにこの城を退いたことを知れば、北条本家も天下から蔑まれる。泉下の早雲公を歎かせる真似はできぬ。儂は退けぬが、そちは違う。ここは危ういゆえ、義理立て無用じゃ。小田原にいる義父上の許に行くがよい」

気遣いに感謝しつつ、孫九郎は勧めた。

「某だけ退くわけにはいきませぬ」

武士の意地か、否々そうに七之助は否定した。

「後悔しても知らぬぞ」

孫九郎は、従者を愛おしく思いながら告げた。

その後も山中城を落ちた者が逃れ、足柄城の城兵は数十人になった。

四月一日、三万の徳川勢は山中城の北側を進み、そこから井伊直政らの別動隊二千は足柄峠を越えるために御殿場道を北に向かった。

「申し上げます。敵が近づいてまいりました」

遠目の利く監視が告げる。途端に緊張感が増した。

孫九郎と依田大膳亮は城兵を二つに分けた。孫九郎は敵が南から進んできた時に真っ先に攻めるであろう南郭に、大膳亮は古道を挟んだ西の本郭に入って備えた。

「まこと戦うのですか」

引き攣った顔で七之助は問う。

「こと、ここにきて躊躇するな。敵は手心を加えてはくれぬぞ」

弓を持つ手に力が入る。

ほどなく朱地に金の『井』の旗指物が見えてきた。徳川四天王の一人、井伊直政である。井伊家は今川の旧臣で、直政は家康が遠江を支配したのちに家臣となった。直政は武田旧臣を配下にし、全身朱の具足に揃え、赤備えと諸将から恐れられている武将である。

直政は兵を二つに分け、自身は西の大手に廻り、配下の近藤秀用ら数百が南郭に迫った。

「放て！」

近藤勢が接近したので孫九郎は下知を飛ばし、十余挺の轟音を響かせた。孫九郎自身も櫓に登り、弓を引いた。

一瞬、敵の足を止めたものの、近藤勢は竹束を前に前進し、空堀の前にまで達した。寄手は堀に梯子を架け、渡ろうとする。

「渡らせるな。食い止めよ」

孫九郎は怒号しながら矢を射るが、群がる敵の前には焼け石に水であった。やがて敵は堀を渡り、土塁をよじ登ってきた。矢玉に怯むことはなかった。

「申し上げます。本城は四ノ郭、三ノ郭、二ノ郭を破られ、残すところは本郭のみとなりました。いかが致しますか」

兵の一人が告げる。報告に気をとられている間に、敵が土塁の天辺に手をかけた。

「越えさせぬ」

すかさず孫九郎は鑓を取って近藤兵の胸を突き倒した。だが、三間右にも敵が、その敵に向かおうとするが、左にも敵が。

「このままでは押し破られます。退きましょう」

悲痛な七之助の叫びが聞こえる。その間に孫九郎は二人を突き落とすが、ついに郭内への侵入を許してしまった。孫九郎は疾駆して敵を抉るが、敵は続々と突入してきた。

城兵は奮戦するが、二人、三人を相手に戦い、力尽きて討たれていった。

「その兜首はもらった」

敵が数人、目の色を変えて孫九郎に鑓をつける。

「おっ、くそっ、この」

鋭利に輝く穂先が交互に繰り出されるので、反撃できる隙がない。繰り出される穂先が具足を掠るようになってきた。このままでは抉られるかもしれない。その時である。

大きな炸裂音とともに煙が周囲を灰色に染めた。

「火薬玉、弥次郎か」

劣勢な中で氏神に遭遇した気分である。孫九郎は顔を綻ばせた。

火薬玉は火薬と小さな火打ち石を混ぜ、花火のように紙で包み、その上に湿気避けの油紙を巻いたものである。硬い物に当たれば、潰れて火打ち石が擦れ、火薬に点火する仕組みであった。

「にやけておる暇はない。すぐに逃げよ。本郭は落ちた。西の敵もここに来るぞ」

背後から弥次郎が声をかける。見るに見かねてのことであろう。

「承知」

孫九郎は応じ、後退を始める。敵が追い掛けてくると、弥次郎が火薬玉を破裂させて、周囲を煙に包む。その間に地を蹴り、疾駆する。

北への古道は細く曲がりくねっているので、矢玉の標的になりにくいのが幸いしている。

「七之助、走れ。敵が追い付くぞ」

ほかの城兵のことを気にかけている余裕はない。孫九郎は七之助の尻を叩くのが精一杯。時折、転んでも跳ね起き、地を転がりながら逃げに逃げる。

近藤勢は三町（約三二七メートル）ほど追撃を行ったが、その辺りで引き上げた。敵の首取りよりも、城の陥落、占拠を優先させているようである。これで孫九郎らは助かった。

この日、近藤秀用は十五人、直政らは二十六人を討ち取ったという。

「もう大丈夫か？」

箱根の山は風魔衆の庭。茂みの中に潜り込み、孫九郎は息を吐く。

「まだ油断できぬ。敵にも同じ生業の者がおるゆえの」

孫九郎は頷き、夜を待って小田原を目指した。

三

四月二日の午前中、孫九郎らは小田原に辿り着いた。敵の接近は既に伝わっているであろうが、城下は人で賑わい、平素と変わらずに往来で商品の売買が行われている。前日、死を賭けて戦ってきたことが嘘のように思えた。のどかな光景である。

「またも、そちに助けられたの」

安心しながら孫九郎は弥次郎に言う。

「一応、役目ゆえの。お膝元でおぬしを死なせたら、儂の身が危ういゆえ」

迷惑な主だ、とばかりに弥次郎は言う。

前年の十一月一日、幻庵宗哲は九十七歳の生涯を閉じたので、風魔一族と小机衆の関係は薄くなっている。二人は妙な腐れ縁で繋がっていた。

孫九郎は笑みを返し、七之助に向かう。

「万が一の時のことは和尚に伝えてある。城は敵に仕寄られるかもしれぬゆえ、奈波（なみ）を泉谷寺に移してくれ」

孫九郎は七之助に命じ、小机城に向かわせた。寺社は聖域であり、占領軍に敵対したり、追われた武将を匿ったりしなければ滅多に荒らされることはないからである。

また、七之助には無理して小田原に戻らなくてもいい、とも伝えた。豊臣軍の勢いからすれば、戻る前に小田原城を囲まれる可能性が高いからである。

孫九郎は小田原城に入り、本丸の主殿で氏直に足柄城でのことを報告した。

「一両日中に、敵は小田原に達するものと思われます」

「左様か。別に騒ぐことはない。敵は遠くから鉄砲を放つのが精一杯。そのうちに兵糧が尽きて退く。その時、さんざんに追い討ちをかけてやる。そちも楽しみにしておれ」

氏直は強気に言う。秀吉の真の強さを知らないようであった。

「畏れながら……」

告げなければ、心の痼りになる。孫九郎は諫めたが、氏直には伝わらず、仕方なく前を下がった。

二ノ丸に氏光がいるので、足を運んだ。

「無事でなにより」

いる。

氏光は労いの言葉をかけるが、討死を期待していたのか、残念そうな顔をしている。

（そう簡単に死んでたまるか。儂は、せねばならぬことがある）

ささやかながら足柄城で戦い、北条家への義理は果たしたつもりである。孫九郎は上杉家との戦いを望んだ。

縁側に出ると弥次郎がいた。

「相変わらず、好かれているようじゃの。いっそ、城を出てはどうじゃ」

隣に腰を下ろし、弥次郎は勧める。

「そちの皮肉は笑えぬ」

「皮肉でもないぞ。上杉は北国軍の中にある。北国軍は碓氷峠を越え、上野の松井田城に仕寄っているとのことじゃ。おぬしが戦いたい相手は上杉であろう」

「そちの申すことは尤もなれど、これから関白の大軍が小田原に迫ろうという時に、城を抜ければ腰抜けだと愚弄される。できぬな」

松井田城に行きたいのはやまやまながら、孫九郎は首を横に振る。

「面子か？　武士はつまらんの。まあ、予想はしていた。敵は関白。それこそ天下人の面子にかけて城攻めするであろう。嘗ての上杉、武田とは違うぞ」

「であろうな」

強欲そうな秀吉の顔を思い出しながら孫九郎は頷く。

「いいのか？　こたびの関白は、おぬしを始末しようとするかもしれぬぞ」

「敵となれば、致し方ない」

「儂が申しておるのは、落城に際し、舞いが見たければおぬしを助けようが、鶴松の父がおぬしであった場合、おぬしは不要。というよりも邪魔だということじゃ」

孫九郎の肚裡を覗き込むように弥次郎は言う。

「城が落ちることを考えて戦う戯けがどこにいる？　くだらんことを申していると、仲間から命を狙われるぞ」

「違いない。我らの生業に忠義はない。いざという時は抜けさせてもらうゆえな。いつまで顔を見ることができるかの」

言いながら弥次郎は、足音も立てずに立ち去った。

（弥次郎め。申すことは判らんではないが、やはり当主が決定するまでは城を出ることはできぬ。父〈景虎〉の名を汚すわけにはいかぬゆえの）

少しずつ圧迫感を覚えながら、孫九郎は戦う意志を新たにした。

二日、秀吉本隊は箱根の湯本に着陣した。韮山城は簡単には落ちず、織田信雄らが包囲を続けている。

同じ日、足柄城を落とした井伊直政らは、この日、小田原城の北、酒匂川(さかわがわ)上流の諏訪原(すわはら)に陣を進め、赤備えの甲冑で辺りを満たした。

「徳川の者どもか」

城の櫓から北東の赤備えを遠望し、孫九郎は吐き捨てた。

さらに、羽柴秀次は小田原城北西の荻窪(おぎくぼ)山に、宇喜多秀家はその西の水尾(みずのお)に、堀秀政(ほりひでまさ)は東の早川口に接近して陣を布(し)いた。

翌三日、家康は小田原城の北側二十町ほどの多古(たこ)に移り、先鋒を城の北十五町ほどの井細田(いさいだ)に布陣させ、城方に対して柵などを築かせた。

まだ多少の隙間はあるものの、小田原城は包囲されたことになる。

この晩、小田原城の北側を守る氏直の弟の太田氏房(おおたうじふさ)は、家臣の春日家吉(かすがいえよし)らに徳川の陣を急襲させた。だが、徳川方の警戒が厳重で、菅沼定勝(すがぬまさだかつ)らに撃退され、三十七人を失うはめになった。

少しずつ包囲が増える中、城方も持ち場を固めさせた。

上下士卒のほか、周辺の領民も含め、十万の男と数千の女子が籠っていた。

「城攻めは三倍をもって同等とし、五倍をもって優位とする。関白だ、天下だと申しても所詮集めるのは二十余万。優位とするには五十万の兵を集めよ」

本丸に居る氏政や氏直は強気であった。

奇数日は孫九郎が夜の見廻りをする日である。西が担当で弥次郎も一緒にいた。

「敵が仕寄って来ぬかの。いっそ、儂らが夜討ちをしてみるか」

「犬死にするだけじゃ。堅固な城に守られているゆえ、大きなことも言える。それに、お屋形の舎弟が失敗していよう。くだらぬ思案は捨てよ。飯を食らって寝ておれば、そのうち和睦して開城。所領が少々少なくなるだけで、命は救われる。楽なもんではないか」

冷めた口調の弥次郎である。

「覇気（はき）のない乱破（らっぱ）じゃの。先の失敗で敵は油断しておるのではないか。儂は成功すると思うがの」

「乱破に覇気などいらぬ。ただ生き抜くことに気を廻すのみじゃ」

「そちとは一生、意見は一致せぬやもしれぬな」

出世を望まぬだけに冷静な目も持っている。弥次郎は孫九郎にとって一つの指針でもあった。孫九郎は見廻りを続けた。

一方の秀吉は、四月五日には小田原から四十六町（約五キロ）ほど西にある北条家菩提寺の早雲寺に移動し、その地を本陣とした。さらに、同寺から三十町ほど東の笠懸（かさがけ）山に築城を開始した。

六日、織田信雄らが韮山の陣から加わることになり、家康は多古から三十町ほど南の海に近い今井（いまい）村に移陣している。

この段階で小田原城を水陸十一万以上の豊臣勢が包囲したことになる。

孫九郎らが守る早川口は木村重茲（きむらしげこれ）の二千八百が陣を布いていた。重茲は早くから秀吉に仕え、賤ヶ岳の戦いで活躍し、越前で十万石を与えられていた。

「今宵、夜討ちを行いたいと思います。構いませぬか」

孫九郎は義父の氏光に問う。

「お屋形様ならびに大御所様の下知は、固く守れ、じゃ。堅固な堤も蟻の穴から崩れると申す。余計な真似はするまいぞ」

本家に従順な氏光は厳しい口調で釘を刺すと、孫九郎の前から立ち去った。

「敵は増える一方。少しでも減らさねば気が萎（な）えるであろう」

孫九郎の危惧は当たってしまう。

八日、荻窪口を守る皆川広照は夜陰の雨にまぎれ、百の兵とともに徳川家の陣に投降した。最初の背信者である。

上野・安中城主の安中左近大夫も皆川広照に倣った。

「だから言わんことではない。闘志を示さねば、このの ちも続くぞ」

孫九郎は懸念を深めた。孫九郎の見廻りの日でなく、よかったと胸を撫で下ろした。

翌日の晩は曇りだった。孫九郎が城内の西側を見廻って早川口に戻ってきた時である。木村勢の数十人が夜陰に乗じて早川を渡り、城に接近した。

「川音が変わった。敵やもしれぬ」

最初に気づいたのは弥次郎である。

「なに」

即座に孫九郎は夜警の兵に命じ、龕灯で照らさせた。これは金属製の外枠の中に回転する蠟燭を入れた当時の携帯照明で、強盗提灯とも呼ばれた。

龕灯の明かりに照らされたのは寄手の兵であった。

「敵じゃ。敵の夜討ちじゃ」

瞬時に孫九郎は叫ぶと、周囲の兵が十数人集まった。

刹那(せつな)、黒装束の者が三人、城壁の上に現れた。明らかに忍びの類いである。見た瞬間、孫九郎は手にする短鑓を中心の男に向かって突き入れた。だが、身軽な忍びは音も立てずに飛び上がり、宙で一回転して孫九郎の背後に降り立った。

「北(右)の輩は任せておけ」

弥次郎は言い、短刀を抜いて敵の忍びと剣戟(けんげき)を響かせた。

もう一人は城兵たちが囲んでいる。その間に、寄手は土塁に梯子を架けて登り出す。そちらのほうは、他の城兵が矢玉を放って阻止しようとしていた。

孫九郎が相手をする敵は、顔を頭巾で隠し、目だけを出していた。身の丈は五尺(約一五〇センチ)ほどで軽やかに戦う。何度、鑓を突き出し、薙いでも風を敵にしているようで、ひらりひらりと躱(かわ)される。

「おのれ」

もっと速く鑓を突き出そうとするが、敵を捉えることはできない。敵は孫九郎を寄手に向かわせないためか、短刀を抜いているものの、攻撃をしかけてこなかった。

「ふざけよって」

孫九郎は突くのを止めにして、長柄衆が戦場で行うように上から叩いた。すると、敵は短刀で受けはじめた。

「なるほど。これは避けづらいようじゃの。理由はあったのじゃな」

耳知識はあったものの実戦の場で実感するのは初めてだった。

孫九郎は長身なので、大きく振り上げる必要はない。振り幅を小さくしても充分に効果は得られるもの。細かく、手数を多くして敵を叩き、追い詰めていく。

「そうじゃ。此奴は敵じゃ」

東に向かって怒号すると、忍びは背後に気をとられた。すかさず孫九郎は鑓を引き、突き出した。

「うぐっ」

穂先は敵の右肩を捉えた。激痛を感じているのであろう、忍びは目尻に皺を刻み、左手で右肩を押さえながら海側に向かって疾駆する。

「逃すか」

孫九郎も地を蹴って忍びを追う。孫九郎の足は遅くないが、やはり忍びは一枚上。肩を負傷しても足の回転は鈍らず、差は縮まらない。孫九郎は手にする鑓を投げたが外れた。やがて忍びは城壁を越えて土塁を南に滑り落ちた。

「くそ」

「逃したのか」

涼しい顔で弥次郎は問う。

「逃がしてやったのじゃ。そちは？」

「主に倣ったまで。寄手は城兵が追い払った。忍びに攪乱させている間に、兵を城内に入れる児戯な策じゃが、惜しいところまではいったの」

「警戒が甘いということか。確かに城を頼りにし過ぎるところはあるの」

寄手は簡単に城内には入ることができないと、城兵は過信しているが、忍びは違った。

気を引き締めなければならないと、孫九郎は自戒した。

翌朝、感状こそは出されなかったものの、孫九郎は氏直から労いの言葉をかけられた。

その後、忍びといえども城内への侵入を許すことはなかった。

四

膠着状態が続く中の四月二十五日、秀吉は北条家に属する下総、上総、武蔵の諸城の攻略を命じ、浅野長吉のほか、徳川勢の本多忠勝ら一万三千を向かわせた。

三月下旬に碓氷峠を越えた北国軍は松井田城を攻撃するが、簡単には落ちないので、一部の兵を残して上野の諸城を攻略し、四月二十日には陥落させた。北国軍は武蔵に向かって兵を進めた。

五月になっても小田原城に動きがない。暇な秀吉は都から淀ノ方を呼びよせ、茶の湯を楽しみ、能や狂言を満喫していた。諸将も秀吉に倣い、側室などを侍らせた。

噂は広がり、すぐに小田原城内にも知られることとなった。関東の諸城が落ちていることも。

「おそらく関白が意図して流したのであろう。我らは余裕の城攻めなのだとな」

報せを聞いた孫九郎は察した。

「それだけか？　確かに余裕はあろうが、わざわざ関白が茶々（淀ノ方）殿を呼び寄せたのは、降伏するおぬしの惨めな姿を見せたいのではないか？　おぬしに命乞いをさせ、茶々殿にも同じことをさせるために」

「儂は命乞いなどはせぬ」

「奈波殿が捕らえられてもか」

「それは……」

考えたこともない。孫九郎は返答に窮した。

「関東の諸城は田楽刺しのように貫かれ、開城していることは聞いていよう。関白は人の弱味につけこむことに長けた御仁じゃ。思案しておくことじゃな」

弥次郎の言葉は重い。諸将は家臣と小田原城に集められているので諸城は留守居しかいない。万余の大軍が迫れば、戦うことなく開城しているという。勝ちに乗じる戦勝軍が寺を荒らしたとしても不思議ではない。

武威を示した城もあったが、それでも、五月二十二日には岩付城が、六月十四日には鉢形城が、二十三日には八王子城が落城。

同日には韮山城の北条氏規が開城を申し出た。

二十五日、本多忠勝、平岩親吉らによって津久井城が開城。

残るは武蔵の忍城と、小田原城のみとなった。

「奥羽の伊達も関白に頭を下げたそうじゃ。韮山まで降ったとなると、味方はほぼ皆無。そろそろ城から抜ける支度をしておくべきじゃな」

曇り空の蒸し暑い風を受けながら、首を横に振って弥次郎は言う。

遅れに遅れて参じた伊達政宗は六月九日、普請中の石垣山城で秀吉に謁見。所領の割譲を受け入れて臣下の礼を取ることが許された。もはや北条家に与する武将はいなかった。

「抜けたくば抜ければよい。この期に及び、忠義を尽くせなどとは申さぬ。そちの一族はいかにする気か」

孫九郎は早川口で秀吉が本陣を置く笠懸山の方を眺めていた。

「北条家を真似て、長評定をしておる。主家に従うか、離れるか。離れれば一族の命は無事であろうが、際で見捨てた輩と蔑まれ、再び雇われるかどうかは難しくなる。仮に雇われたとしても他国へは行きたくあるまい」

「さもありなん。さほどに風魔の里は居心地がいいのか。足柄城の近くであったの」

「なに者にも侵されぬ地、それが前提じゃ。徳川の多勢が仕寄ったゆえ、里の者は皆、山の奥深くに潜っておる。徳川には多数の伊賀者が雇われておるが、同じ生業の者として、深入りして痛手を負う真似はすまい。撫で斬りの下知でも出ていれば別じゃが」

弥次郎の言葉に孫九郎は頷いた。

「儂は北条の一族。本家の意向に従うまでじゃ」

不安の中で孫九郎はもらした。

二十六日、ついに石垣山城が完成し、これを隠す形となっていた林を切り倒した。

「なんと！　関白は天魔の化身か」

この光景は小田原城からも遠望できる。突如、現れた巨大な城に、城兵たちは愕然とした。その上で改めて天下人の凄さを見せつけられた。

「木の陰で、こっそり城造りをしていただけのことじゃ。驚くほどのことはない」

からくりを知る弥次郎は冷めている。

「されど、三月とかからずに城を造るとは、さすが関白じゃ」

孫九郎は人を圧倒する秀吉の経済力と行動力を評価する。

忍城では水攻めをしていることも小田原に伝わっていた。

城の完成を祝して、秀吉は小田原城を包囲する軍勢全てに一斉射撃を行わせた。数万とも言われる鉄砲、大筒が陸海を問わず放たれ、城は雷が落ちるような音に包まれた。

「大事ない。敵の矢玉など届かぬ」

城内の諸将は配下の者たちを落ち着かせようと必死だ。確かに一発たりとも城内に玉は届かぬものの、鳴りやまぬ轟音に城兵の動揺は隠せない。それでも陥落には至らない。まだまだ城内には矢玉も兵糧も充分に貯えられていた。

秀吉は松田憲秀の調略に成功するものの、憲秀の次男の直憲によって発覚し、憲秀は投獄された。秀吉にすれば腹芸の一つかもしれないが、北条家にとって筆頭家老の背信は城内の疑心暗鬼を深めさせ、より不安感を煽る結果となった。

七月になり、降伏した韮山城主の氏規が小田原城を訪れ、氏政、氏直親子に開城を勧めた。条件は、相模、伊豆の二ヵ国を北条家の所領とし、ほかは割譲というもの。氏直は受け入れようとするが、実権を握る氏政は断固拒否。氏規の説得は失敗に終わった。

「この城は矢玉では落ちぬゆえ、関白は親子に楔(くさび)を打ち込ませたか。やるのう」

弥次郎は秀吉を称賛する。

「敵を褒めるな。我らが不利になるのじゃ」

「もともと不利ではないか。もったほうだと儂は思うぞ。おぬしも開城を勧めてはいかがか。大御所様のほかは、籠城に嫌気がさしているのではないか」

「そちも関白の手に乗るつもりか？　滅多なことを申すまいぞ」

孫九郎らが居る小机城領は武蔵の国。北条家が降伏すれば、義父の氏光は所領を失い、どこかに移封(いほう)される。しかも削減は必至。受け入れられるものではなかった。

「家名と、僅かな土地でも残るだけいいのではないか。家の存続は、よくおぬしが口にしていたことであろう」

「そちの申すことは尤もじゃが、儂の口からは言えぬ。小机とて祖先が血を流して得てきた地ゆえの」

　支流の、しかも城主から疎んじられている子の孫九郎が、本家の当主に意見などとても言えるものではない。

　既に末端の忍びまで開城に傾いている。威嚇の射撃と鬨、調略と一族による和睦の仲介、硬軟つけた揺さぶりに、まるで真綿で首を絞められるような息苦しさを感じていた。

　おそらく当主の氏直は、もっと厳しい重圧を受けていたに違いない。七月五日、ついに氏直の心は折れ、数人の供廻と城を抜け出して岳父の家康を訪ね、降伏する旨を伝えた。

　この晩、孫九郎は夜警の見廻りの最中であった。弥次郎の姿が見当たらない。

「孫九郎、逃げるぞ。早うついてまいれ」

　左の斜め後ろから声がした。弥次郎である。

「前にも申したはず。城を抜けるのは、そちの勝手。いつ抜けても構わぬ。泉谷寺の和尚には、そち用の銭袋を預けておるゆえ、受け取るがよい。今まで、儂などに尽してくれたこと感謝致す」

孫九郎は弥次郎を労い、見廻りを続けようとした。

「銭は城を抜けてからおぬしに貰う。先ほどお屋形様が供廻と徳川の陣に行った。降伏するようじゃ。おそらく、夜明けには関白の家臣が城に入ろうぞ」

囁くように弥次郎は言う。

「なんと！」

いずれは、と思っていたが、これほど早く訪れるとは思わなかった。孫九郎は驚愕し、両目を見開いた。

「真実じゃ。それゆえ、我が一族も労いを受けて離れた」

「左様か。致し方ない。儂は本家に従う」

落胆しながら孫九郎はもらす。

「北条家がどうなるかは儂も判らぬが、おぬしは斬首じゃ」

「支流の嫡子に、なんの責がある。身に覚えは、足柄で徳川の兵を倒したこと。徳川が我が首を欲したのか」

「違う。関白じゃ。おぬしの首を差し出せと命じたらしい。ゆえに逃げよと申すのじゃ」

弥次郎の語気が上がる。

「関白？」

「本家を説得できなかったなど、理由はなんとでもつけられようが、真実の理由は茶々殿の子じゃ。関白の子でなかった場合、ほかに父親がいると迷惑だということであろう」

「儂とは限らぬではないか」

実感がないので孫九郎は否定する。

「疑わしきは殺せ、が乱世の倣いではないのか。相手は天下人。掟は関白が決める」

「左様なこととなれば、なおさら逃げることはできぬ。儂が逃げれば、本家に難が及ぶ」

「おぬしが逃げようが逃げまいが、最後まで抗戦を呼び掛けた大御所様は切腹が命じられよう。お屋形様は徳川の婿ゆえ、命ばかりは助けられるに違いない。それゆえ、追手がかけられる前に逃げるのじゃ。故事に三十六計逃げるに如かずとあろう」

周囲を窺いながら弥次郎は尻を叩く。

「以前にも左様なことを申したのう。『南斉書』か」

「戯れ言を申している暇はない。捕らえられれば、奈波殿に会えずに首を刎ねられるぞ」

弥次郎の言葉に、孫九郎は反論できなかった。

「決断できぬならば、後悔せぬよう一目会うておけ。その上で判断致せ。さあ、早う」

強引に弥次郎は孫九郎の腕を摑んで歩み出す。孫九郎は従った。

月の初旬なので夜は暗い。闇の中、二人は北東に向かう。井細田口と久野口の間の警戒が緩い。黒田孝高と滝川雄利の間である。

氏直が徳川の陣に赴いたことは城の東側では広がっている。

「お屋形様は、儂らを見捨てたのじゃ。斬られる前に逃れよ」

城兵たちは虎口から逃亡を図った。寄手は名のある武将でなければ見逃している。

孫九郎は真紅の具足を脱ぎ捨て、弥次郎が用意した襤褸を身に纏い、顔に炭を塗り、汚れた手拭いで頬かぶりをした。足袋を脱ぎ、素足で草鞋を履いた。三つ鱗の紋が入った刀は、足軽と交換したので腰紐には鈍刀を一振差しているだけだった。

こうなれば、孫九郎も逃れるために努力する。

「黒田家の者には儂を知る者がいるやもしれぬ。されど滝川は縁がない」

孫九郎の勧めで二人は滝川家の陣側を通った。

「待て。そこの二人」

案の定、数人の兵に呼び止められ、龕灯で照らされた。

「おらたちは平塚の百姓で、北条様に威されて城に入れられたんだ。早く村に帰らねば田植えもできなくなる。おねげえだ、見逃してくれ」

弥次郎が乞う。

「平塚のう。村の名は？」

「中原（なかはら）にございます」

「その方は？　名を申せ」

小太りの兵は孫九郎の胸ぐらを摑んで問う。

「五助（ごすけ）にございます」

憤りを堪え、孫九郎は猫背にし、身を低くしながら答えた。

「その方、百姓にしては色が白いの。掌を見せてみよ」

兵は孫九郎の左手を捻り、掌を見た。

「これは刀鐔の胼胝（たこ）ではないのか？」

孫九郎への疑問の目が厳しくなる。

（いかがする？　此奴を斬り捨てて逃れることができようか）

無礼な態度に怒りを覚え、孫九郎は行動を起こそうか迷い、弥次郎を見た。

（今は我慢せよ。逃れることが第一）

弥次郎は目で訴え、首を横に振る。

「鍬、鋤の胼胝でございます。田んぼで土起こしするところを見てくだされ」

冴えた顔を引き攣らせながら孫九郎は告げる。

「おっ、また逃亡兵じゃ」

ほかの滝川兵が叫ぶ。

「仕方ない。刀を置いて行け」

孫九郎は刀を取り上げられ、丸腰で解放された。

「よう堪えたの。なかなか百姓が板についているではないか」

滝川兵が見えなくなったところで弥次郎が言う。

「抛っとけ。それより先を急ぐぞ」

追われると思うと逃げたくなるもの。孫九郎らは足早に小田原城を後にした。途中で何度か寄手に止められるものの、丸腰だったこともあり、拘束されることはなかった。

翌六日の朝、孫九郎らは泉谷寺に到着した。寺ということもあり、豊臣方の兵はいない。それでも孫九郎らは警戒しながら寺内に入った。

本堂に近づくと、朝の勤めを終えた和尚と顔を合わせた。

「おう、これは孫九郎殿、よいところに来られた。奥方の容態が悪いのじゃ」

「なに」

孫九郎は和尚とともに奥の一室に行った。

奈波は病床にあった。三ヵ月少々見ない間に、随分と窶れていた。

「奈波」

声をかけると、奈波は目を開けた。

「まあ、これはなんとしたこと。お美しい顔が汚れております。誰ぞ盥と手拭いを」

か細い声で奈波は言う。

「儂のことなどはどうでもよい。そなたこそ、しっかり致せ。儂がついておる」

「いえ、いけません。あなた様は美しくないと」

そこへ七之助が盥と手拭いを持って現れた。着替えもあった。

孫九郎は言われるままに顔を拭き、髪を梳き、水色の小袖に萌黄の袴に穿き替えた。

「これでいいか」

「それでこそ孫九郎様。わたしのお慕いするお方です」

嬉しそうに奈波は言う。

「あなた様が、ここにお出でになられるということは、厳しい状況だとお察し致します」

「そなたは、余計なことを思案せずともよい。体のことだけ考えよ」

「かような時だからこそ、申し上げます。あなた様のお子を生すことができず、申し訳ございませぬ」

切れ長の瞳が潤んでいる。

「なにを申す。そなた一人のせいではない。こればかりは天からの授かりものじゃ」

淀ノ方のことがあるので、孫九郎は一瞬、戸惑いながら、奈波の手を取った。柔らかな手。弱々しいながらも握り返してくる。

「いいのです。わたしの体が弱いからです。それゆえ、お聞きください。北条家になにがあっても、あなた様は生き延びてください」

「そなたも一緒じゃ」

「ほんの僅かな間でしたが、わたしはあなた様に嫁げて幸せです。生まれ変わっても、また孫九郎様に嫁ぎ、今度は、あなた様のお子を……」

と言っている途中で奈波の声は止まり、手から力がなくなった。

「奈波！」

孫九郎は叫び、何度も体を揺り動かすが、奈波が再び目を開けることはなかった。

奈波は最愛の孫九郎に見守られ、幸福そうな面持ちで旅立っていった。

衝撃で声も出ない。母を失った時以来の喪失感に襲われた。

「おぬしのせいではない。見よ、幸せそうな顔をしているではないか」

弥次郎が慰めるが、孫九郎の気持が癒されることはなかった。しばらく、そっとしておいて欲しいというのが本音であるが、現実は過酷なものであった。

この七月六日、小田原城は開城。片桐且元、脇坂安治、徳川家の榊原康政らが城を受け取った。

「戦は北条の負けじゃ。主だった者は腹を切らされよう。明日には豊臣の追手がこの寺にも来るに違いない。悲しかろうが、孫九郎、奈波殿の遺言じゃ。逃げよう」

弥次郎が勧める。

「家が滅びるやもしれぬのに、何処に逃げると申すのじゃ」

落胆に浸りながら孫九郎はもらす。

「西は無理。風魔の里も然り。まだ奥羽は定まっておらぬ。地に這いつくばっても、泥を啜っても生き延びてみようぞ。関白は高齢。そう長くはあるまい。おぬしと関白の勝負は寿命じゃ。いかな手を使っても生き延びたほうが勝ちじゃ。天下を相手に一勝負してみようぞ。さすれば、おぬしが憎む上杉とも戦える。もはや誰に気兼ねすることもあるまい」

「生き延びるか。上杉のう。面白い、そう致すか」

絶望感の中、僅かに光を見出したような気がした。

「七之助、あとのことは頼む。そちは義父上の下知を受けよ。北条家が降伏したならば、決して蔑ろにされることはあるまい」

孫九郎は七之助に言い残し、泉谷寺を後にした。

七月十一日、氏政、氏照兄弟は切腹。兄二人の介錯(かいしゃく)は氏規が行い、ここに、北条早雲以来、およそ百年続いた戦国大名としての北条家は滅亡した。

当主の氏直は家康の婿ということで助命されたが、督姫(とくひめ)と離縁の上で高野山(こうやさん)に追放され、三百人ほどの家臣を連れて小田原を発った。この中に冬姫の姿もあった。

冬姫は、のちに公家の庭田重定に輿入れすることになる。

北条家が滅亡し、関東には家康が移封された。伊豆、相模、武蔵、上野、上総、下総の六ヵ国、ほかに下野と安房、さらに近江の一部を加えて石高は二百五十五万石になった。

孫九郎と弥次郎は北に北にと馬脚を進めた。

第五章　奥羽一揆

一

孫九郎と弥次郎は下野の那須を通過して南陸奥に達した。

「何処まで逃れるつもりか」

白河の関を越えたあたりで周囲を見渡し、竹筒の水を呑みながら孫九郎は問う。

夏ではあるが、山頂の近くにいるので心地よい風が吹いていた。

「会津の主となった伊達左京大夫（政宗）は、梟雄と呼ばれる男。小田原に参じたようじゃが、本気で屈したとは思えぬ。関白を油断させて引き込み、討ち取るぐらいのことは思案していよう」

孫九郎から手渡された竹筒の水を呑み、自信ありげに弥次郎は言う。

「そうであれば有り難いが。梟雄なれば、我らを捕らえて餌にせんとも限らぬ」

「されば、今少し北に進むか。出羽に潜れば、なんとかなろう」

弥次郎の言葉に応じ、孫九郎らは歩を進めた。

北条家を滅ぼした豊臣秀吉は、孫九郎らを追い掛けるかのように北上し、八月九日、会津の黒川城に着城。そこで秀吉は、改めて奥羽の各大名家の存亡を発表した。小田原に参じた武将は大名として認め、参じぬ武将は改易とした。

もはや孫九郎に興味がなくなったのか、あるいは最初から眼中になかったのか、奥羽の仕置を定めた秀吉は満足の体で帰途に就いたという。

この報せを孫九郎らは出羽の庄内の大宝寺で聞いた。同地は庄内の国人衆が争い、さらに最上氏に勝利した上杉氏が領有していた。上杉景勝らは秀吉に従って会津にいたので城下は手薄である。

「半数近い国人の家が潰れれば、こののち奥羽は荒れるの」

弥次郎が言う。

「一揆か？　紛れて直江と景勝を狙えそうじゃの」

改易にされた国人衆たちの所領は先祖代々のもので、出来星の関白に与えられたものではない。取り上げられる筋合いはないというのが本音だが、圧倒的な軍事力に対し、面と向かって挑む力はなく、山奥に逃れ、身を隠しているしかなかった。
潰された諸将には申し訳ないが、暴動が起こることを期待した。

所領を失った奥羽の国人衆は、浅野長吉が帰路に就くと、旧領の奪還に立ち上がった。さらに一揆の後押しをしたのが伊達政宗である。政宗は一揆を利用して奥羽を乱し、混乱に乗じて版図を広げ、獲得した地を秀吉に認めさせようと企て、支援する旨を記した書状を一揆勢にばら撒いた。奥羽一の武将が後ろ楯ならば恐いものはない。一揆勢は喜び勇んで立ち上がり、瞬く間に四方八方に広がった。

孫九郎らがいた出羽の大宝寺も例外ではなく、九月には一揆が蜂起した。

上杉家は秀吉から仙北と庄内の検地を命じられ、自身は仙北に留まって作業を急がしていた。

仙北では菅野大膳ら二千余が、庄内では平賀善可ら三千の一揆が蜂起した。

「いずれに加担する気か」

ともに庄内に来た弥次郎が問う。周囲には具足を身に着け、短鑓を手にする農兵が数多いた。

「景勝のいる仙北じゃ。そこには直江もいる」

黒田城で初めて目にした直江兼続を思い出すと、孫九郎は怒りで身が震える。

「仙北の一揆勢は数が少ない。敵は本軍もいるゆえ、鎮圧されやすい。そこへいくと、庄内の上杉勢は少なく、一揆勢は多い。城の一つ、二つを奪うことができよう。さすれば味方は増え、敵も本腰を入れて仕寄ってくる。庄内にいたほうがいいのではないか」

「軍師みたいなことを申すようになったの」

「どこかの主が頼り無いゆえの」

口許に笑みを浮かべて弥次郎は言う。

「まだ儂を主と申すのか。北条は滅びたぞ。今は一揆に紛れる一兵にすぎぬ」

「再興を果たせば、おぬしは当主。儂は宿老といったところかの」

「乱破が重臣か？　大きな博打じゃの。そちのいかさま双六で果たせるのか？」

面白いとは思うが、現実の厳しさは承知している。

「さあの。まずは庄内の一揆が、どうなるかじゃの」

「さもありなん」

弥次郎の勧めもあって孫九郎は庄内の一揆に参じることにした。

「武蔵・小机の牢人、北条孫九郎。故あって上杉には恨みを持っている。この軍勢に参じさせていただきたい」

孫九郎は庄内の南、少連寺辺りに兵を集めた平賀善可に頼んだ。

政権に逆らい、あるいは所領を持たぬ武装集団を、政権側は一揆と呼んでいた。所領を奪われた側は一揆勢などとは思っていないので、孫九郎は一揆とは口にしない。

また、牢人は大名に仕えていた武士を指し、浪人はならず者を指している。

真紅の具足は小田原城に置いてきたので、孫九郎は途中の具足市で調達した瑕だらけの黒糸威の具足を身に着け、穴が空きそうな八間筋兜をかぶった。おそらく百姓が落ち武者狩りなどで得た品を売ったのであろう。前立は薄汚れた半月が付けられていた。

「歓迎しよう」

味方は一人でも多いほうがいい。平賀善可は応じた。善可は上杉家と最上家の争いで消滅した武藤（大宝寺）氏の旧臣であった。

平賀善可らは最上川の南で挙兵したので川南一揆とも呼ばれていた。

戦国時代の一揆は、竹鑓を持った江戸時代の百姓一揆とは違い、元は皆武士なだけに、具足、甲冑に身を包み、陣笠をかぶり、鑓や弓を手にし、中には鉄砲を持っている者もいた。大将が統制を取ることができれば、立派な軍隊となることは確実であった。

数千が集まった川南一揆は、手薄な大宝寺城を落とし、尾浦城に迫った。

尾浦城は高館山（標高約二七四メートル）の東尾根の先端に築かれた山城で、周囲は湿地と大山川、その支流の大戸川に守られていた。城には島津忠直のほか一千ほどが籠っていた。

一揆勢は立て続けに二ノ丸、三ノ丸を落とし、本丸を攻めるが、こちらは空堀と土塁に守られて一画も崩すことができない。敵の鉄砲が厄介であった。

「東から平賀殿らも仕寄るゆえ、いずれ敵の矢玉も尽きよう。それまで、我慢比べじゃな」

孫九郎らは空堀を挟んだところから弓、鉄砲を放って突き入る機会を探っていた。

一方、仙北に居る景勝は、大森城に入って検地に勤しんでいた時、一揆が蜂起。さらに大宝寺城、藤島城ならびに尾浦城の二ノ丸を奪われたことを知った。

景勝は即座に仙北の一揆と対峙しながら、直江兼続に援軍を送るように命じた。

直江兼続はまず、立岩喜兵衛ら一千の兵を救援に向かわせた。

立岩喜兵衛らが北から尾浦城に進むと、東から城を牽制する平賀善可らが気づき、兵の一部を割いて城から半里ほど北東の豊田、福田辺りで迎え撃った。

地の利がある一揆勢は大山川沿いに陣を布き、立岩勢を湿地に追い立てた。立岩勢は遠間から矢玉を放つのみで城には近づけない。一進一退の攻防を繰り広げた。

報せは二ノ丸の孫九郎らに届けられた。本丸の兵は味方の接近に歓喜している。

「一千だけということはないの。本軍が背後に控えているのではないか」

本丸を眺めながら弥次郎は言う。

「仙北の菅野勢に梃子摺り、一部しか送れぬのやもしれぬ」

「一部でも城兵を勇気づけさせておる。後詰が来れば厄介じゃの」

「その前に本丸を落としたいが」

孫九郎は悔しがる。何度も土塁に張りつくが、そのつど追い払われた。仕方がないので平賀善可らと相談し、兵糧攻めに切り替えたところであった。

直江兼続はさらに上野源左衛門ら一千の兵を送り、立岩勢に合流した。

「このままでは二ノ丸に取り残される」

孫九郎は河井権兵衛と相談し、二ノ丸を放棄して城外に出て平賀善可と合流した。

「我らは城兵に備えよう」

孫九郎らは西の城に目を向けている。

上野源左衛門らが着陣し、上杉勢は孫九郎らの川南一揆と数の上ではほぼ同等になっているが、積極的に仕掛けてはこなかった。

「本軍の到着を待っているのやもしれぬ。確か上杉の兵は一万ほどであったの」

思い出すように弥次郎は言う。

「一万か。我らの三倍以上じゃな。しかも大将を中心に纏まっておる。されど、寄せ集めゆえ、敵は油断する。隙を突くのが我らの策じゃ」

孫九郎は上杉本陣に奇襲を仕掛けることばかりを思案していた。

睨み合いが続く中、景勝は仙北一揆を排除し、秋田を経由して尾浦城に向かったところ、海岸に近い三崎(みさき)山に陣を布く一揆勢に阻まれて足を止めざるをえなかった。そこで、地元庄内の国人に案内をさせ、東の山側にある桑の森の古道という間道(かんどう)を抜け、立岩、上野らに合流した。全軍ではないらしく、五千ほど。

数を増やした上杉勢は満を持して前進してきた。平賀善可らは大山川を第一の防衛線とし、川に踏み込んできた敵に対して一斉射撃をみまった。

これに合わせて城方も出撃してきた。

「案の定、挟み撃ちじゃ。これは退いたほうがいいのではないか」

南の逃げ口を眺め、弥次郎は言う。

「判っていたならば、なぜ退かなかった？　弱音を吐く暇があれば敵に向かえ」

鑓を強く握りしめて孫九郎は城兵に備えた。

城兵は大手門を開き、唯一通れる細い大手道から出撃してきた。

「放て！」

河井権兵衛が大音声で叫ぶと筒先が火を噴き、弓弦が弾ける。これまで城に籠り死守してきた城兵たちは大将の景勝が参じたので勇気凛々（りんりん）。矢玉を恐れず一揆勢に向かってくる。倒れた朋輩（ほうばい）を飛び越えてきた城兵が、ついに孫九郎らと干戈（かんか）を交えた。

「おりゃーっ！」

気合いとともに孫九郎は髭のごつい敵に鑓を繰り出した。

「一揆ばらめ」

敵は相手が孫九郎とは気づいていない。それは構わないが、問題は戦闘力。敵は簡単に孫九郎の鑓を弾き、突き返す。強くて恐れられた武田旧臣と一歩も引けをとらなかったのが上杉家の兵。軍神と崇（あが）められる上杉謙信が鍛えた兵は精強だった。

「おのれ」

何度も突き、薙（な）ぐが悉（ことごと）く弾かれた。武田家なきあと、戦国最強の名はだてではない。

「ふん、青二才が」

ごつい敵は余裕の体で鑓を振り、孫九郎を寄せつけない。

「されば」

孫九郎は細かな足捌きで敵懐への出入りを繰り返し、上下左右に突き分けた。時折、数歩後退して、また飛び込む。これを何度も続けると、隙が出てきた。

「好機」

敵が下段に気を取られていたので、孫九郎は下から突き上げ、喉を抉った。

「ぐあっ」

ごつい敵は血を噴き、また吐き、その場に崩れ落ちた。

四半刻(約三十分)の半分ほども戦い、漸く一人を倒したが、息を吐く暇もなく、次の敵と鑓を合わせねばならない。孫九郎は闘争心剝き出しで敵に当たった。

汗にまみれ二人の敵を突き倒した時である。上杉本陣に『龍』旗が掲げられた。

この旗は総攻めの合図である。上杉勢の一千ほどは大山川を渡っていた。

「おい、『龍』旗だ。上杉は勝利を確信したぞ。味方は南に退いておる。逃げ遅れるぞ」

弥次郎が引き攣った顔で言う。

「逃げるもなにも」

周囲は敵だらけになっている。南に退けば、どれほどの敵を排除しなければならないことか。困難極まりない。その間にも敵が群がってくる。

「北じゃ。北なればなんとかなろう」

孫九郎らだけ踏み止まるわけにはいかない。孫九郎も諦めて退くことにした。ただ、味方の後を追えば、必然的に軍殿の役目となり、助かるものも助からない。

「北には藤島城があったの。あそこはまだ落ちておらぬ」

弥次郎が頷き、二人は流れに反して北に向かって地を蹴った。北から北東は開けているので、そちらに進めば追撃を受けやすい。

「乾（北西）じゃ」

北西は正法寺などの寺社が立ち並び、その先には、あまり高くはないが山が続いている。

「承知」

弥次郎の指摘に孫九郎は応じ、北西に進路を取る。ほかの一揆勢も続く。

背後から追撃を受けて一揆勢が討たれていくが、孫九郎らは気にせず疾駆する。

正法寺の西を登り、山中に分け入っていく。少し登ると山頂に達し、そこには武藤氏の居館跡である正法寺館がある。

「敵はいないようじゃ」

涼しい顔をして弥次郎は言う。孫九郎は肩で息をしながら追いついた。

「ここにはの。あれを見よ」

孫九郎が北を差す指の先には、上杉家の別働隊が見えた。これでは北に行けない。日本海に続く大山（加茂）街道を上杉勢が登ってくる。

「南も無理じゃ。ここに隠れられそうなところもないゆえ、この山中で戦うか、海にでも飛び込むしかないの。おぬし泳ぎは」

冗談とも本気ともとれるようなことを弥次郎は問う。

「酒匂川で少々。海はない」

「左様か。儂もそれほど多くはないが、安心せよ。海の塩水はなにもしなければ浮かぶもの。溺れはせぬ。但し、潮の流れがあるゆえ、何処に運ばれるか判らぬのが難じゃ」

弥次郎に言われ、孫九郎は周囲を眺める。陸続きの三方から敵が迫り、唯一、敵がいない西は緩やかな下りで、その先は断崖となっていた。

「頼りにならぬ勧めじゃの。ほかに良き行(てだて)は？」

会話の中、上杉勢が後方から追いついてきた。周囲の一揆勢は討たれたようである。

「ない。強(し)いて申せば全ての敵を討つぐらいか」

「戦い甲斐がありそうじゃ」

孫九郎は見廻しながら言う。三方から十人ずつが迫る。

「後方から来る敵は弓、鉄砲を持っている。彼奴らに構えさせる前に敵を討つしかない」

弥次郎の指摘どおり、三方から、二、三人は弓、鉄砲を手にしていた。しかも火縄に火がついている。いつでも放てる状況である。

「我らから攻めるぞ」

言うや孫九郎は、元来た山道を戻るように東の敵に向かう。弥次郎は北。

逃げる敵を追うつもりだったのか、逆に走り寄る孫九郎を見て上杉兵は焦っていた。

「喰らえ！」

戦うための構えをとっていない敵に先制攻撃を仕掛け、一人を突き倒した。続けて孫九郎は次の敵に鑓を繰り出すが、これは弾かれた。逆に敵の穂先が伸びる。力強い突きを躱すと、敵の穂先は背後の樹に刺さった。敵が抜こうとしている間に孫九郎は飛び込んで敵の下腹を抉（えぐ）った。さらに踏み込むと二人の敵に鑓を付けられた。

「おのれ」

悔しさを吐くものの、実戦では一人で複数と戦うことは珍しくはない。ましてや上杉兵は一揆討伐という勝手な大義名分を持っているので、嵩（かさ）にかかって攻めてくる。

一本を躱すと、すぐに別の鑓が突き出される。そのたびに具足に瑕がつく。

「くそっ」

なんとか打開しようと左右に動くが、敵は隙間を空けずについてくる。討伐や残党狩りに慣れた兵である。やがて敵の穂先は孫九郎の草摺（くさずり）や垂（たれ）、脇板を裂き、血が滲むようになってきた。一人でも強い上杉兵が二人ともなれば手に余るのは必定（ひつじょう）だった。二人の敵の後方には七、八人がいるので、これを切り抜けて東には進めない。孫九郎は二本の鑓を受け、瑕を増やしながら後退を余儀無くされた。

「孫九郎、大丈夫か？」

弥次郎も複数の敵を相手に樹の間を駆け廻っている。とても孫九郎に加勢する余裕はない。せめて激励するしかなかった。

「他人のことより、自分の心配」

と言いかけた時、向かって右の敵が鑓を胸元に突き出した。孫九郎は体を捻って躱すと胴を掠ったので、とっさに柄を摑んだ。そこへ左の敵が鑓を突き込むので、左手に持つ鑓で弾いた。その時、轟音が響き、矢が大気を切り裂いた。武士どうしの戦いならば、堂々と一騎討ちをするかもしれないが、一揆討伐なので攻撃に容赦はなかった。

「ぐっ」

鉄砲玉が右の脇を打ち抜き、矢が左の太腿に刺さった。孫九郎は敵の鑓を放し、自身の鑓を杖代わりにする。そこへ敵が突きを見舞う。孫九郎はかろうじて躱したが、左の腕を裂いた。あちらこちらから血が流れている。興奮状態にあるので、それほど痛みは感じていないが、体の動きは鈍くなっていた。

孫九郎が負傷しても敵は手心を加えることはない。二本の鑓は交互に、時には同時に繰り出され、孫九郎の具足を瑕つけ、体を刺す。動きが止まると矢玉も飛んでくる。

「汝ら」

身動きができなかった時、鉄砲玉が兜に当たり、半月の前立が弾け飛んだ。前立のお陰で貫通を免れたが、至近距離といっても過言ではない十間（約十八メートル）ほどから放たれた頭への衝撃は凄まじい。一瞬、目の前が真っ白になり、後方にふらついた。

そこへ二本の鑓が突き出された。後ろに下がっていたので直撃は避けられたが、一寸ほどは胴丸を貫いた。

「うぐっ」

痛みで我に返った時、孫九郎は仰け反り、西の坂を転がりはじめた。途中で樹に引っ掛かったものの、頭を打って思考力が散漫になる。闘争本能で立ち上がったところに、再び筒先が火を噴いた。一発は胴に、もう一発は兜に当たり緒を引き千切った。

「あっ」

孫九郎はそのまま茂みの坂を滑り落ち、やがて崖からも転落した。

「孫九郎！」

絶叫した弥次郎は敵に向かって鑓を投げつけ、孫九郎を追って十数間下の海に飛び込んだ。

二

「ううう っ、いっ」

孫九郎が目を覚ました場所は洞穴のような薄暗い場所であった。周囲は岩で下は土。その上に藁が敷かれ、孫九郎は横になっていた。昼間のようで穴の外が明るく見えた。

「気がついたか？　二日、意識がなかったのじゃぞ」

安心したような表情で弥次郎は言う。

「痛っ、なにゆえ、かような」

体に晒が巻かれ、あちらこちらが痛くて動けなかった。

「動くと傷口が開くゆえ、寝ておれ。おぬしの体から矢玉を抜き、縫っておいたのじゃ」

「なにゆえ」

「戯れ言を口にできれば、峠を越えたようじゃの。一時は体が火のように熱く、終いかと思うていたが、ずっと付き添ってくれての。金瘡小草と銀杏の葉も調達してくれた。やはり見目美しい男は得じゃのう。儂なれば見捨てられていたやもしれぬ」

笑みを向けながら弥次郎は説明する。金瘡小草は全国、春から初夏に咲く多年草で、茎葉をもみつぶして患部に塗ると殺菌効力がある。また、銀杏の葉を火で炙り、乾燥させたものを煎じて呑めば解熱の効果があった。

「それは忝い」

礼を言うと女子は含羞んだ。歳は十五、六歳ぐらいで、まだ少女の面影があった。日焼けして体は小柄。愛らしい丸顔で長い髪を後ろで一つに結んでいた。

「なにか食い物を持ってくる」

孫九郎に直視された少女は恥ずかしそうに洞穴を出ていった。

「敵の矢玉を受け、おぬしは海に落ちた。儂も飛び込んだはよかったが潮に流され、なんとか岸に辿り着いた。ここは温海というところらしい。儂らが落ちたところから五里（約二〇キロ）ほど南に位置しておる」

「左様か、そなたはよく存じておるの。ところで、そなたは誰か？　なにゆえ儂の側におる？　そもそも儂は誰か」

孫九郎には不思議だった。問うと弥次郎の顔から笑みが消えた。

「おぬし、自分が誰か判らぬのか？」

「判らぬ。儂は何者じゃ。なにゆえ、かように怪我をしてここにいる？」

「まことなのか？　よもや、おぬし、僻覚え（記憶喪失）か……」

弥次郎は愕然とした表情で孫九郎を見た。

「おぬしはのう……」

半信半疑といった面持ちで弥次郎は孫九郎の素性と、これまでの経緯を簡略に伝えた。

「……信じられぬ。儂が城主の息子？　北条孫九郎？」

まったく理解できない。遠い夢物語のようである。ただ、自分が誰か判らず、過去も思い出せない。しかも怪我をして身動きできない。不安しかなかった。

「まあ、そのうち思い出そう。ここは人の少ない山里ゆえ、上杉も残党狩りをしにはまいるまい。治るまで寝ておればよかろう」

安心させようと弥次郎は言うが、孫九郎は心配でならなかった。

食事は時折、女子が粥を届けてくれる。また、弥次郎がくすねてくるので飢えることはなかった。ただ、秋は深まり、日一日と寒さが増してくる。十月下旬ともなると、震えるほどであった。まだ一揆の残党狩りが行われていたので、洞穴から煙が上がることは避けねばならない。藁をかぶっているしかなかった。

弥次郎がいない日の昼間、女子が粥を運んできてくれた。足の怪我がまだ治っていないので歩くことは困難であるが、上半身を起こすことはできるようになった。

「毎日、すまぬの。そなたの名はなんと申すのか」

「稲。みなは於稲と呼ぶ」

俯きかげんに於稲は答えた。

「於稲か、よき名じゃ。稲があればこそ人は生きてゆける。なにゆえそなたは、儂を助けてくれるのじゃ。弥次郎と申す者の話では、儂は追われている身とのこと。左様な者を助ければ、そなたに難がかかろう」

「孫九郎が怪我をしているから。そういう者を抛っておいてはならぬと、おっ父うが言っていた」

薄暗い場所なので於稲の歯の白さが目立った。

「そうか、於稲は優しいの。して、そなたの父御はなにをしているのじゃ？」

「戦に駆り出されて死んだ」

悲しそうに、また悔しさをあらわに於稲は言う。

「左様か、難儀（なんぎ）じゃな。母御は健在か」

「おっ母（かか）あは流行（はや）り病で一昨年死んだ。今は婆と二人きりじゃ」

「なんと。それでは、粥を作るだけでも大変であろう。すまぬことをした。あ、そうじゃ」

孫九郎は藁で作った寝床の横から、『三つ鱗』の家紋の入った懐刀を取り出した。

「粥の礼じゃ。今の儂にはこれしか、やれぬ。これを売って暮らしの足しにしてくれ」

懐刀を差し出しながら孫九郎は言う。

「貰えぬ。そんなものが欲しくて粥を作っているわけではない」

言うと於稲は洞穴から出ていってしまった。

「女子の心が判らぬ男じゃの。あのような時は、抱き締めて口を吸うてやるものじゃ」

「覗いていたのか？　不謹慎な輩じゃ」

不快感を吐き捨てた。

「難しい言葉を使うの。少しずつ、孫九郎らしくなってきたようじゃ」

納得したような口調で弥次郎は言い、山芋と薪（たきぎ）を置いた。

「因みにあの女子は腰の曲がった婆と暮らしておる。僅かながらの田畑があり、朝から晩まで働きづめじゃ」

「左様か。いずれ礼はせねばの」

「今少し大人しくしていたほうがよい。おぬしの体のこともあるが、一揆は討たれて四散した。残党狩りをしていた大名にも引き上げ命令が出され、帰国し始めたところじゃ」

これは上杉家が管轄した仙北や庄内での話で、陸奥や仙北以北では猛威を振るっていた。

弥次郎は説明するが、孫九郎には自分が一揆に参じて戦っていた実感はない。ただ、体のあちらこちらに傷があるので、事実なんだろうとは思う。

「儂はどうしたらいい?」

「あと半月もすれば雪が降りはじめる。さすれば奥羽の大名は冬籠りじゃ。春まで冬眠する熊と同じじゃ。その間に思案すればよい」

「雪か、いかなものかのう」

記憶を失う前の孫九郎は、あまり雪に縁がなかった。

十一月に入ると雪が舞いだし、中旬には三寸（約九センチ）ほども積もるようになった。

陸奥や仙北以北の一揆は止まるところを知らない。なにせ煽っているのは梟雄の伊達政宗なので一揆勢は勇むばかり。秀吉は討伐の大軍を送りたいところであるが、雪深い奥羽に出陣させるのは困難。政宗や会津の蒲生氏郷に任せるしかなかった。

十二月になると、三尺（約九一センチ）ほども積もり、すっかり白銀の世界と化していた。この頃、孫九郎の傷も癒え、洞穴から出られるようになった。

「おおっ、これが雪か」

初めて雪を見た孫九郎は白い息を吐きながら、子供のように笑顔を見せた。

「この辺りで雪を見て喜ぶのは、おぬしと狐ぐらいであろうの、おお、寒っ」

弥次郎は肩を竦ませた。

孫九郎らが住む洞穴は八方峰（標高四五一メートル）の近くにあり、麓では温泉が出る。孫九郎は五町（約五四五メートル）ほど山の雪道を歩き、通っている。切り傷にもよく効くので、随分とよくなってきていた。

体が動くようになったので、孫九郎は初めて於稲の家を訪ねた。

「ここか」

於稲の家を見て孫九郎は愕然とした。家は八方峰を少し登ったところにあり、敷地などはあってなきようなもの。ほぼ柱だけの納屋があり、母屋は四間半（約八・一メートル）四方の小ぢんまりしたもの。しかも板壁は所々剝（は）がれ、中が見えた。

外から声をかけると、於稲は慌てて家の外に飛び出した。

「於稲殿、儂じゃ。孫九郎じゃ」

「なすて」

家を見られたくないのか、於稲は迷惑そうに問う。

「多少、動けるようになった。少しでも、そなたのためになりたくての」

「ほだなこと、構わないでくれ」

「遠慮するな。薪（まき）割りがいりそうじゃの」

納屋の中に割っていない薪が三尺ほど積んであった。孫九郎は鉈（なた）を使い、薪を割りはじめた。

「されば、儂は」

弥次郎は割った薪を小刀でさらに細く削ぎ、さらに余った木を釘のように研ぎ、棒手裏剣で穴を空け、平たくした板を穴の空いた板壁に打ちつけて塞いでいった。

「ほだな」

他人に優しくされたことがないのか、於稲は戸惑っている。

「孫九郎、薪割りなど、いつ覚えたのじゃ」

少しでも過去を思い出させようとしてか、平板で穴を塞ぎながら弥次郎は問う。

「判らぬ。なんとのうじゃ」

「小机城に仕える従者がやっていたことを見ていたのではないか」

「判らぬ。そちこそ器用ではないか」

目に入った雪を手で擦りながら聞き返す。

「儂らは、おぬしとは違い、なんでもできねば生きてゆけぬ」

「そういえば、そちの素性を聞いておらなんだの」

「童の頃からの腐れ縁じゃ」

温海は上杉家の所領なので、弥次郎は雪深い山里でも慎重であった。

「儂のような輩と一緒にいるということは、あまり賢くはなさそうじゃの」

「ああ、皆からは戯けと言われていたわ。おぬしと一緒じゃ」

「孫九郎は戯けではね」

孫九郎を悪く言われ、於稲は突如、否定した。

「おっ、強い味方を得て羨ましいの。儂も色男に生まれたかったわ」

弥次郎が言うと、孫九郎が笑い、於稲は含羞んだ。

雪の粒は少しずつ大きくなっていった。

三

陸奥や仙北以北の一揆は継続されているが、雪に阻まれて討伐軍も出撃を控えている。庄内での一揆は落ち着いているので、上杉軍も冬籠りをしている。

孫九郎らは安心して洞穴の中でも火を焚けたので、凍えることはなかった。

周囲は雪に埋もれている。天正十九年（一五九一）正月二日、於稲が孫九郎らのいる洞穴に泣きながら駆け込んできた。

「婆が死んだ」

「まことか」

ほぼ寝たきりとなった老婆とは何度か顔を合わせていた。赤の他人とはいえ、顔見知りの死は孫九郎にとっても悲しい出来事である。

「朝起きたら冷たくなっていた。側にいたのに……」

唯一の身内である於稲には、言葉に表せない衝撃であろう。両膝をついて慟哭する。

「於稲のせいではない。人生五十年と言われる中、九年も長く生きたではないか。そなたという孫も得て満足しながら逝ったに違いない。ささやかながら我らで弔ってやろう」

前年の暮れから、互いに名前で呼び合うようになっていた。

孫九郎は於稲を立たせ、家に向かった。その間に弥次郎は近くの寺に行った。

湯を沸かして老婆の体を拭き、胸の上で両手を組ませた。その間に、家の裏に穴を掘る。一尺ほどの大きさの石が二個置かれている。一つは於稲の母、もう一つは父の墓石代りの石。戦で死んだ父の遺体はなく、母が寂しがるだろうから隣に石を供えたのだという。

およそ半刻後、弥次郎が僧侶を連れてきた。急かされたのか汗をかき首や額から湯気が出ていた。正月早々ということか、迷惑そうな顔をしていた。

周囲の村人も雪の中、参列してくれた。

この辺りで棺に入れる者は裕福な農民で、殆どは板を敷いた墓穴の中に埋められるという。火葬もまた然り。孫九郎と弥次郎は納屋の壁板を剝がして墓底に敷き、遺体を寝かせ、顔に手拭いを載せ、土をかけた。

「花も飾ってやれぬ」

於稲は涙に咽びながら地面に跪く。

「この雪じゃ。仕方ない。春になったら供えてやればよい」

孫九郎は悲嘆に暮れるのを慰め、両手を合わせた。

その後、四半刻ほど経を読み、僧侶は戻っていった。ささやかな弔いの終了である。

「そういえば、坊主に礼をしなかったの」

思い出したように孫九郎は問う。

「別の社の賽銭を渡しておいた。神から仏への移動じゃ。神も怒るまい」

結局は盗みだが、勝手な言い分に、思わず笑いそうになるのを孫九郎は堪えた。

改めて於稲に向かう。

「身内の死じゃ、気を落とすなと申すは難しかろう。されど、於稲は生きておる。婆の恩を忘れず、情に感謝しておれば、婆も見守ってくれよう」

於稲の肩や頭に積もる雪を払いながら語りかける。

「体が冷える。家の中に入ろう」

孫九郎の言葉に於稲は頷いた。

家に入ると六畳ほどの土間に囲炉裏があり、奥に床板の部屋が二つある。弥次郎が囲炉裏に火をかけたので、部屋が明るくなり、温かくなった。

孫九郎は於稲の真向かいに腰を降ろした。記憶の中では、こうして家屋に入って火にあたるのは初めてである。正面の於稲は相変わらず涙を零していた。

「おっ母あが死んで、婆と二人きりになって、おらは婆の世話をしながら、のら仕事をして、あっという間に一日が過ぎて、なんとか生きていくのが精一杯。なんも楽しいことはねえ。漏らしたもんを片付けるのが嫌だった。婆が死んで寂しいんだけんど、もう片付けなくていいと思うと、ほっとしている。おらは、なんて悪い女子なんだべ」

自己嫌悪に陥ったのか、於稲は再び嗚咽しだした。

「於稲は悪い女子ではない。精一杯、婆の世話をしたではないか。婆も感謝していよう」

「ううっ……」

於稲は泣き崩れた。

「婆殿が亡くなられたゆえ、於稲殿も寂しかろう。しばらくここにいてやったらいかがか。洞穴よりも寝心地はよかろう」

「よいのか」

問うと於稲は、こくりと頷いた。

「儂らが野盗の類いだったらいかがする？　於稲は乱暴され、売られたりするのだぞ」

「孫九郎は、ほだな輩ではねえ。婆を葬るのを手伝ってくれた」

泣きながらも於稲は強く否定した。

「世の中には親切にして近づき、あとから変貌する者がおる。気をつけることじゃ」

「今度はそうする」

純粋なところがおかしくも愛らしくもあった。

夕刻になり、三人で食事の用意をした。

正月、小机城にいれば、豪華な料理が目の前に並んだものだが、勿論、孫九郎にそのような記憶は残っていない。食事にありつけるだけで有り難いものであった。

「家とは、かようにいいものか」

孫九郎が知る食事は、洞穴の中でのことしかない。於稲にもらった粥や、弥次郎が煮た山芋、狩りをした猪や山鳥の肉であった。

囲炉裏を前に家の中で粥を食べられることに幸福感を覚えていた。

「まさにの。居心地がよくて軟弱になるやもしれぬな」

弥次郎は温海に居着いてしまうことを危惧しているのかもしれない。

「軟弱ってなんだ？」

粥を啜りながら於稲が問う。

「弱くなることじゃ」

「なして家で粥を食うと弱くなるのか？」

「熊や狼は家で暮らしてはおるまい。ゆえに儂らは洞穴に身を隠しているらしい」

ちらりと弥次郎に目をやって孫九郎は言う。

「弱くてもえがんね。おらも弱いけんど、生きてる。孫九郎も生きろ」

「かような日に、於稲に励まされるとはの。そうじゃの。強く生きねばの」

過去の記憶がなく、孫九郎は絶望していたが、於稲に促されて前を向く気になった。

食事が終わると弥次郎は腰を上げた。

「儂は納屋のほうを使わせてもらう」

気を遣ってか、弥次郎は火がついた薪を一本手にすると母屋を出ようとした。

「部屋は二つある。なにも納屋に行くことはあるまい」

二人きりになるのを危惧し、孫九郎は呼び止める。

「昔から耳はいいほうでの。耳の毒になる」

笑みを浮かべて答えた弥次郎は母屋を出ていった。

「戯けめ」

情のある叱責を放った孫九郎は於稲に向かう。

「邪魔になったら、遠慮のう言ってくれ。儂らは洞穴に戻る」

「邪魔にはなんねえから、心配ねえ。ずっといれば」

ぶっきらぼうに於稲は言う。

「左様か。されば、そうさせてもらう」

「孫九郎の国はどこだ？」

「相模の小机というところだそうな。ここよりも温いらしい」

弥次郎から聞いたことを答えた。

「おらも行ってみてえ」

「春になったら行ってみるか？　儂も生まれた地を見てみたい」

「だめだ。雪が解けたら、秋に蒔いた麦の芽が出る。麦を刈ったら、稲を植えねばなんねえ。おらたちは田畑から離れたら生きて行けねえ」

「そうか。家に置いてもらっておる。儂も手伝おう」

「本当が？」

於稲は嬉しそうに日焼けした丸顔に笑みを浮かべた。

その晩、二人は別々の部屋で寝た。といっても薄い戸で仕切られているだけであるが。隣の部屋に異性が寝ていると思うと、妙に昂りを覚えた。土の上に藁を敷いた洞穴の寝床よりも、板上の床のほうが寝心地がいいはずであるが、寝つきがいいものではなかった。

翌朝のこと。裏の沢で弥次郎と顔を合わせた。

「おっ、寝不足か。さぞかし楽しい夜を過ごしたのか」

眠そうな孫九郎を見て弥次郎が揶揄（やゆ）する。

「不幸のあった日だぞ。不謹慎な輩じゃ」

「そうか？　確か真言密教の立川（たちかわ）流だったかの。葬儀のあった日には、村が総出でまぐわいをするものじゃ。一つの命が失われたら、新たな命を育（はぐく）む尽力をする。さもなくば、村に人はいなくなり、潰れてしまうからの。おぬしは記憶を失くしたくせに、妙に堅苦しいの。せっかく昔のことは覚えておらぬのだから、本能の趣くままに生きたらどうじゃ」

「昨日の今日じゃぞ。於稲の心を考えよ」

「考えているゆえ、申しておるのじゃ。三国一の美将と言われるおぬしと、一つ屋根の下にいるのじゃ。苦しんでいるやもしれぬぞ」

「於稲は左様な女子ではない。そちこそどうなのじゃ」

家に住まわせてもらい、於稲には恩を感じているにも拘らず、昨晩、孫九郎は性の対象と考えたことに罪の意識を覚えていた。

「儂は適当にすませられる。この辺りには戦で夫を失った後家がいるゆえの。昼のうちに声をかけ、夜這いをするのじゃ。運次第で子ができる。百姓の子孫が残る寸法じゃ」

「されば、そちの子が、あちこちにおるというのか」

驚きである。目を見開いて孫九郎は問う。

「後のことは判らぬ。いても不思議ではない」

「好きでもない女子に子を産ませても構わぬのか」

「おぬしに……そうであったの」

と言いかけて弥次郎は一旦、口を噤み、改める。

「子を欲しがる女子がおるのじゃ。授けても罰は当たるまい。互いの欲も満たされる」

「父親としての責任は？」

「我らの生業に左様なものはない。それに、子は乳さえ貰えれば育つものじゃ」

冷めた口調で弥次郎は言う。

「そちの子でなくてよかった」

「武士の子とて、たいして変わらぬ。風雨を受けずに育てられても、嫡男以外は全て嫡男が亡くなった時の備えじゃ。その備えが力をつけて、嫡男と争ったりもする。兄弟で殺し合いをせぬだけ、人として褒められるのではないか」

「儂はどうだったのか？　小机の城では？」

以前から気になっていたことである。

「おぬしは特別な事情ゆえ、ほかの城主の嫡男には当てはまらぬ。ゆえに、かように寒い中で立ち話をしている」

「左様であったの」

顔を洗った孫九郎は弥次郎とともに家の中に入った。

雪に閉ざされた温海の農民は、干した藁で草鞋を編んだり笠を作ったりするのが日課である。孫九郎もこれを手伝ったが力加減がうまくいかず、千切って於稲に睨まれた。

「孫九郎は藁を叩け。おらが編む」

指示に従い、擂(す)り粉木(こぎ)のようなもので藁を叩いて柔らかくすると、於稲も効率よく編むようになった。

「やはり二人でやるほうが早ええな」

於稲は孫九郎と一緒に作業をするのが楽しそうであった。於稲の笑顔には癒される。

別の日、孫九郎は弥次郎と狩りに出かけ、兎や渡り鳥などを獲って腹を満たした。

婆の初七日が過ぎた翌日の晩、外は吹雪き、寒風が戸を揺らし、壁などの隙間から部屋の中に吹き込んでいる。囲炉裏に火が灯されていれば温かいが、春まで薪を持たせなければならないので、必要以上は燃やせない。あとは床で寒さを防ぐしかない。

床といっても、薄い敷物と上掛けだけ。あとはその上に藁を掛けるのみ。城主の息子として育った孫九郎には出羽の冬は体にこたえた。

「今宵は寒い。一緒に寝ても構わぬか」

寒さ凌(しの)ぎもあるが、牡の本能が於稲に接近させた。

「うん」

察していたのか、寒さのせいか、於稲は頷き、僅かに上掛けを開いた。すかさず孫九郎は潜り込む。柔らかな肢体に密着した。

於稲は恥ずかしがって背を向ける。甘い香りが鼻孔をくすぐった。

「於稲」

名を呼ぶと孫九郎は於稲を強く抱き締め、項に唇を密着させた。

（この感じ）

女子の柔肌、しなやかなうねり、くぐもった声。どこか懐かしい気がする。

寒い温海の夜に甘い吐息が微かにもれた。

四

雪解けとなり、辺りの土が多く見えはじめた。

「今日は大物じゃ。猪を獲ったぞ」

孫九郎は弥次郎と猪を棒に通して担いできた。於稲は縁側で山芋の皮を干していた。

「よかった」

於稲は嬉しそうに頬を綻ばせるが、それ以上、話しかけようとしない。

「いかがした？」

猪を庭先の樹の枝に架けながら孫九郎は問う。

「子ができたみたいだ。さっき、裏の沢で戻した」

視線を下げ、もじもじしつつ、於稲は頰を紅らめて言う。

「真実か！」

歓喜した孫九郎は両目を見開き、猪を縛った棒を抛って於稲に近づいた。

「恥ずかすいがら、あんま見るな」

「なんで恥ずかしがる。儂らの子ではないか。名はなんにするか」

孫九郎は遠慮せずに於稲を抱き締める。

「生まれてみねば、男か女子が判らねえ」

「両方、考えておけばよい。そうか、儂は父親になるのか」

これまで殆ど意識してこなかったが、えもいわれぬ責任を感じるようになった。

「おぬしは、この地に骨を埋めるつもりか？」

弥次郎は冷めた口調で問う。

「昔のことをなに一つ思い出せぬ儂になにができる？　ここには儂を必要としてくれる女子がおり、子ができた。このまま無事平穏に暮らせれば幸せなのではないか」

弥次郎がなぜ疑問を持つのか、孫九郎には判らなかった。

「無事平穏に暮らせればの。まあ、それもありか」

しばらくは、それでいい、とでも言いたげな弥次郎である。

「あまり重い物を持つな。腹を曲げるでない」

「おらは病でねえ」

孫九郎が気づかうと、於稲は頬を紅くする。二人とも幸福感に包まれていた。

晩秋に蒔いた麦が青々としてきた。孫九郎が草毟りをしている時、弥次郎が緊張した顔で近づいた。

「藤島で一揆が起きた。雪解けを待ち、ほかの地でも立ち上がったようじゃ。とりわけ、大崎、葛西、会津周辺が盛んらしい。藤島はこれに乗じたようじゃ」

前年の秋に蜂起した奥羽の一揆は、雪でひとまず休止していた。

「一揆とは領主に不満を持つ百姓たちのことか」

「百姓もいるが、関白に所領を取り上げられた武士が大半じゃ。この辺りにもおるぞ」

「左様か。田畑を荒らしに来ねばよいが」

於稲が妊娠しているので心配である。

「呑気なことを申すな。温海は上杉の所領。おぬしは敵だと思われておるぞ」

「それは昔の儂であろう。儂は昔のことは覚えておらぬゆえ、関係ない」

「甘い。おぬしの理屈は上杉には通用せぬ。おぬしがいると知れば、必ずおぬしを捕らえに来る。捕らえられれば斬られる」

手刀を首に当てながら弥次郎は言う。

「いかがしろと申すのじゃ」

「逃げるしかあるまい。命あってのものだねじゃ」

「於稲は身籠っておる。一緒に逃げるのは無理じゃ」

戸惑う於稲の顔を見ながら、孫九郎は否定した。

「於稲殿は上杉の領民じゃ。命を狙われることはあるまい。おぬしは己の心配を致せ」

「左様なことはできぬ」

「一時の辛抱じゃ。まあ、思案しておくがよい。首を刎ねられたあとでは遅いゆえの」

さらりと言う弥次郎の言葉に孫九郎は頷けなかった。

取り敢えず、孫九郎は菊蔵と名乗ることにした。

藤島の一揆は広がり、直江兼続が出動しなければならなくなった。兼続は上杉家の宰相だけあって、全権を委ねられ、動員兵も多く、瞬く間に鎮圧し、平賀善可らを城下の竜蔵寺で捕らえ、十七人を火炙りの刑に処した。

四散した一揆勢は金右馬允らが籠る藤島城に入った者と逃亡した者に分かれた。

金右馬允らは藤島城で徹底抗戦の構えを見せていた。

孫九郎が麦畑に水を撒いていると、鑓を持つ落ち武者が三人近づいてきた。兜は重いので手に持ち、具足は傷だらけで直垂の糸は千切れ、股引や下着には血が滲んでいた。

「おっ、おぬしは北条氏ではないか」

落ち武者の主格らしき男が声をかけた。細長い顔で額に入る三つの皺が特徴の男だ。

「おらは菊蔵じゃ。お前様は？」

記憶のない孫九郎にも三人が落ち武者であることが判ったので偽名を使った。

「なにを申す。儂を忘れたのか、河井権兵衛じゃ」

言われても孫九郎は覚えていないので、反応しなかった。ただ、警戒はしている。

「判らぬ。武士に知り合いはおらぬ」

「惚(とぼ)けぬでもよかろう。そうか、昨年の戦いののち、この辺りに潜んでいたのか。目敏いの。仲間は藤島城に入れたが、我らは入りそびれた。一緒に直江の背後を襲おうぞ」

「おらは左様なことは知らぬ。おらたちのことは抛っておいてくれ」

あくまでも孫九郎は他人を装った。

「なかなか慎重じゃの。あの家が隠れ家か。腹が減った。なにか食わしてくれ」

河井権兵衛は無遠慮に於稲がいる家へと向かう。

「待ってくれ。人に食わせる余裕はおらたちにはない。他所(よそ)に行ってくれ」

「いかがした、北条氏。誰ぞに見張られておるのか、それとも武士をやめたのか。されば、なおさら我らに合力(ごうりき)(協力)致せ。上杉をこの地から追い出すのじゃ」

孫九郎の説得にも応じず、河井権兵衛らは家に向かう。

「止めろ」

家の中には於稲がいる。孫九郎は危機感を覚え、足早に河井権兵衛らを抜いて立ちはだかった。手には一間（約一・八メートル）ほどの長さの水桶を担ぐ天秤棒を握っていた。

「北条氏、その天秤棒で我ら三人と戦う気か？　もはや戯れ言では通じぬぞ」

止むに止まれぬ仕儀であるが、闘志を示したので河井権兵衛は穂先を孫九郎に向ける。

（まずいの。儂は戦いなどしたことがない）

記憶に戦いはない。孫九郎は震えた。

「どうした、震えておるぞ。汝は北条氏ではないのか」

孫九郎が記憶喪失になっているとは知らず、河井権兵衛は笑みを浮かべて近づく。

「孫九郎、どうした？」

背後から声がする。於稲である。

「おう、やはり北条氏ではないか。女子と暮らしておるのか。よき身分じゃの」

河井権兵衛が野卑な笑みを浮かべると、長身の男も下品に笑う。

「女子じゃ。なかなか良き女子ではないか」

長身の男は於稲に向かって進む。於稲が逃げるように家に入ると、これを追う。

（於稲が危ない）

咄嗟に孫九郎は地を蹴り、長身の男の肩を後ろから摑んだ。

「失せよと申しているのが判らぬか」

「放せ、糞百姓め！」

肩を摑まれたことに怒り、長身の男は孫九郎の手を振払い、鑓の柄で腹を突いてきた。

「おっ」

瞬時に相手の柄を摑み、突き放した。

「おのれ！」

倒れた男は起き上がり、ついに穂先のほうを突き出した。

「むっ」

反射的に孫九郎は相手の鑓を横に払い、袈裟がけに天秤棒を振り降ろした。棒は鑓より半間ほど短いが、柄よりも太いので衝撃力は強く、頭蓋骨が割れる音がした。

「ぐあっ」

悲鳴とともに額が割れ、鮮血を噴きながら男は倒れた。

「又吉（またよし）！」

頬傷のある男が叫び、孫九郎に向かってくる。

即座に孫九郎が又吉から鐺を奪い取ったところに頬傷の男が鐺を突き出した。

孫九郎は左に弾き、しゃがんだ状態から鐺を突き上げた。

「ぐえっ！」

穂先は喉に突き刺さり、血飛沫が孫九郎に降り注いだ。

（この鈍い感触）

血を浴びた孫九郎は耳鳴りのようなものを覚え、頭の中でなにかが光った。

（むっ⁉）

孫九郎は鐺を引き抜き、河井権兵衛に向かおうとしたが、いない。

「孫九郎！」

家の中から於稲の首に手を廻しながら河井権兵衛が出てきた。

「於稲を放せ」

「鐺を捨てよ」

河井権兵衛の右手が於稲の首に刃を当てている。於稲の顔が引き攣っていた。

致し方ない。孫九郎は鐺を放り投げた。

「賢い選択じゃ。さて、次にどうするかじゃが。汝は我が仲間を二人殺した。このままにはしておけぬ。我が太刀で斬ってやりたいが、なかなかの使い手ゆえ止めにする。そこに縄があったの。汝はその樹にかけて首を括れ。さすれば、この女子は助けてやる」

「だめだ。孫九郎。この男、孫九郎を死なせたら、おらも殺す。だから戦え。おらは構わねえ」

言うや於稲は河井権兵衛の腕に咬みついた。

「痛てっ。この女（あま）、なにする」

腕から於稲を引き離した河井権兵衛は、刀を振り上げた。

「喰らえ！」

鑓を拾った孫九郎は、すかさず河井権兵衛に投げつけた。

「ぐあっ」

背に穂先を受けた河井権兵衛の刀は宙を切った。腹当を着用していて背中が空いていたので孫九郎には幸運であった。瞬時に孫九郎は地を蹴った。

孫九郎は河井権兵衛に体当たりをして倒れ、組み打ちとなった。

「於稲に手をかけよって」

忿恚（ふんい）にかられた孫九郎は河井権兵衛の脇差を抜き取り、喉元を抉り抜いた。

「ぐうっ」

激痛に顔を歪める河井権兵衛は血に塗(まみ)れた手で孫九郎の首を絞めるが、ついに力尽きて動かなくなった。

「戯けめ。すぐに去れば、命を失うこともなかろうに」

動かなくなった河井権兵衛から離れ、孫九郎は吐き捨てた。

「お見事。昔とったなんとやら。体は覚えているもんじゃの」

家の陰から弥次郎が顔を出して褒めた。

「見ていたのなら、手伝え。相変わらず怠慢な輩じゃ」

まだ恐怖におののく於稲を抱き起こしながら孫九郎は言う。

「真実のおぬしならば、あれぐらいは容易(たやす)いはず。それより、思い出したようじゃの」

「ああ。又吉とかいう輩を倒した後、我に返った」

今もなにかが弾けたような感覚がある。

「血じゃ。血がおぬしを武士の世に引き戻したのじゃ」

「戻ることもなかったやもしれぬ」

震える於稲を抱き締め、背をさすりながら孫九郎は答えた。

「そうかもしれぬが、のんびりもしていられぬ。此奴らを追って上杉の残党狩りが近づいておる。数百はいるぞ。関白の下知は撫で斬りだそうな」

「関白か。されど、於稲を置いて逃げるわけにはいかぬ」

「前にも申したが、おぬしの言い分は上杉には通じぬ。斬られるだけじゃ。対して於稲殿は温海の領民じゃ。斬られることはない」

遠方を眺め、弥次郎は勧める。

「されば、いかがしろと申すのじゃ」

「此奴らは、仲間割れをしたと見せかけ、儂らは一時、身を隠す。ほとぼりが冷めたら、ここに戻る。そのあとは、おぬし次第。子の顔を拝まずに死ぬことはなかろう」

弥次郎の主張を聞きながら、孫九郎は於稲を見る。

「耳にしたとおりじゃ。しばらく一人でいられるか？　上杉の兵が引き上げるまでじゃ」

「必ず戻ってくるか？　おら、一人で寂しい」

「ああ、必ず戻ってくる。儂の子を孕（はら）んでいるのじゃ。戻ってこないわけがない」

強く抱き締めながら孫九郎は優しく告げる。

於稲は不安そうだが、こくりと頷いた。

「そうと決まれば、善は急げじゃ」

弥次郎と孫九郎は、河井権兵衛らが仲間割れをして殺し合ったように遺体を移した。

「於稲殿は、村主（むらおさ）の許に行って仲間割れをしたことを告げられよ。さすれば上杉の兵が見に来る。村主は儂らのことを知っているやもしれぬ。万が一、儂らのことを聞かれたら、どこぞに逃げて行ったと正直に言えばよい」

「孫九郎らはどこに？」

「言わぬ。知れば、於稲殿に迷惑がかかる」

孫九郎に代わり、弥次郎が仔細を告げる。

「今の儂には、そなたになにもやれぬが、これをそなたに渡しておく。もし、食うに困った時、売れば幾らかにはなろう。但し、人に見せるなよ」

孫九郎は『三つ鱗』の家紋が入った懐刀を於稲に渡す。

「こんなもんいらん。孫九郎だけいれば、おらはいい」

「判っておる。されど、今は仕方ない。少しの辛抱じゃ」

名残（なごり）惜しいが、於稲の柔らかな肢体を離し、孫九郎は説く。

「孫九郎、早う。上杉に見つかってからではどうにもならぬ」

「判っておる」

弥次郎に語気を強めた孫九郎は於稲に向かう。

「必ず戻るゆえ、安心致せ」

告げた孫九郎は唇を重ね、於稲の許を離れた。

「何処に向かう」

十町ほど歩んで孫九郎は問う。

「奥羽は関白の下知を受け、一揆を討ちに来る兵でごった返す。一時、身を隠すならば、意表を突くに限る」

「敵の懐。越後か」

「察しが早い。於稲殿のためにも、おぬしは身を大切にせよ」

弥次郎に促され、孫九郎は東に歩を進めた。

五月上旬、孫九郎らは弥彦村に到着した。同地は直江兼続が管理している地であった。

弥彦村は越後のほぼ中ほどで、海に近い弥彦山の東の麓に位置している。

弥彦山から南の国上山に続く山脈の中間に黒滝城という山城があり、その東麓に城下が広がっている。

城下の外れに、ぽつんと一軒家がある。半町（約五五メートル）四方の敷地の中に半士半農と思しき藁葺き屋根の家が建てられている。板塀に囲まれ、門構えは少し古い造りであった。

一旦、下野に逃れた二人は、道中、弥次郎がいかさま双六で稼いだので、共に武士の出で立ちをしている。

弥次郎の調べでは、景虎の首を刎ねた宇野喜兵衛景実は、その後、閑斎と号し、さらに出家して西生寺と称していることを突き止めた。

「僧を斬るのか？　七生祟るぞ」

弥次郎は係わりたくないらしい。

「元は武士じゃ。己の死後の安らぎのために出家したにすぎぬ」

孫九郎は迷信のようなものを信じていなかった。

調べによれば、西生寺は観音寺に出向いているという。二人は道横の林の中で待った。辺りが茜色に染まる頃、黒い僧衣を身に纏った初老の僧と従者が寺を出た。

「彼奴じゃな」

問うと弥次郎は頷いた。

剃髪した頭で目が少し離れ、温厚そうな顔だちであるが歩き方は草履を履いても大股。まだ武士が抜けないようであった。

孫九郎は大樹の陰から道に出ると歩行を妨げるように立ちはだかった。

「西生寺じゃな。嘗ては宇野喜兵衛と申していた」

「そ、そなたは景虎殿！　いや、妙徳院とか申す尼が言っていた忘れ形見か」

西生寺は幽霊にでも遭遇したように、顔を引き攣らせた。妙徳院は西生寺に会いに来ていたようである。

「尼殿と知り合いか。されど儂には関係ない。儂にとって汝は父の仇じゃ」

言うや孫九郎は西生寺に歩み寄る。互いの距離は五間（約九メートル）ほど。

「確かに拙僧は景虎殿の首を刎ねたが、堂々と戦場で相まみえた結果じゃ。卑怯な真似はしておらぬ。その上、拙僧は出家の身じゃ。貴殿に狙われる謂れはない」

「出家は死後、極楽に行きたいだけであろう。所詮は我が身のためじゃ」

孫九郎は近づく。

「否定はせぬが、討った相手の成仏も祈っておる。そなたは丸腰の僧を斬るのか」

「安心しろ。公平に斬り合いをさせてやる」

言うと孫九郎は背負っていた大刀の紐を解き、西生寺の前に抛った。

「無銘じゃが、切れ味は悪くない。拾いたくなくば、それも構わぬ。儂は抜く」

孫九郎は鯉口を切り、白刃を抜き放った。

「どうあっても拙僧と斬り合うつもりか」

「斬るとは申さず、斬り合うと申したの。戦う気になったらしい。早う致せ」

さらに間合いを詰め、互いの距離は二間となった。

「くそっ、青二才め。親子ともども首を刎ねてくれる」

吐き捨てた西生寺は大刀を拾い、鞘から抜いた。

孫九郎は左足を前にして刀を右肩のほうに高くし、八相(はっそう)に構えを取るや、一気に踏み出すと袈裟がけに斬りつけた。

「甘い」

西生寺は躱すと、同じように袈裟を返してくる。

「好機」

孫九郎は左に躱して、相手の右手に打ち降ろす。

「風魔流の籠手切りじゃ」

「ぎゃっ」

西生寺は悲鳴を上げ、血を噴く右手を左手で押さえて跪いた。

「父の仇！」

叫ぶと真上から大刀を振り降ろし、西生寺の首を斬り落とした。ごろりと転がった首は憤怒の形相をしていた。

「うああぁーっ」

従者は叫びながら逃げて行く。

「いいのか。すぐに伝わり、追手がかけられるぞ」

「従者に恨みはない。儂は人殺しを好んではおらぬ」

動かなくなった西生寺の遺体を見ながら、孫九郎はぼそりともらす。

「左様か。恨みを晴らせて満足か」

「虚しいの。別に父が生き返るわけでもない」

「判っているではないか。それでもまだ続けるのか」

止めろと言わんばかりの口調で弥次郎は問う。

「儂がやらねば、誰も恨みを晴らしてはくれぬゆえの」

「仏さんはいかがする？」

「従者が引き取りに来よう。儂らは、この場を離れたほうがよさそうじゃの」

孫九郎は大刀を拾い、西生寺に手を合わせて立ち去った。

その後、孫九郎らは景勝が上洛している間に、異母弟(おとうと)の道満丸を斬った桐沢具繁と内田伝之丞を討ち、僅かながらも恨みを晴らした。

奥羽一揆の最期ともいうべき九戸(くのへ)政実(まさざね)の乱が終息したのが九月中旬。討伐を終えた諸将は下旬には居城に戻っていった。それでも於稲は見張られていた。

「上杉は、おぬしが戻ってくるのを待っているのであろう。執拗(しつよう)じゃな」

「来月は於稲の産み月。さぞ、儂を恨んでいような。背すらさすってやれぬ」

孫九郎は悔しくてならない。

「於稲殿のためにも、しばらく大人しくしていようぞ。それが父親の責任というものぞ」

苛立ちながら孫九郎は頷いた。

十月吉日、於稲は男子を誕生させた。於稲は孫十郎(まごじゅうろう)と名づけた。

時折、弥次郎が忍び、一文銭の束を於稲の寝床に置いて帰る。孫九郎は於稲と息子の身を憚(はばか)って温海に足を運ぶのを避け、ただ、健やかに暮らすことを祈るばかりであった。

第六章　北の関ヶ原

一

　息子に会いたい気持を堪え、天正二十年（一五九二）六月、孫九郎は入洛した。

「相変わらず蒸し暑いの」

　孫九郎は扇子で煽ぎながらもらす。

「相変わらずは女子も同じ。やはり都の女子は雅びでいいのう」

　三条通りを歩く女子を眺め、弥次郎は目尻を下げる。

　二人が堂々と都に足を踏み入れられるのは、武士の大半が畿内にいないためである。

　前年、奥羽の一揆を討伐した秀吉は唐入り、いわゆる朝鮮出兵を発表。自身も渡海すると豪語して関白を甥の秀次に譲り、自らは太閤として肥前の名護屋に本営を構えた。これに諸将は従い、同地に在陣している。

三月から第一陣として小西行長、加藤清正など西国の武将を主体とする十五万八千余の軍勢が出陣していった。優秀な奉行たちは秀吉と名護屋にいるので、都には新関白の秀次とその家臣しかいない。孫九郎らは安心して往来を歩けた。

「まずは二条に繰り出して、旅の垢を落とそうぞ」

弥次郎は遊ぶ気満々である。

二条の柳馬場は遊廓街である。

「銭もない男がなにを申す」

「左様なものは、幾らでも手に入れられる」

「上洛した当所(目的)はほかにあろう」

弥次郎の申し出を断わり、堀川に足を運んだ。

「よもや、おぬしからこの店に来るとはの。やはり都に来ると色男の血が騒ぐか」

にやけた顔で弥次郎が揶揄する。目の前には但馬屋があった。

「戯け。仇討ちのためじゃ」

言い放った孫九郎は但馬屋の暖簾を潜った。

店の中に入ると、人のよさそうな中年の番頭が顔を出す。

「北条孫九郎と申す。宗兵衛殿にお会いしたい」

「お上がりください。北条様が来られたら、通すように言いつけられております」

丁稚に従い、孫九郎は奥の部屋に入った。

「これは北条様、お久しゅうございます」

眺めていた茶器を置き、宗兵衛は笑みを向ける。相変わらず好色そうな顔である。

「邪魔をする。健やかそうでなにより」

一間ほど空け、孫九郎は宗兵衛の前に腰を降ろした。

「北条様も。ご実家のほうはお気の毒にございますが、壮健そうで安心しました」

「なにやら嬉しそうじゃの」

笑っているが、相手の肚裡を覗き込もうとする細い目が無気味だ。

「北条様のほうからご足労いただきましたゆえ、捜す手間が省けました」

「儂の首に銭でも懸かっておるのか」

まさかとは思うが、周囲の気配を窺いながら孫九郎は問う。

「あると言えばある、ないと言えばない。斬られることはないでしょう、今のところは」

「奥歯にものが挟まったような言い方じゃの」

「鶴松様がお亡くなりになられたことは御存知のはず」

前年の八月、鶴松は淀城で夭折（ようせつ）した。秀吉は失意に暮れ、髻（もとどり）を切って弔意を示した。宗兵衛は続ける。

「ゆえに北条様への嫉妬も和らいだものかと思います。一方の淀ノ方様は殿下同様に落胆されましたが、まだお若いので新たなお子を授かりたいと願っております」

「嫌な予感がするの」

「お察しのとおり。淀ノ方様は北条様とお会いしたいと仰せです」

怪しい目を向けて宗兵衛は言う。

「残念ながら、その申し出には応じられぬ。儂には妻子がおる」

「ほう、それはさぞかしお美しい女子でしょうな。お目にかかりたいものです」

「誰の目にも触れさせぬ」

純真な於稲を思い出し、孫九郎は首を横に振る。

「左様ですか。ところで、当家にお出で戴きましたご用件は？」

「ある人物を捜してもらいたい。上杉旧臣で殿下の御伽衆を務める上条宜順斎と申す者じゃ」

「いかがする気ですか」

　宗兵衛の顔から笑みが消えた。

「そちには関係ない。いや、聞かぬほうがよい」

「殿下の御伽衆に刃を向けはる気ですか？　北条様がそないなことしたら、手前をはじめ店の者の首が飛びます。相談できまへんな」

　とは言うが、完全に否定した、こわばった表情でもない。

「条件次第か？　天下人の側室になど簡単に会えまい」

　素朴な疑問だ。

「そのへんは手前にお任せ下さい」

「強欲な輩め。そんなことをして、そちは儲かるのか？」

「男子なればのちの天下人。女子であれば天下人のご正室。手前に損はありまへん。まあ、そこまで手前は生きられるか判りまへんが、店が続き、繁盛すれば本望です」

　都の商人らしく強く主張する。

「見上げた商魂じゃ。されど、そう都合よく身籠るかは判らぬの」

「淀ノ方様は、好いた男の子なれば身籠る自信があると仰せです」

「秀吉殿に聞かせてやりたいの。承知した。上条の居場所を教えてくれ」

目的を果たしたら、逃げてしまえばいいという気で問う。

「席は用意致します。されど、思いどおりにならぬかもしれまへんが」

「構わん。寸鉄を帯びていずとも当所は達せられる」

孫九郎なりに修羅場を潜ってきたつもりである。

「左様ですか。ほな用意致します。お約束をお忘れなく。食い逃げは高くつきますぞ」

心中を察しているのか、笑みで念を押す。目は笑っていなかった。

「そうそう、北条様が小田原に置いていかれた具足、手前がお贈りしたものでございますが、廻り廻って手前の許に戻っております。ご用の時には申されませ」

不思議な巡り合わせである。

「承知した」

一応、承諾したので孫九郎らは但馬屋の離れに住むことになった。暮らしに困りはしないが、なかなか上条宜順斎と折り合いがつかず、苛立つ日々を過ごすことになった。

憂鬱の原因は標的と会うことができないだけではなく、都の夏が暑いこと。ずっと蒸し風呂に入っているような錯覚を覚えるほどである。

そんな最中の七月二十二日、秀吉の母の大政所（おおまんどころ）が大坂で死去した。報せはすぐに名護屋に届けられ、二十九日、秀吉は急遽、帰坂した。

「殿下が大坂に戻られました。これでは上条様に会わせられません」

「いかがする気じゃ」

何ヵ月も待たせてという怒りを堪え、孫九郎は問う。

「淀ノ方様は殿下とご一緒ではありまへん。名護屋におられます。順番が逆さまになりますが、先にお約束のほうを果たしていただければ幸いです」

「儂を名護屋まで行かせる気か？」

「最善の策にございましょう。この機を逃すと、お約束を果たせなくなるやもしれまへん」

宗兵衛は強く押す。

「いいではないか？九州にも美味い食い物はあろう。綺麗どころもいるはず」

弥次郎は乗り気だ。

「物見遊山ではない」

「似たようなものであろう。美味なものを食って、美女を抱く。遊山のようなものじゃ」

「失敗すれば首が飛ぶ。下手をすれば儂は雄の蟷螂じゃ」

蟷螂は交尾が終わると、雄の三割ほどは雌に食べられてしまうという。

「怒らせなければ、喰われることはあるまい。あるいは、露見せねば」

「他人事だと思いよって」

腹立たしいが、上条宜順斎が秀吉の許にいるならば手を出せない。

「渡海しておらねば、名護屋には上杉主従もいるのではないか」

弥次郎の言葉を聞き、孫九郎の目が見開かれた。

「暇潰しに肥前に行ってみるか」

別の目的もできた。新興の城下町ならば警戒も薄い。可能性が見えてきた。

孫九郎と弥次郎は宗兵衛の指示に従い、但馬屋の手代とともに店の奉公人として肥前に向かった。混乱を避けるために神戸から乗船し、二日後、目的地に到着した。

名護屋は肥前の最北端、東松浦半島の北に位置する鎮西の地にある。狭い地に所狭しと陣屋が立ち並び、その中心に名護屋城がある。

面積十四万平方メートルで、天守閣は五層七階。三段構えの渦郭式の城は、大坂城に次ぐ規模を誇っていた。

「なんと！」

聳える絢爛豪華な白亜の城を見上げ、孫九郎は感嘆の声をもらした。

「見上げるな。おぬしの顔は目立つ」

弥次郎に注意され、孫九郎は頬かぶりした顔を下げた。二人は淀ノ方への贈り物の着物が入った衣装箱を担いでいた。

大手門で但馬屋の手代が仔細を告げると、裏に廻るように命じられ、三人は従った。

午後、裏の勝手口のところで淀ノ方付の侍女に献上品を渡すと、待つように言われた。

「露見したかの」

四半刻ほどして焦りはじめた頃、侍女が姿を見せた。

「その、背の高い方だけ控えの間にて待つよう」

聞いたような声であるが、勝手口で跪く小者は顔を上げることができない。

「承知しました」

顔を伏せたまま応じ、小声で「うまくやれ」という弥次郎の言葉を聞きながら、孫九郎は小柄な侍女の後に続いていった。

控えの間に行き、夕刻が近づいた頃、湯を浴びるように命じられたので従った。

(客を待つ遊女のようじゃの)

湯を浴び終わると食事が用意され、山海の珍味を一人で堪能した。

すでに辺りは暗くなっている。口を漱ぐと侍女が姿を見せた。

「そなたは」

見覚えがある。嘗て孫九郎を妙顕寺城から連れ出した目の垂れた侍女である。

「会話は無用。これに着替えるよう」

冷めた口調で告げた侍女は孫九郎の前に女子の着物を差し出した。

「なんと、左様なことが……」

できるか、と断わろうとした時、侍女が遮った。

「以前は女衣を着て舞っていたはず。拒めば曲者として侍たちがまいる」

「全て計算づくか。まあ、よい。かようなところで命を失うつもりはない」

孫九郎は言われるままに白い着物に着替えた。まるであつらえたかのように、長身の孫九郎の足が隠れている。髭も剃り髷を解き背中で一つに纏め、唇に紅を差した。

「まるで伽をする女子のようじゃの。まあ、似たようなものか」

「声を出さぬよう。さすれば背の高い女子で通る」

随分と無理があるように思えるが、侍女が言うので受け入れた。

「大股で歩かぬよう」

頷いた孫九郎は白い布で頬かぶりをし、侍女の後ろを小股で歩みついていく。侍女が手にする携帯用の行灯が暗い廊下を明るく照らした。広い御殿の中を迷路のように進み、ようやく奥の部屋の前で侍女は立ち止まった。

「お方様、伽をお連れ致しました」

侍女はあからさまに言う。

「入りやれ」

こちらも聞き覚えのある声である。

侍女が唇に指を当てるので、孫九郎は無言のまま戸を開けた。中に入ると褥が用意されており、横で淀ノ方が一人で酒を呑んでいた。直火が嫌いなので行灯が室内を淡く照らしている。赤い襦袢が艶やかであった。

「孫九郎か、久しいの。ふっ、そなたが左様な形をしていると女子に見えるぞえ」

潤んだ目を向けて淀ノ方は笑う。

「いいのか。殿下が留守とはいえ、褥に伽など呼び寄せて」

「女子ならば問題あるまい。それより、久々に一差し舞ってくれぬか」

「伽は伽。舞いなどは舞わぬ。さっさと用をすませるのみ」

言うや孫九郎は淀ノ方の盃を取り上げた。酒を口に含むと、淀ノ方を抱き寄せ、唇を重ね合わせ、口移しで呑ませた。濃厚なくちづけののちに、二人は褥にもつれていった。

屈辱、怒り、罪悪感などが螺旋(らせん)を描く中、孫九郎は妖艶な貴婦人に欲望をぶつけた。

「満足したであろう。儂の着物を持って来るように命じよ」

行為ののち褌を締め直しながら孫九郎は言う。

「情がなくとも男は女子を抱けるのじゃな」

けだるそうに淀ノ方は襟許を直す。

「男女が二人になった時、欲情というものが湧くそうな」

「左様か。わらわは、また天下人の子を産む」

淀ノ方は孫九郎の子とは言わなかった。

「争いの元にならぬようにの」

着物が届けられたので、孫九郎は袖を通す。

「次に会う時は舞いが見られるか」

「生きておればの」

着替え終わった孫九郎は、一言告げて部屋を出た。

二

茹だるような残暑が続く中、孫九郎は帰京した。

「これは、ご無事でなによりにございます」

いい思いをしてきたようですな、とでも言いたげに宗兵衛は声をかけた。

「覗けなくて残念か」

「ははは。ご推察のとおり。まあ、またの機会の楽しみにします。お約束ですので、上条様にお会いいただきましょう。秋には殿下も名護屋に戻るはず、そののちですな」

宗兵衛の言葉に孫九郎は頷いた。

十月になり、秀吉が大坂を発って名護屋に向かったのを見計らい、宗兵衛が大坂の四天王寺の一庵に席をもうけた。入口で大小を預けるように言われたので従った。

それなりに場数は踏んできたつもりである。素手で仕留めることにも自信はあった。

中は六畳ほどの広さの板の間で、先客が一人いた。

此奴が、と思うと、瞬時に体温が上昇し、殺意を覚えたが、すぐに冷えていった。

「これは伯父上、なにゆえ、かようなところに」

座していたのは孫九郎の伯父の北条氏規(うじのり)であった。氏規は高野山(こうやさん)に登った翌年、秀吉から河内(かわち)で二千石を与えられ、豊臣家の旗本になっていた。

「息災でなにより。知り合いに呼ばれての。そなたは?」

なにも聞かされていないのか、氏規は不思議そうな顔で問う。

孫九郎は氏規の真向かい、入口に背を向けて座った。上座が空いている。

(宗兵衛め、謀(たばか)りおって!)

秀吉の御伽衆を殺害させたと知れれば、宗兵衛の身も危うい。氏規が同席すれば、孫九郎を押さえられると画策したに違いない。宗兵衛の北叟笑む姿が目に浮かび、憤る。

「某も似たようなもの。伯父上は扶持取りの身。申し訳ありませんが席を外していただけませぬか。迷惑がかかるやもしれませんので」

「誰ぞ討つつもりか? やめたらどうか。いろいろあったが、今は殿下の下で日本(ひのもと)

は一つになり、明（みん）・朝鮮と戦っておる。同じ国の者で殺し合いをしている場合ではなかろう」

「伯父上は敵から扶持を受けて、のうのうと暮らしておるが、儂は違う。儂が受けた時は敵対する前の話で、儂は屈してはおらぬ。一緒にしないでくれ」

話しているうちに熱くなり、一瞬で尊敬心が吹き飛んだ。元来、韮山城が落ちたわけでもないのに氏規が降伏したせいで、氏直の心も折れて投降するはめになった。氏規のせいで、その兄の氏政、氏照は切腹し、大名としての北条家は滅んだ。氏直も、孫九郎の養父の氏光も高野山で死んだ。お前のせいだと怒鳴りたいのを堪えるので必死だ。

「過去を振り返ってもなにも戻らぬ。北条が滅びたのは兄上（氏政）が上洛を拒んだからで、ほかに理由はない。儂が罵詈雑言（ばりぞうごん）を浴びても殿下の前に跪くのはすべてはお家再興のため。氏直殿は儂に託された。ゆえに、いかな屈辱を受けても耐えてみせる」

力強く氏規は主張した。

「ものは言いようですな。泉下の大御所様が聞かれたら、なんと申されることか」

皮肉を口にした時、一人の老人が庵に入ってきた。孫九郎は振り返る。

「これは上条殿、お久しゅうござる」

氏規のほうから声をかけた。

（此奴が！）

能登畠山氏の血を引く上条宜順斎は凜々しい顔だちで、中肉中背。出家号を名乗っているが、髷を結っている。この年四十歳。河内の津田・保谷で五百石を与えられていた。

上条宜順斎は上座に腰を降ろした。

「こちらは？」

「北条孫九郎。上杉三郎景虎が一子じゃ」

孫九郎は挑むように名乗った。

「ほう、道満丸以外にも三郎に子がいたか」

珍しいものでも見たように、宜順斎は言う。

「道満丸を殺めた桐沢と内田、それに父の首を刎ねた宇野を斬った」

「それで、わざわざ儂に会いに来たのか。そこまでして儂が斬りたいか」

「ああ、斬りたい。汝は我が父の仇。我が父を見捨てた返り忠が者（裏切り者）じゃ」

殺意に満ちた目を向け、孫九郎は言う。

御館の乱が始まる前まで宜順斎は景虎と親しかった。というよりも謙信の甥である景勝を競争相手として見ていたので、長尾一族ではない景虎と誼を通じていた。だが、直江兼続による調略で景勝方として戦うようになった。

「儂を返り忠が者と申すが、一番の返り忠は、息子を見捨てた氏康、さらに弟を見捨てた氏政ではないのか。儂は堂々と戦場で戦った。儂を狙うのは筋違いであろう」

「暗殺をするつもりはない。汝が申したとおり、堂々と外で戦うつもり。安心しろ。汝を斬ったのちに上杉の主従も斬るつもりじゃ」

「やめておけ。外には我が家臣が控えておる。儂らは戦国最強の謙信公に鍛えられた武士じゃ。返り討ちにするのは容易きこと」

宜順斎が告げた時、入口が開いた。

「寺で斬り合いの話をするのは穏やかではありませんな」

四天王寺の高僧の瑛兼が入ってきた。

「坊主まで用意するとは、用意周到。さすが但馬屋じゃの」

いくら仇討ちでも、寺や僧侶を巻き込んでまで行うつもりはない。

「儂は話し合いをするつもりはない。またの機会に致そう」

宜順斎を睨みながら孫九郎は立ち上がる。

「そうじゃ、そちの弟の新太郎は元服し、儂と違う字を書くが氏則と名乗り、徳川に仕えておる。仇討ちなど忘れ、仕官するのも一つの道ぞ」

氏規が孫九郎の背に声をかける。

「敵に扶持を貰い、仇を前に平然としていられるようになったら考えましょう」

背中越しに答えた孫九郎は庵を出た。氏規にとっても異母弟の景虎を討った宜順斎は仇のはず。やはり側室の子は弟という認識はないのかもしれない。

庵の外に出ると弥次郎が待っていた。

「但馬屋に一杯喰わされた」

「約束は守ったと言うであろう。お陰で生き延びた。こののちいかがする？」

宜順斎の家臣たちを眺め、弥次郎は問う。

「すぐ近くに仇がいるのに刃が抜けぬとはの」

自身が情けない。

「そちも人の親。大人になったのであろう。鎌倉を見習え。機会を待つのも大事ぞ。一度、於稲殿の許に戻ったらいかがか」

「それでは二度と腰を上げられぬ。当所を果たすまで戻らぬつもりじゃ」

孫九郎は改めて仇討ちの意志を強く持つ決意を新たにした。

こののち、宜順斎は氏規らと名護屋に向かった。

この年の八月、秀吉は隠居城として大坂と都の中ほどに近い伏見に城を築くように命じ、普請が開始された。諸大名にも負担は求められ、諸将は名護屋にありながら、家臣を派遣して作業を行わせた。勿論、徳川家も例外ではなかった。

巨大な石が各地から運ばれ、石垣が組まれている。徳川家の所領となる伊豆は良質の石が取れるので重宝され、船で運搬されていた。

孫九郎らは帰京の途中で作業を眺めていた。

「太閤は幾つ城を築けばすむのかの」

「さあのう。銭がなくなり、借りることもできなくなれば、必死に戦わざるをえぬ。朝鮮で版図を広げるための尻叩きやもしれぬ」

皮肉めいたことを口にした時、若い武士に目がいった。

「ここは徳川の持ち場じゃの。今、おぬしが見ておる若者、おぬしに似ておるの」

弥次郎も気づいたようで話しかける。若者は質素な茶色の小袖に灰色の袴であるが、目鼻立ちが整い、長身である。中年の武士に指示され、足軽たちを指導していた。

「他人の空似であろう」

否定するが、弥次郎と同意見である。

「名前を聞いてくるか?」

「やめよ。作業の邪魔じゃと叱責され、争い事の元になる。せめて終わってからにせよ」

もし若者が氏則であれば、迷惑はかけたくない。孫九郎は制した。

夕刻になり、この日の作業は終了した。

諸将は周辺に陣屋をもうけ、足軽たちはそこで寝泊まりしている。人足を雇える大名は少ない。質素倹約を常とする徳川家は足軽を酷使した。

「ちと、お尋ね致す。貴殿は北条家のお血筋か」

孫九郎に代わり、弥次郎が声をかけた。

「貴公らは昼間、我らの作業を見ていた者たちじゃな」

若者は警戒している。

「左様。我らは関東に所縁(ゆかり)のある者にて尋ねた次第」

「いかにも、儂は北条新太郎氏則と申す」

氏則は堂々と名乗った。

「左様か、大きゅうなったの」

父から優遇されていた異母弟を快く思っていなかったものの、温海の孫十郎が重なり、孫九郎は寛容な目で見られるようになった。

「貴公は孫九郎殿か」

「儂が判るか」

敵視されていた身でも、身内が少なくなったせいか、嬉しいもので、頬が緩む。

「勿論。小田原が開城する前に逃亡した腰抜けにござる」

身内とは思いたくない。氏則の目は蔑んでいる。

「なに！　左様じゃが……」

秀吉や淀ノ方のことを口にするわけにはいかない。孫九郎は口を閉ざした。

「亡き父は、孫九郎は我が子には非ず、前の奥が産んだ三郎の子。ゆえに居候の親戚じゃとも申していた。父譲りで女子を騙すことには長けておるが、ほかに才はない。そう教えられたゆえ、某も孫九郎殿を兄と思うたことはない。家臣だと思うてござる」

遠慮なく氏則は言う。

「手厳しいの。その家臣が気儘に暮らしておる。これについてはいかに」

「同じ北条の血筋として情けないばかり。一所懸命。禄を得てこその武士でござろう」

「大名以下、足軽以上で満足か」

「無禄よりは」

氏則は牢人の孫九郎を蔑んでいる。

「左様じゃの。邪魔をした。よき奉公をしてくれ」

夕陽を浴びながら、孫九郎は氏則に背を向けた。敗北感が肩にのしかかる。

「同族の誼じゃ。なにかあれば申されよ。口利きぐらいはして差し上げよう」

「その時は頼むとしよう」

孫九郎は振り返らず、背中越しに答えて歩を進めた。

「なにゆえ反論せぬ。儂は天下人の女をものにできる男だと申せばよかろう」

「申せるか。儂のみならず、伯父上や氏則の首が飛ぶ。会わぬほうがよかったかのう」

愚弄されたことよりも、本懐を達することができないことを指摘されたような気がして孫九郎は失意を覚えた。少々後悔もしている。

「そう気を落とすな。かような時は廓にでも繰り出そうぞ。銭はいくらでも手に入る」

「盗人は磔ぞ。せめて、いかさま双六ぐらいにしておけ」

戯れ言を口にするが、気は晴れなかった。

この年の暮れ、淀ノ方の懐妊が確認され、淀ノ方は帰坂した。

秀吉も戻ると聞いたので孫九郎らは上方にいられず、諸国を旅することになった。

翌文禄二年（一五九三）八月三日、淀ノ方は男子を産んだ。嬰児はお拾いと名づけられた。のちの秀頼である。帰坂した秀吉は狂喜乱舞したという。

三

「こたびこそ積年の恨み、晴らしてくれる」

孫九郎は但馬屋に預けてある具足を担ぎ、意気込んだ。

「これが、最後のお見送りやもしれまへんな」

孫九郎のことか、自身のことか、息子に支えられながら宗兵衛は言う。

「そう申すな。吉報を楽しみにしておれ。本懐の暁には廓に繰り出そうぞ」

「左様ですなあ。また、北条様の舞いを見ることを楽しみにしてます」

「達者での」

告げた孫九郎は但馬屋を飛び出した。

慶長三年（一五九八）八月十八日、秀吉が伏見城で死去すると、天下を望む家康は専横を開始し、公然と『御掟』を破りだした。

『御掟』とは晩年に秀吉が定めた法度で、秀吉の承諾がない諸大名の婚姻を禁止、諸大名間の昵懇、誓紙交換を禁止、喧嘩口論の禁止、妻妾の多抱禁止、大酒の禁止、乗り物の規定、という六ヵ条からなるものと、九ヵ条を定めた『御掟追加』からなっている。

家康は独断で所領を与えるだけではなく、『御掟』を破って諸大名と交友。前田利家が病死すると、加藤清正らを煽って石田三成を追い詰めて佐和山に蟄居させ、前田家の徳山則秀を出奔させ、片山延高を内通させて同家を攪乱し、伏見城の掌握に続き、暗殺計画を利用して大坂城の西ノ丸を占拠した上で、浅野長政らを蟄居させ、首謀者を前田利長として加賀討伐を宣言。利長は芳春院（まつ）を人質として江戸に差し出すことで、加賀討伐を停止させた。宇喜多家に勃発した御家騒動も家康が背後で糸を引いていたという噂がある。

慶長五年（一六〇〇）が明けると、移封後の領内整備に勤しむ会津の上杉家に難癖をつけ、上洛を拒んだ景勝に対して、遂に会津討伐を宣言した。

上杉家は伊達家と徳川家を押さえるため、二年前に越後から会津に移封（いほう）されていた。

六月六日、家康は諸大名を大坂城の西ノ丸に集め、上杉討伐の部署を定めた。

白河口は徳川家康・秀忠（ひでただ）。関東、東海、関西の諸将はこれに属す。

仙道（せんどう）口は佐竹義宣（さたけよしのぶ）一族。但し佐竹家は上杉方であった。

信夫（しのぶ）口は伊達政宗。

米沢（よねざわ）口は最上義光（もがみよしあき）。最上川以北の諸将はこれに属す。

津川（つがわ）口は前田利長ら。越後の諸将はこれに属す。

軍役は百石で三人。これらを合計すると二十万を超える軍勢だった。

三十歳になった孫九郎は徳川方として参陣するつもりで江戸に向かう。

「これで堂々と直江に挑める。いつぞやの恨みも重ね、倍にして返してやる」

孫九郎の足取りは軽かった。

東海道を通り、小机の近くに達した。

「奈波殿の墓参りでもしていくか」

弥次郎が声をかける。

「妙な里心がついては迷惑。上杉を討ったのちに凱旋する」

先妻への思いを断ち切って孫九郎は歩を進め、六月下旬には江戸に到着した。既に諸将も着陣しており、会津に向かう兵で町はごったがえしていた。

七月二日、家康が江戸城に帰城した。諸将も倣って登城したので孫九郎も紛れた。まだ、小田原に北条家が存在した頃、孫九郎は江戸城を訪れたが、当時とそれほど変わらない。天守閣もなければ、石垣もない。孫九郎らが腰を降ろした三ノ丸は、まるで長屋かと思うような建物であった。

孫九郎は人に聞きながら旗本の氏則を訪ねると、思いのほか容易く会うことができた。

「こたびの陣に間借りしたく参じた。内府様に許しを戴きたい」

孫九郎は屈辱を噛み締めながら異母弟に頭を下げた。

内府とは内大臣の唐名で、任じられている家康のことを指す。

「嘗ては弟であった者に頼むこと、恥ずかしくはござらぬか」

尊大な態度で氏則は言う。

「当所のためなれば、なんでもできる」

「左様でござるか。勝ち馬に乗らんとする似たような御仁は数多いるゆえ、邪魔にならぬようになされよ。佐渡守（本多正信）様に申し上げておく」

言うと氏則は満足そうな顔で部屋を出ていった。

（今に見ておれ。三郎の子が一番出来がよかったと皆に言わせてくれる）

陣借ができることになり、孫九郎は勇んだ。

その後も続々と諸将は江戸に着陣した。名のある者で九十以上。兵数にして五万五千余。徳川家の兵を合わせれば十三万一千余人に達し、まだ増える予定であった。

家康の真意も西上にあるのかもしれないが、あくまでも上杉討伐の軍勢であることを天下に示すため、七月八日、重臣の榊原康政を先鋒として出陣させた。

先軍の大将として家康三男の秀忠は十九日に、家康自身は二十一日に江戸を発った。会津に向かう兵は七万二千余で、江戸には五万余、その周辺には二万の後詰が控えていた。

畿内では巷の予想どおり石田三成が大坂城に入り、毛利輝元を大将に家康討伐の軍を組織し、「内府ちかひの条々」という弾劾状を諸将に送って挙兵。優位に戦うため、大坂屋敷に居る諸将の妻子を人質にすることを決定した。

家康に加担する軍勢を東軍、対して三成に与する軍勢を西軍と呼んでいる。

三成らは事始めとして会津攻めの先陣を命じられている玉造の長岡（細川）忠興の屋敷に兵を差し向けたところ、小競り合いに発展し、忠興の正室の珠（ガラシャ夫人）は死に追い込まれて長岡屋敷は炎上した。

さらに西軍は鳥居元忠ら徳川家臣が守る伏見城を攻撃した。

二十四日、家康本隊は下野の小山に到着。その日の深夜、鳥居元忠が遣わした浜島無手右衛門が、伏見城攻撃を詳細に報告した。

報せを聞いた家康は歓喜し、黒田長政を呼び戻して福島正則を説得させ、二十五日、北進か西上かの評議を開いた。世にいう小山評定である。

「某は内府殿に従います」

まっ先に宜順斎が発言した。上杉家を知る宜順斎は家康から求められての参陣であった。

遅れじと黒田長政に説かれた福島正則が口を開く。

「奸賊の治部少輔を討つべし」

福島正則の主張に諸将は賛同し、反転西上が決定した。

「待たれよ。今、戻れば上杉が追い討ちをかけましょうぞ」

外で盗み聞きしていた孫九郎は、陣幕を潜って強弁した。

「ここは雑兵(ぞうひょう)の来るべきところではない。去れ」

床几(しょうぎ)から腰を上げ、宜順斎が虎の威を借る狐のごとく高飛車に命じる。

（此奴もいたのか）

すぐにでも飛びかかりたいが、上杉家との戦いは重要。孫九郎は堪えた。

「どこの誰かは知らぬが、後詰を置くゆえ、上杉の追い討ちなど恐れることはない」

孫九郎に言い捨てた家康は、諸将に向かう。

「されば、先陣は福島、池田(いけだ)とし、治部少輔を打倒しようぞ」

「うおーっ！」

家康の宣言に諸将は鬨で応え、陣を出ていった。

「残念だったの。儂は内府様と西へ向かう。そちは後詰とともに上杉に備えるがよかろう」

勝ち誇った顔で宜順斎も陣を出ていった。

（おのれ）

家康の側にいる宜順斎に斬りかかれば、周囲の者に斬り刻まれる。孫九郎は我慢するしかなかった。

「諸将の話では、上杉は伊達や最上に牽制され、徳川の背後を突くことはできぬらしい。されど、伊達なれば、山っ気があるゆえ上杉に咬みつくやもしれぬ。ここに残るより、おぬしの当所に近づけるのではないか」

落胆する孫九郎に弥次郎は発破をかける。

伊達政宗は奥羽で版図を広げ、一時は百五十万石ほどを領有していたが、二度秀吉に所領を減らされて北に追いやられ、岩出山で六十万石を得る程度になっていた。このたびの活躍次第では旧領の復帰を家康から約束されているという。勇むに違いない。

「そうじゃの」

気を取り直した孫九郎は氏則に仔細を告げ、伊達政宗が上杉攻めの最前線とする北目城に向かった。

途中で上杉領の白石城を横目に見ると、なんと白地に黒で『竹に番いの雀』の家紋が染められた旗指物が立てられていた。伊達家のものである。

「伊達が白石城を落としたのか」

疑念にかられていると、数人の兵に囲まれた。

「汝は上杉の残党か」

「いや、我らは上杉と戦うため内府殿の陣に間借りしていた者。内府殿らは下野の小山で西上を決断され、反転したゆえ、伊達殿を頼って北目に向かうところじゃ」

「なんと！　汝ら我らを惑わす敵の乱破ではあるまいな」

激昂した兵たちによって、孫九郎らは白石城の中に引っ立てられた。

穂先を突きつけられたまま孫九郎らは中庭に跪かされた。

四半刻（約三十分）ほどして縁側に朱の陣羽織を羽織った武士が現れた。右目に刀の鍔を眼帯とした男。奥羽で崇められる片目の武将といえば独眼竜と恐れられる伊達政宗しかいない。

（此奴が政宗か）

常陸の佐竹氏に対し、北条家は伊達家と盟約を結び、遠交近攻を行っていた。秀吉に対しては東国同盟のようなものを約束して対していたが、あっさりと北条家を見限り、秀吉に屈した。北条家が降伏する原因を作った武将である。その男に陣借りを頼まなければならない。屈辱感が湧き上がる。

「某は上杉三郎景虎が一子・北条孫九郎。こたび内府殿の陣に間借りさせていただき……」

孫九郎は伊達家の家臣らに言ったことと同じことを口にした。

「内府殿が西上したか」

苦虫を嚙み潰したような顔をして、政宗は腹の底から声を絞り出すようにもらした。

「一概には信じられませんぞ」

初老の武士が助言する。袖に『九曜(くよう)』の家紋が入っている。片倉景綱(かたくらかげつな)であろう。

「判っておる。されど、事実やもしれぬ。小十郎(こじゅうろう)、すぐに調べよ」

命じた政宗は孫九郎に目を向ける。

「偽りだった時、そちたちは車裂きに致す」

「事実なれば？」

「望みどおり、上杉と戦わせてやる」

命令するような口調で言い捨てると、政宗は奥に入っていった。

孫九郎らは監禁こそされないが、監視下に置かれ、城から出ることを禁じられた。

その代わり食事などはもらえるので、気は楽になった。

政宗が白石城を攻略したのは小山会議が行われた日と同じ二十五日だった。

数日後、家康の西上が事実と判り、政宗は落胆した。政宗の真意は家康と上杉を戦わせ、疲弊した両者を討ち取り、奥羽を纏め、関東に攻め込む魂胆だったという。計画が狂ったので、政宗は家康に恩賞を保証しなければ上杉への牽制を止めると脅したところ、家康から百万石の御墨付きを貰うと、八月半ばには北目城に戻ってしまった。

（なんのために白石城に来たのかの）

伊達家の家臣たちと白石城に取り残され、孫九郎は虚無感にかられた。

四

上杉家は伊達、最上家ら奥羽の大名に牽制され、家康の背後を襲撃できなかった。

九月、後顧（こうこ）の憂いを断つため、直江兼続を大将にした軍勢が最上領に侵攻を開始した。兼続は上杉家の家宰（かさい）でありながら、米沢で三十万石を秀吉から約束された武将で、二十四万石の最上家よりも石高は上。これに主君景勝からの支援もあって軍勢は二万。破竹（はちく）の勢いで諸城を攻略して義光の山形（やまがた）城に向かった。

このことがあってか、孫九郎は北目城に呼ばれた。

（ようやく戦えるか）

孫九郎は期待するが、政宗はなかなか腰を上げようとしなかった。

上杉勢の勢いは衰えず、九月十五日、ついに山形城から一里半ほど南西の距離にある長谷堂城を包囲し、連日、攻撃を行った。同城は独立丘陵の山頂に築かれた山城なので、すぐに落城ということにはならないが、山形城からの支援も遮断されて完全に孤立していた。半月もすれば兵糧も尽きるので、陥落は十分に考えられる。

長谷堂城が落ちれば次は山形城。こちらは平城なので、籠城向きではない。しかも諸城に兵を配置して各個撃破されたので、兵数は少ない。とても最上家だけでは対抗するのは難しい。義光は嫡男の義康を北目城に派遣し、政宗に援軍を乞うた。

「これは好機。直江に勝たせましょう」

家宰の片倉景綱は政宗に勧めた。

「最上には母上がおられる。最上を潰して母上の悲しむ姿を見とうはない」

政宗は母の実家を危惧して後詰を送ることに決めた。

「そなたは上杉と戦いたいのであろう。儂は後詰を最上に送るゆえ、参じるがよい」

「有り難き仕合わせ」

孫九郎は感謝の言葉を口にした。

「ただ一つ。直江は強い。もし、出羽守(義光)が討たれそうになった時は助けずともよいぞ。そなたは直江を狙い、本懐を遂げよ」

政宗は義光を見殺しにし、あるいは、どさくさに紛れて義光を討ち取り、義康を傀儡として最上家を乗っ取るつもりであるようだった。

過ぐる天正十八年(一五九〇)の奥羽一揆が勃発した時、政宗は混乱に乗じて蒲生氏郷を討ち取ろうとしていた。このたびも和賀忠親らを旧領の南部領に送り込み、一揆を蜂起させて攪乱し、併合する算段でいた。梟雄ぶりは相変わらずである。

「承知致した」

義光のことはともかく、上杉勢と戦い兼続を討つ目的は変わらない。孫九郎は応じた。

留守政景を大将とする五千の軍勢は北目城を出立した。

(こたびこそは堂々と直江に鑓をつけ、討ち取ってくれる)

孫九郎は意気揚々と歩を進めた。

九月二十二日、伊達の援軍は山形城下の小白川に布陣した。

「直江まで一里半か」

さすがに平地なので見ることはできないが、歩めば半刻（約一時間）で到着できる距離にある。越後での屈辱と父の恨みを思い出し、孫九郎は昂った。

伊達の援軍が到着したこともあり、長谷堂城の攻防戦は停滞状態になった。伊達勢も動かず、山形城の最上勢も腰を上げず、様子を見ていた。

「そんなに戦いたいならば、抜け駆けでもするか」

苛立つ孫九郎を見て弥次郎が言う。

「軍法違反を咎められ、軍勢から外されては迷惑。すぐ手の届くところにいるのじゃ、今は我慢するしかない」

孫九郎は自身に言い聞かせた。


政宗が義光から援軍の要請を受けた九月十五日、徳川家康を大将とする東軍八万八千余と、戦の首謀者ともいえる石田三成らの西軍八万三千余が、美濃（みの）の西端に位置する関ヶ原で激突。緒戦は西軍が優勢であったが、小早川秀秋（こばやかわひであき）が東軍として戦いに加わって形勢は逆転。午（うま）ノ下刻（午後一時頃）には西軍は総崩れとなった。

西軍総大将の毛利輝元は大坂城を動かず、三成が期待した秀頼の出馬もなかった。

信濃上田城の真田昌幸に攪乱された跡継ぎ候補第一の秀忠は、決戦の場には間に合わなかった。

関ヶ原の結果が兼続の許に届けられたのが九月三十日申ノ刻（午後四時頃）。

即座に兼続は反町大膳ら士卒二千八百余人を動員して退路の整備に当たらせ、さらに谷間を縫って走る狐越街道を見下ろす峰々に月岡八右衛門ら六百の鉄砲衆も配置した。

翌十月一日の早朝、春日元忠を先頭に軍を十三組に分け、殿軍に芋川正親を据え、撤退を開始した。

ほぼ同時に山形城にも関ヶ原の報せが届けられた。

「追え！　当領を侵した上杉、一人たりとも逃すな！」

義光は獅子吼し、上杉勢への追撃を開始した。

「最上が立った。我らも追う」

留守政景が下知を飛ばし、伊達勢も最上勢の後に続いた。

「かように後ろにいては、上杉に追いつけぬではないか」

緩慢な足取りで歩を進めながら孫九郎は苛立った。

「最上も必ず疲弊する。兵の入れ替えはあろう。それまでの辛抱じゃ」

弥次郎は逸らせぬよう努めた。

狐越街道は細くねった道が続く。兼続は高台に上杉が誇る鉄砲衆を配置しているので、最上勢は思うように進めず、死傷者を続出させた。上杉勢も同数の手負いを出している。

「物見に行け」

留守政景は家臣の十数人を物見に出した。

「好機じゃ」

孫九郎は軍勢を離れ、物見の最後尾に張り付いた。

「おぬしは？」

「北条孫九郎。新参じゃが上杉を知る者。留守殿に命じられた」

答えると留守家の家臣は不審がりながらも頷いた。

「我らは抜け駆けにあらず。伊達の物見にござる」

騎馬で先頭を走る柴田源四郎が叫ぶと、細い狐越街道でも最上勢は僅かに道を譲る。援軍を受ける軍勢の配慮であった。留守勢は具足を掠らせながら前に進む。

前進するたびに喊声や鉄砲の音が大きくなる。戦闘の場が近いことが窺えた。同時に、それ以上歩を踏み出すことができなくなった。それどころか後退している。

「上杉の殿軍に押し返されているようじゃの」

弥次郎の言葉に孫九郎は頷いた。

「この先、いかがなされますか」

孫九郎は柴田源四郎に問う。

「我らの役目は物見じゃが、敵が攻め入ってくれれば、これの限りではない」

柴田源四郎は闘志満々。最上勢だけに戦わせておく気はないようであった。

そこへ夥（おびただ）しい射撃音がすると、最上勢は一斉に後退する。孫九郎らは波に呑み込まれそうになるのを横の樹の陰に入って逃れた。一波が収まって道に出ると、多くの死傷者が横たわっていた。前方は空いている。上杉勢が目に出来た。

「好機」

瞬時に孫九郎は地を蹴り、上杉勢に突撃する。これに最上、留守勢も続く。

「おりゃーっ！」

気合いとともに孫九郎は鑓を突き出すと敵の穂先と当たり、金属音が響いた。敵は謙信が鍛えた最強の兵。相手にとって不足はない。夢中で繰り出した。

敵は一刻半（約三時間）ほど戦っているので疲弊しているのか、思いのほか動きが鈍かった。

「ここじゃ！」

孫九郎は敵の鑓を叩き落とし、喉元を抉った。

血飛沫が上がる中、孫九郎は次の敵に向かい、柄の叩き合う音を響かせると横に弾いて脇腹を抉った。すると、そこに朱柄の鑓を持つ武士が現れた。鹿角の脇立をつけた兜をかぶる偉丈夫。見覚えのある顔だ。

「山上殿か」

思わず孫九郎は問う。戦場であるが懐かしさが湧く。山上道牛である。

「おおっ、北条氏か久しいの。なにゆえ最上に与しておる？」

「貴殿こそ、上杉に恨みがあるのではないか」

下野の佐野家に寄食していた時、散々謙信に攻められたと聞いている。

「先代の謙信にはの。お屋形（景勝）様、いや直江殿に些か恩があっての」

「左様か。儂は恨みがある。貴殿とはやはり、相容れぬようじゃの」

「らしいの。貴公に恨みはないが、このあたりで雌雄を決しよう」

左足を前に道牛は朱柄の薙刀を身構える。七十歳にも拘わらず、疲労の色もなく切っ先は微動だにしない。孫九郎は睨み合いを好まず、先に仕掛けた。

「はっ」

素早い飛び込みで接近し、喉元をめがけて鑓を突き出した。

「甘い」

道牛は自身の右に弾き、鑓のように突いてくる。これを孫九郎が自身の右に躱すと、道牛は下段から逆袈裟に斬りつける。

「おっ」

なんとか躱すと、今度は刀のように八相から袈裟に斬りかかる。切っ先が胴を掠めた。鑓のように刀のように変化させる道牛の薙刀術は厄介である。

「この攻撃を躱したのは北条氏が初めてぞ。されば、これで」

笑みを浮かべた道牛は連続で袈裟斬りを行う。まるで荷車の車輪が廻るように、体を回転させる。遠心力のせいか、振りも速くなっているような気がした。

「かような時は」

後ろに下がると一刀で首を刎ねられるので、孫九郎は思いきり飛び込んで柄で受けた。そのまま孫九郎は押し返そうとするが、道牛の力は老人とは思えぬほど強い。

「さすが首塚を築いただけのことはあるの」

「一度ではない。三度じゃ」

道牛が押し返すので、孫九郎が体を入れ替えて離れ、突こうとした時、乾いた音がした。最上勢が放った鉄砲が数発、道牛を捉えた。胴丸との隙間を貫通した玉は腹を直撃、右肩と左足も撃ち貫かれ、さすがの道牛も倒れた。

「なにをす」

る、と怒鳴ろうとしたが、最上勢は間違ったことはしていない。

「思いのほか、痛いものじゃの」

起き上がろうとするが起き上がれない。従者が警戒しながら道牛の許に駆け寄る。

「とどめを刺さぬのか」

「儂が倒したわけではない。山上殿、さらばじゃ」

鉄砲に倒れた敵の首を取っては武士が廃る。道牛に別れを告げた孫九郎は殿軍の上杉勢に突き入り、鑓を振った。

精強な芋川正親も二刻以上戦っているので疲弊し、押されている。

「直江じゃ。直江はどこにおる」

血飛沫を浴びながら、敵を突き倒し、薙ぎ払いながら孫九郎は叫ぶ。すると、一町ほど先に『愛』の字の前立てを着けた筋兜が見えた。直江山城守兼続である。兼続は最上攻めの大将にも拘わらず、殿軍に近い位置で兵を差配していた。

「いたか！」

目にした瞬間、身が熱くなり総毛立った。待ちに待った瞬間である。

「退け」

孫九郎は芋川家の足軽を横に弾き、兼続に向かって真一文字に進む。

「よせ、一人で行くな」

背後から弥次郎が注意するが、孫九郎は聞かない。

「今、行かずして、いつ行く？　絶好の機会じゃ」

孫九郎は矢玉が掠めても臆さず、敵を突き倒して前進する。これに最上勢も続く。兼続の首以外に興味はないので首はとらない。敵の間を縫い、時には抉り、斬り捨て、蹴散らして兼続を目指す。ちょうど半町ほど縮まった時、目が合った。

「おのれ！」

馬上の兼続は笑みを浮かべている。まだ、生きていたか。よくここまで辿り着いたな。最上の家臣になり下がったか。あるいは陣借したか。そんな嘲笑した眼差しに見えた。

「首にされても笑っていよ」

忿恚にかられた孫九郎は地を蹴った。これを見てのことか、兼続は采（さい）を振る。

「危ない！」

右の斜後ろから弥次郎は叫び、孫九郎に飛びついた。刹那（せつな）、周囲の崖の上から筒先が火を噴いた。二人は左側に倒れた。

「弥次郎、なにをしておる」

組みつく弥次郎を振払って行こうとした時、手に熱いぬめりを感じた。まさか自分がと思ったが痛い場所はない。見れば、弥次郎の右肩と右太腿が血で濡れていた。

「そちは儂を助けるために」

孫九郎は罪悪感にかられた。

「ああ、似合わぬことをした。思いのほか痛いの、鉄砲は。まあ、浅手じゃ。儂に構わず行け。但し、上にいる鉄砲に気をつけよ。上杉の鉄砲衆は手練揃いじゃ」

激痛に顔を歪めながら弥次郎は注意する。

「戯け。深手のそちを置いて行かれるか。こっちに来い」

孫九郎は弥次郎を引き摺り、左の樹の陰に退避した。

「戯けは、おぬしの方じゃ。長年の宿敵が目前におるというのに。痛っ」

足を抱えて弥次郎は呻く。

「安心しろ。そちの手当てをしたら、すぐに向かう。少々痛いが我慢しろ」

孫九郎は小刀を抜くと股引を裂いて傷口を露出させる。そこへ小刀を突き立て、鉄砲の玉を抉り出す。肩も同じことをして玉を取り出した。

弥次郎は激痛で汗を噴き、今にも気絶しそうであった。

「これで傷が塞がれば、鉛の毒が体に廻ることはあるまい」

太腿を手拭いで縛り、肩は下着を裂いて縛り、刀の紐で右腕を吊った。

「他人に手当てをしてもらうとは、乱破も廃業じゃな」

「まあ、治ってから考えよ。樹の陰から出るな」

告げた孫九郎が兼続を目指して樹の陰を出ようとすると、最上勢は動きを止めた。

「なにゆえか」

前に進むと黒漆塗総覆輪筋兜をかぶった最上義光がいた。但し前立の三鍬形（みつくわがた）は曲がり、弾痕が残っていた。

「某は留守家の物見にござる。直江に追い討ちをかけぬのでござるか」

孫九郎は義光に問う。

「頃合を見て行う」

一発の玉に怯え、義光は言い放つ。

「今、追わねば敵は逃げますぞ」

「下郎（げろう）め！　物見の分際で儂に意見するのか。下がりおろう！」

憤激した義光は怒号（どごう）する。さすがに勧めるわけにはいかなかった。

（直江め、こたびはここまでか。まあ、徳川は勝利した。機会はまたあろう）

孫九郎の闘志は急速に冷めていった。

その後、最上家は追撃を行うものの、上杉勢を追い詰めるほど熾烈なものではなく、生温い追いかけっこを繰り返すばかりであった。

それでも最上家が追撃を行ったため、上杉勢は米沢に撤退した。これにより、念願だった庄内を掌握することができた。戦は領土の奪い合い。最上家の勝利である。

ただ、報せを受けた政宗は途中で追撃を停止した義光のことを「最上衆は弱くて皆々討ち果たさず、無念千万である」と書状に記している。

また、損害を限り無く少なくして撤退した兼続の作戦は「繰引」というもので、多数の兵を帰城させている。のちに家康は、兼続の手法を賞讃している。

孫九郎は弥次郎に肩を貸し、激戦地から一里ほど西の荒砥に移動していた。

「温海は庄内。最上が支配することになった。胸を張って帰れるのではないか」

岩場で竹筒の水を呑みながら弥次郎が言う。

「そうじゃの。今なればよいか」

上杉家に勝利する戦いに参じたせいか、孫九郎の気分は晴れていた。

孫九郎は九年ぶりに温海を訪れた。風景はなにも変わっていない。於稲の家もある。まだ稲刈りの途中で、黄金色の稲穂が頭を垂れていた。

周囲を見ながら進むと、稲穂の中からひょっこり顔を出す少年がいた。日に焼けているが端整な顔立ちをしている。

「おっ母ぁ」

少年が警戒しながら母親を呼ぶと、手拭いを頭に巻いた女人が稲穂の中から頭を出した。

孫九郎を見た女人は驚いて目を見張るものの、怒りや愛情などさまざまな感情が渦巻いているのか、戸惑った表情をしていた。

「於稲、久しいの。健やかそうでなによりじゃ」

愛しい女に対し、孫九郎は笑みを向けた。

声をかけた途端、於稲は孫九郎の許に走り寄り、右手で平手打ちを喰らわせた。

「今までどこにいだ？　なして戻ってこねだ」

於稲はもう一発、頰を張り、胸を叩いた。怒っているが、目は慈愛に満ちている。

「すまん。いろいろあっての。されど、これよりは一緒じゃ。一緒に暮らしてよいか」

告げると於稲は涙を流して頷いた。

「よう、家を田畑を守ったの。さすが於稲じゃ。あの子は孫十郎か？」

孫九郎は於稲を抱き締めながら労い、さらに問う。

「んだ。お前の子だ」

答えた於稲は孫十郎に向かう。

「孫十郎、こい。お前のおっ父ぅだ」

呼ぶが孫十郎は警戒して近づかない。

「構わぬ。いきなり、見知らぬ男がきて、父親だと言われても受け入れられるものではない。多感な時期じゃ、抛っておくがいい。されど、そちと儂は違う。夫婦じゃ」

言うと於稲は孫九郎の胸で歓喜の涙声をあげた。

孫九郎は伊達家に戻らず、また最上家にも仕官せず、帰農することにした。

関ヶ原合戦の切っ掛けを作ったと言っても過言ではない上杉家は降伏を認められ、会津百二十万石から米沢三十万石に減封されることになったので、於稲は監視から外された。

仇討ちは頭の隅に残っているが、親子で田畑を耕すことに孫九郎は幸福感を覚えていた。

第七章　最後の戦い

一

「今日はなかなかじゃ。雉を二羽捕ったぞ」

家に入り、獲物を見せて喜ばせようとするが、於稲はいない。前年に流行り病にかかり、呆気なくこの世を去った。以来、ぽっかり胸に穴が空いたようで、埋まっていない。誰もいない家で、孫九郎は一人声を出して落ち込んだ。

孫十郎は元服して最上家の家臣で鶴岡城代の新関久正に仕えていたが、家中の権力争いの巻き添えを喰らい命を落としたのは、三ヵ月ほど前の慶長十九年（一六一四）六月一日のこと。身分は低いものの、文武に長け、将来を期待されていたので、主の久正も落胆していた。相手の一栗兵部大輔は久正の家臣に討ち取られたので、孫九郎は怒りの鉾先を向ける場所もなく、ただただこの世の無常を歎くばかりであった。

孫九郎と於稲の間にはもう一人、於良という女子が生まれ、二年前に最上家の家臣に嫁いでいた。孫九郎の血を引く唯一の家族である。

「この先ずっと肩を落として暮らすつもりか？　もう一花咲かせてみてはいかがか」

庭先で雉の羽をむしりながら弥次郎が言う。

「今さらなにをする？　十四年前、我が鑓は直江には届かなかった」

「大坂で戦がある。おそらく上杉も参じよう。鑓をつける機会があるやもしれぬ」

関ヶ原合戦ののち、家康は権力を掌握し、慶長八年（一六〇三）には征夷大将軍に任じられ、江戸に幕府を開き、同十年（一六〇五）には息子の秀忠に将軍職を譲り、大御所として駿河で権勢を振るうようになった。年を追うごとに豊臣恩顧の大名が死去するので、幕府の力は増すばかり。高齢になった家康は最後の締めくくりにかかった。

都の東山にある方広寺の大仏殿の梵鐘に刻まれた銘文の中に「国家安康」「君臣豊楽」という文字が刻まれている。これは家康の名を分断し、豊臣を君として子孫殷昌(いんしょう)を楽しむ願いを込めて呪詛(じゅそ)、調伏(ちょうぶく)を祈禱(きとう)するものだと、豊臣家に迫った。

いわゆる、「方広寺鐘銘事件」である。

濡れ衣を着せられた豊臣家は、弁明するが、徳川方は聞く耳を持っていない。何度、説明しても受け入れられないので、遂に秀頼も合戦を覚悟し、武具を揃え兵糧を蓄え、牢人を召し抱えた。報せを受けた家康は歓喜したという。

九月七日、幕府は江戸に居る西国の諸大名に起請文(きしょうもん)を差し出させた。これに従い、義光の跡を継いだ家親(いえちか)は江戸に向かって出立している。

「上杉か。左様のう……」

気儘に暮らせる身にも拘わらず、逆に腰が重くなったのは、於稲が耕してきた田畑を廃れさせてはならないという、責任感からである。以前のような闘志が湧かなかった。

数日後の夕刻、ただ生きているだけの孫九郎の許に中年の薬売りが訪れた。

「我は秀頼様から下知を受けた者。北条様におかれましては大坂に上られ、共に戦ってほしいとの仰せ。さしあたってはこれに」

そう言って薬売りは小判十枚を懐から差し出した。

「ほう、秀頼様が。なにゆえ儂のような百姓に？」

誘いを受けて悪い気はしないが、名の通った武士はほかにもいるので疑問だ。

「淀ノ方様からの言付けにございます。是非とも見せたいものがあると」

「見せたいもの？」

思い浮かばない。孫九郎は首を傾げた。

「某が聞いているのは、それだけにて。されば、ほかにも廻るところがありますゆえ」

告げると家を出た薬売りは、夕闇の中に消えていった。

「これより庄内は厳しい冬。やることもあるまい。人の世の当所を失ったおぬしじゃ、新たな当所を捜すためにも、淀ノ方に会うてみてはいかがか」

「公儀（幕府）の大軍が大坂を囲むのにか」

秀吉の小田原城攻めを思い出し、孫九郎は首を横に振る。

「大坂城は太閤が築いた難攻不落の城であろう。武士の冥加に尽きるのではないか」

「我が命は小判十枚か。随分と安いもんじゃの」

「今のおぬしには高価であろう。それに一人寡夫になったのじゃ。大坂で羽を伸ばしても誰も文句は言うまい。大坂には良き女子もいることだしの」

「そちが遊びたいだけであろう。命がけの遊びになるぞ」

苦言を呈する孫九郎であるが、於稲のいない地で朽ちる虚しさを脱却したい思いもある。

「田畑に囲まれて錆びるも一度、心行くまで戦って散るのも一度」

「敗れるような口ぶりじゃの。難攻不落ではないのか」

「城はの。されど人は判らぬ」

小田原城は堅固であったが、北条氏直の心は弱く、北条家は敗れた。

「いつになく乗り気じゃの」

「おぬしほどではないが、些か敵になる公儀には恨みがあるでの」

徳川の世になり、風魔一族は足柄の風間谷を追われたので江戸の町で盗賊を繰り返していた。家康はこれを危惧し、甲斐の忍びの向坂甚内に命じて盗賊狩りを行わせ慶長八年に小太郎を捕らえて処刑。ほかの風魔一族も一網打尽にされた。

「仇討ちか？　乱破には似合うまい。一族では一番長生きしたのに、縮める気か」

「おぬしの心も、大坂にあるのではないか？　上杉と戦える最後の機会ぞ」

「ふん」

鼻で笑った孫九郎であるが、弥次郎が指摘したとおり、大坂への思いが強くなってきた。

「勝利の暁には小机と風間谷を所領させよと、淀ノ方に頼めばよい」

「そうしよう」

見果てぬ夢であるが、可能性は無ではない。孫九郎は西に目を向けた。

「大坂に行ってくる。勝てばそちは城主の正室じゃ。小机で一緒に眠ろう。されば」

於稲の墓に手を合わせ、孫九郎は温海を後にした。


九月下旬、孫九郎と弥次郎は大坂に達した。街道の関所でも厳しい詮議をされなかったので、二人は止められることなく辿り着けた。

「おう、久しいのう。やはり、温海とは違い、活気があるの」

周囲を見廻しながら弥次郎は言う。顔もどこかにやけていた。

弥次郎が口にしたとおり、大坂の町は戦が近いという噂が流れても、全ての店は暖簾を出し、往来には人が溢れ、戦などどこ吹く風といった様相で賑わっていた。

「確かにこの城が落ちるとは思えぬの」

漆黒の天守閣を見上げ、孫九郎はもらす。

「左様。落ちてもらっては女子遊びもできぬゆえの」

弥次郎はすぐにでも遊びに行きたいようであった。

大手門で仔細を告げると、西ノ丸に行くように命じられた。西ノ丸は家康が関ヶ原合戦の前に築かせた天守閣様式の城郭である。行くと入りきらぬほどの牢人で溢れていた。既に八万に近い数が集まっていた。

「寝る場所もないの」

弥次郎が愚痴をもらした時、大野治長（おおのはるなが）の使者がやってきた。

「北条殿か、秀頼様がお呼びじゃ。ついてまいられよ」

使者は横柄に言う。孫九郎は判りやすく『三つ鱗』の紋を染めた小袖を着ていた。

孫九郎は使者に従い、天守閣の主殿に足を運んだ。

広い主殿で待っていると、数名の女性（にょしょう）と細面の武士、さらに巨漢の若者が現れた。下座に腰を降ろす孫九郎は、すかさず平伏をした。

「ご尊顔を拝し、恐悦至極に存じます。北条孫九郎、ただ今参上致しました」

「重畳（ちょうじょう）至極。面を上げよ」

こもった声なので巨漢の若者であろう。孫九郎は許可どおりに顔を上げた。

（この若者が秀頼様なのか）

隣には懐かしい女性が微笑んでいるので察することができた。

秀頼は六尺五寸（約一九七センチ）で、体重四十三貫（約一六一キロ）。矮軀の秀吉の種とはとても思えない大男である。この年二十二歳になる。

（勿論、儂の種でもなかろう）

孫十郎は、ここまで大きくはなかった。淀ノ方の父・浅井長政の隔世遺伝かもしれない。

「先日はご支援を賜りましたこと、感謝致します。お陰をもちまして、御前に罷り出ることができました。こののちは身命を賭して戦う所存にございます」

「そちのことは母上から聞いておる。期待しておるぞ」

鷹揚に秀頼は告げる。

「孫九郎、久しいの。秀頼様は似ておらぬか」

淀ノ方は上座から怪しい笑みを投げかける。意味深げな内容である。

「は、はあ」

なんと答えていいものか、孫九郎は困惑する。高貴さのせいか、淀ノ方は歳を取っても美しさは維持している。

「目許辺りが亡き太閤殿下じゃ」

「そういえば」

返事をするが、金壺眼（かなつぼまなこ）の秀吉と、淀ノ方似の切れ長の目ではとても似ているとは思えない。

「機会があれば、また舞いを見たいものじゃ」

「戦勝の暁には、是非とも舞いましょう。代わりに武蔵の小机と足柄の風間谷の地を賜りたく存じます」

「全て戦功次第」

口を挟んだのは淀ノ方の乳兄弟の大野治長であった。

「無論、そのつもりにござる」

「励め」

告げた秀頼は気怠（けだる）そうに立ち上がり、ゆっくりとした足取りで退出していった。

淀ノ方も笑みを浮かべながら続く。大野治長も。

（大野が淀ノ方の情夫か。まあ、それはよいとしても、この城は大丈夫なのか）

素朴な疑問にかられた。秀頼はなにに不自由なく育ち、戦場に立った経験がない。末端から這い上がった秀吉とは違う。おそらく側近の大野治長も多勢を指揮したことはなかろう。

（烏合の衆で百戦錬磨の家康に勝てようか。勝たずとも引き分けられようか。戦が長引けば、家康は高齢ゆえ戦陣で死去することもある。そこまで持ちこたえられるや否や）

秀頼に覇気を感じられないので不安だ。

危惧しながら退出し、廊下を歩いている時、真向かいに顔見知りを目にする。

「汝は！」

「おお、三郎の倅か。息災であったか。これは奇遇じゃな」

孫九郎の顔を見てまるで旧友にでも会ったような表情を浮かべた人物は、下野の小山で一早く家康への加担を表明した上条宜順斎であった。

「徳川に鞍替えしたのではないのか」

「上杉が大坂に仕寄ると聞いての。徳川に恨みはないが、上杉にはある。彼奴らとは同陣できぬゆえ、大坂城に入った次第。そなたにすれば、今は不本意であろうがの」

ふてぶてしい笑みを湛えて宜順斎は言う。

「今は味方どうし。一人でも兵は多いほうがいいので、争いはしばらくお預けじゃな」

隣にいる豊臣家の家老を務める片桐且元が釘を刺す。

「上杉主従を討ったのちは、汝の首も刎ねる。覚悟しておけ」

不快感をあらわに告げると、孫九郎は二人の許を離れた。

その後も牢人の入城は後を絶たない。

名のあるところでは、真田信繁、長宗我部盛親、毛利吉政（勝永）、後藤基次、明石全登、塙直之らであった。

長宗我部盛親と毛利吉政は元大名、後藤基次、明石全登は万石を有する大名格の家臣であったが、いずれも所領を失っている。大名として入城した者はいなかった。

城内では幕府と交渉をしていた片桐且元が背信したという噂が流れ、秀頼の側近の木村重成らが斬ると息巻いた。十月一日、且元は身の危険を感じて摂津の茨木城に逃げ帰ってしまった。これに宜順斎も同行している。

「さては宜順斎め、公儀の犬として城内に潜り込んだか」

宜順斎の逃亡を聞き、孫九郎は地団駄踏んで悔しがる。

「偽りを流布し、豊臣家の重臣を調略したとすれば、相当のやり手じゃの」

弥次郎は感心する。

「褒めている場合ではない。城内を良く知る者が敵に廻ったのじゃぞ」

「不安を残しておくより、すっきりしたのではないか。我ら末端の者には関係ないが」

城内は豊臣家の家臣と牢人を合わせて十万の兵を数えるが、統率する武将がいない。秀頼は淀ノ方らが囲んで離そうとはしなかった。

片桐且元が退城したので、実質的な豊臣家の家老は淀ノ方の情夫にして大蔵卿局(おおくらきょうのつぼね)の息子の大野治長・治房(はるふさ)・治胤(はるたね)兄弟が務めるようになった。

二

寄手(よりて)も少しずつ大坂近郊に集まりだした。そこで豊臣勢は契機づけの一手と、十月十二日、大坂にあった福島正則の屋敷から蔵米八万石、家康の蔵米三万石のほか、諸大名の蔵米三万石、町人の二万石を城内に奪い取った。さらに槇島玄蕃(まきしまげんば)らが和泉(いずみ)の堺(さかい)に出撃し、代官の芝山正親(しばやままさちか)を追い、兵糧、武器、弾薬を奪った。

十月十五日の評議では籠城策で話は纏まり、城の持ち場も定められた。

孫九郎は上杉家が在陣する方面に参じることが了承された。

守り口が決まると真田信繁は南東、外堀の外側に半円形をした出丸(でまる)を構築しはじめた。通称真田丸と呼ばれるものである。

「なるほど、一番弱き地に砦（とりで）を築かれるとは、さすが真田殿じゃ」

普請中の真田丸を訪れ、孫九郎は称賛する。

「それに比べて、ほかの砦は脆弱（ぜいじゃく）じゃ」

孫九郎は愚痴をもらす。

「北条殿か。おそらく上杉はこちら側には布陣されまい。南は徳川の家臣か、家康の息のかかった者ばかり。戦功を挙げても与える地がないゆえの」

冷めた口調で信繁は言う。孫九郎と同じく真紅の具足を身に着けていた。

「敵が勝つような口ぶりでござるの」

「家康の心中を思っただけのこと。戦の勝敗とは違う。なんとか彼奴が腰を上げるまで、寄手を屍（しかばね）の山に変える所存。さすれば家康を討つ機会が訪れる。家康さえ討てば、この戦は味方が何人死んでも我らの勝ちじゃ。たとえ儂が死んでも」

信繁は刺し違える意気込みを持って入城したようである。

「儂も、かくありたいものにござる」

と答えた孫九郎だが、上杉主従と刺し違える覚悟があるか、と自身に問い質す。

（ある。今の儂にできることは、それのみ。上条もの）

孫九郎は戦う意義を新たにした。

十一月十七日、家康が大坂に着陣した。家康は大坂城天守閣から二里（約八キロ）ほど南の住吉に本陣を置き、翌日、半里（約二キロ）ほど北の茶臼山に登って大坂城を遠望。

秀忠は住吉から半里少々東の平野に陣を布いた。

家康は諸将を茶臼山に集めて評議を開き、城への交通を遮断し、塁壁を諸所に築くこと、と持久戦を命じ、諸将にとりかからせた。

大坂城は二十万余の軍勢に十重二十重に包囲された。蟻一匹通さぬ意気込みで軍勢は犇めき、色とりどりの旗指物が冬の風に翩翻と翻っていた。

「上杉め、遂に雌雄を決する時が来たの」

城から北東を眺め、孫九郎は声を絞り出す。二十五日、大和川の南の鴫野の地に『毘』の旗指物が掲げられた。上杉家のものである。上杉家は五千を参陣させていた。

上杉家の北隣は佐竹義宣の一千五百、南隣は丹羽長重の二百と堀尾忠晴の八百が布陣した。

城と東の寄手の間には平野川と猫間川が流れ、大和川に合流している。さらに城方は竹把（竹柵）を三重に設け、堀切も掘り、万全の態勢で備えていた。竹把は五十間（約九一メートル）に亘って築かれていた。

城方は平野川の東に鴫野砦を築き、豊臣家の井上頼次、小早川左兵衛、竹田兵庫ら二千に守備させていた。

「上杉に当たらせてくれるという約束。某も鴫野砦にまいります」

孫九郎は本丸の外で大野治長に申し出る。

「許可できぬ。一人であろうとも出先に後詰を送れば、これを阻止せんと敵が動く。されば戦いとなる。この寒さじゃ、戦は長引かせるが勝利の鍵。そう評議で決まった」

「敵は上杉。豊家が退けば、容赦なく仕寄ってきましょうぞ」

「決まりには従ってもらう。否と申すならば、城を出るがよい」

淀ノ方との関係を知っているのか、大野治長は不快そうに言うと、南の陣に移動した。

「恋敵に戦功を挙げさせたくないのやもしれぬ。いかがする？」

弥次郎が口許を綻ばせて問う。

「にやけとる場合か。決戦を前に城を出るわけにはいかぬ」

単独行動で城方を不利にするわけにはいかない。今は従うしかなかった。

翌二十六日早朝、上杉家の『紺地に日之丸の御旗』俗にいう『天賜の御旗』が掲げられた。攻撃を命じる旗である。

「来るぞ。後詰を出さねば一蹴される」

本丸の櫓から『天賜の御旗』を遠望した孫九郎は叫ぶが、一人ではどうにもならない。

卯ノ刻（午前六時頃）、須田長義を先陣、安田能元を二陣とした二千の兵が猛然と鴫野砦に襲いかかる。

兼続は出羽の白布高湯で射程距離の長い鉄砲を密造させているので、互いに発砲しても城方の玉は届かず、寄手の玉は兵の体を撃ち抜いた。

上杉勢は一刻とかからずに井上頼次らを討ち取り、鴫野砦を奪い取った。砦の兵は城に逃げるが、兼続は深追いさせず、柵を城方に向けて築き直した。

報せは本営の大野治長の許に届けられた。

「おのれ！　早急に奪い返す」

大野治長は悔しがり、すぐに奪還の軍勢を組織した。自身をはじめとする竹田永翁ら七手組一万二千の兵である。

「儂も」

孫九郎も栗毛の駿馬に飛び乗り、鐙を蹴った。真紅の具足を着用し、金に輝く蝶の前立をつけた朱塗三十二間総覆輪筋兜をかぶる孫九郎は疾駆する。

「敵に鉄砲を浴びせよ」

黒毛の馬に跨がる大野治長が下知すると、豊臣方の数百挺が一斉に火を噴いた。瞬時に周囲は硝煙で視界が悪くなるほどである。須田長義は射程距離の長い鉄砲で応戦するが、数に勝る城方は圧倒している。寄手は楯を立てながら後退しはじめた。

「敵は退く。圧せ」

城方は鉄砲を放ちながら圧し、第一の柵は突破した。

第二の柵は兼続配下の石坂新左衛門らの組衆二十人ほどが加わり、鉄砲で応戦するが、倍以上の鉄砲には焼け石に水であった。

「このまま突き崩せ！」

勢いに乗る城方は水原親憲が守る第三の柵に迫った。途端に圧されていた須田勢は左右に別れると、後方に控えていた上杉勢の鉄砲数百が轟音を響かせた。筒先が咆哮するたびに城方の兵がばたばたと倒れる。ここに兼続は四百の長柄衆を前進させた。さらに須田勢も加わる。

「いよいよ儂の戦いじゃ」

馬上で太刀を抜いた孫九郎は長柄衆に迫る。長柄衆は横に並び、上から城方を叩きにかかる。孫九郎は正面には立たず、北の横から崩していく。

「喰らえ！」

待ちに待った瞬間である。孫九郎は馬上から太刀を振り、鑓の柄ごと敵を斬り捨てた。

「続け！」

孫九郎は七手組の兵に叫び、長柄衆に切り込んでいく。長柄を持つ兵は二間、三間はなれたところからの攻撃は有効であるが、接近されると小廻りが利かず、思いのほか脆（もろ）い。

「おりゃーっ」

気合いとともに太刀を振るい、孫九郎は敵を血祭りにあげていく。

「退け！　直江、直江はおらぬか。出てこい、直江！」

敵を排除しながら上杉勢の奥へと突き進むと、二町ほど先に『愛』の前立をつけた兜が見えた。宿敵、直江山城守兼続である。主の景勝に代わり、前線近くで采を取っていた。

「いたか直江。狐越での恨み、晴らしてくれる」

孫九郎は太刀の峰で馬尻を叩き、猛然と『愛』の前立に向かう。遮る敵を斬り払い、突き伏せ、時には馬で踏み潰して兼続を目指す。

長柄衆の間を縫い、前が開けて兼続が鮮明に見えた時である。南から轟音が聞こえた途端、孫九郎が乗る馬が横倒しとなった。同時に孫九郎も地に転がり、泥にまみれた。

「おのれ、騎馬を鉄砲で狙うか」

撃たれた愛馬は起き上がれない。絶命は必至である。

すかさず孫九郎は起き上がり、徒で兼続を目指す。

「戯け、おぬしはいつも周囲が見えなくなる。命が幾つあっても足りぬぞ」

馬から飛び下りた弥次郎は小さな楯で孫九郎を庇いながら叱咤する。辺りを見ると味方はまばらで、水原勢の鉄砲に絶命していた。

「皆、退いておる。まごまごしていれば蜂の巣にされる。本当の戦は先ぞ。早う乗れ」

「承知」

我に返った孫九郎が馬に乗ると、弥次郎はその背後に跨がった。

「振り落とされるな」

鐙を蹴った孫九郎は上杉勢を後に馬を疾駆させた。

銃弾が背後を襲うが、なんとか弥次郎が守っている。退却した大野治長らが平野川の手前で鉄砲を並べているので、上杉勢は深追いをしてこなかったため助かった。

「なんという鉄砲の数じゃ。一千挺はあろうか。上杉があれほど隠し持っていたとはの。戦が終われば、上杉は徳川に難癖つけられよう」

大野治長の負け惜しみであった。

「今一度、仕寄りましょうぞ。我らは敵の倍以上おります」

孫九郎は大野治長に詰め寄る。

「砦を取り戻しに来たが、守将が討ち死にしたゆえ、改めて兵略を練り直さねばならぬ。こたびは上杉の力を把握したことで良しとする」

上杉家の鉄砲を恐れてか、倍の兵を以てしても大野治長は城へ引き上げる。

「今なら取り返せように。こ」

腰抜けめ、と口に出かかったが、弥次郎が手で制するので孫九郎は堪えた。

「上杉主従の首を狙うおぬしと、豊臣の存続のために戦う修理亮（しゅりのすけ）（治長）では当所が違う。履き違えぬようにせねば城を追い出されるだけぞ」

帰路で、弥次郎が注意する。

「上杉の首を取れば戦も有利に働き、豊臣のためにもなろう」

「高い地位にある者、所領を持っている者は、身を危険に晒したくないものじゃ」

「敗れれば全て失うと申すのに」

孫九郎には大野治長の惰弱ぶりが理解できなかった。

上杉勢は改めて鴫野を占拠し、普請し直しはじめた。

午後になると、一千五百の佐竹勢に、後藤基次勢三千が攻めかかり、総崩れとなった。上杉勢はこれを助け、基次を負傷させて城へ敗走させている。やはり上杉は強かった。

今福、鴫野の戦いは、大坂冬の陣最大の激戦であった。

各地で小競り合いが行われる中の十二月四日、城の南に陣を布く寄手の前田利常、井伊直孝、松平忠直は真田信繁の挑発に乗って真田丸を攻撃。さんざんに迎撃されて敗走を余儀無くされた。

「さすが左衛門佐殿じゃ。見習っておけばよかったものを」

今さらながら孫九郎は鴫野砦の戦いを後悔する。

真田丸の局地戦により、真田強しの名を改めて高からしめたものの、大勢に影響を与えるものではなかった。

十六日、城の北側の京橋から放った寄手の大筒玉が、淀ノ方のいる本丸御殿の一部を直撃。玉は柱を折って侍女二人を即死させ、他にも負傷者を出した。気丈な淀ノ方もこの砲撃に闘志は萎え、講和の交渉が始まった。

講和の条件は寄手が城の包囲を解く代わりに、大坂城は本丸のみを残し、二ノ丸、三ノ丸および惣構を破却すること。新たに召し抱えた牢人を放免すること。大野治長と織田有楽斎が人質を出すことで、ほぼ纏まった。

「二ノ丸、三ノ丸、惣構がなくなれば、城の体をなすまい。家康は無力を確認すれば、また仕寄ってくる。さすれば対抗の術がござらぬぞ！」

真田信繁らは反発するが、侍女の屍体を目の当たりにした淀ノ方の考えを変えることはできない。秀頼は母には逆らえなかった。

孫九郎も城郭の取り壊しには反対だが、首脳会議に出席する権限がない。

「どうじゃ、閨で異見したら」

西ノ丸の中庭で弥次郎が片頰を上げて言う。

「情夫は間に合っていよう。それに、取り壊しを止めれば戦が始まる。一度失った闘志は簡単には蘇るまい。ましてや女じゃ。血を見たくはなかろうしの」

孫九郎は難しいと見ている。

「されば、こののち、いかがするのか？　本丸のみの城では戦えまい。和睦すれば戦もなくなる。温海に戻るか？　それとも平和な世で上杉を狙うか」

最上家親は御家争いを起こしたので江戸で留守居をさせられている。孫九郎らが大坂に参じていることを知る由もなかった。

「直江には戦場でかかってこいと言われたゆえ、戦場で相対したい。徳川にとって豊臣は目の上の瘤。城が脆弱になれば、必ず仕寄ってくる。今一度、好機はあろう」

孫九郎は城を出る気はなかった。

城郭の破却のほか、家康は惣濠を埋めることを付け加えた。書に記さぬ口頭で伝えたことこそ、大坂冬の陣といわれる戦いを和睦で終えた家康の真の目的である。

和睦の交渉に当たった常高院と大蔵卿局は、惣濠ではなく外堀だと解釈した。さらに豊臣家の国替えがないことも淀ノ方が人質にならなくていいことも喜んだ。

十二月二十二日には両家の誓紙が交換され、和議は締結された。

この戦いは大坂冬の陣と呼ばれている。

「外堀まで埋められれば裸も同じ。餓狼には美味な獲物に見えて仕方なかろうの」

堀の埋め立て作業を眺めながら弥次郎は皮肉を口にする。

「左様なことを申していると、城方の者に斬られるぞ」

行き場所のない牢人たちは、殆ど大坂城に残っていた。

「その時は遠慮なく城を出る。それより、この城には太閤が集めた黄金が山ほどあるらしい。どうせ落ちる城なれば、これを捜し、少々慰労の糧として戴かぬか？　但馬屋に持って行けば、換金してくれるであろう」

都の但馬屋は永眠した宗兵衛に代わり、息子の惣兵衛が継いでいた。

「盗人は磔ぞ。まあ、落ちる時なれば許されようか。今は時機ではない」

これまで孫九郎と行動を共にしてきた弥次郎に対し、楽しみは残してやることにした。

年が明けた慶長二十年（一六一五）の一月中旬、惣濠の埋め立ても大方終わり、諸将は帰途に就いた。

（新たな戦いの始まりやもしれぬな。さて、上杉と再び相まみえようか）

裸城となった大坂城を真田丸のあったところから眺め、孫九郎は実感した。

三

「どうやら、天守閣の地下二階の北の部屋に黄金があるらしい。部屋一杯に黄金は積まれ、それは暗闇でも目が眩むほど眩い光を発するとのことじゃ」

弥次郎は見てきたようなことを言う。

「くれぐれも先走りはせぬようにの。盗人の汚名は受けたくないゆえ」

弥次郎は仇討ちに興味がないので、孫九郎が釘を刺す。

偽りの平和が続く中、孫九郎は淀ノ方に呼ばれた。女子が住む北ノ郭ではなく本丸御殿の一室。秀頼も大野治長もおらず、淀ノ方といつもの侍女だけであった。

「同じ城内におりながら、ご無沙汰しております」

「確かにそうじゃ。久しいの、孫九郎。鳴野の働きは見事であった」

淀ノ方は懐かしそうな目を孫九郎に向ける。

「お褒めいただくほどではござらぬ。先に戴いた黄金にはまだ足りぬやもしれませんん」

「そのこと。そなたを呼び寄せたのは、わらわじゃ。そなたは小机の地を得ようとしているようじゃが、今となっては希望を叶えられそうもない。それゆえ豊臣家の家臣になってはいかがか。僅かながらじゃが、畿内に扶持を与えることができるほどに」

孫九郎の身を案じる淀ノ方の瞳は慈愛に満ちていた。

「有り難き仕合わせなれど、お方様の思案は甘うござる」

「なにゆえか」

「徳川家にとって豊臣家は目障りな存在。今少し暖かくなれば、再び難癖をつけて仕寄ってきましょう。堀も外郭もないこの城は砂の城も同じこと。このままでは滅びますぞ。滅びたくなければ、城を出て跪くこと。さすれば、今の織田家のごとく小なりとも大名として血脈を繋ぐことができましょう。拒めば豊臣は二代にして消滅致すばかり」

側近は助言しないのか、と喉元まで出かかったが、城内で争うつもりはないので堪えた。

「左様なことはない。戦を起こさぬため、修理亮は質を出したのじゃぞ」

「太閤殿下がどれほどの大名、国人衆を奥羽で潰しましたか。関ヶ原ののちの徳川も然り。立場が磐石でない時は和睦もしましょうが、定まったのちは反抗する勢力は根絶やしにするのが定石。お方様も覚えておられるはず」

小谷城、北ノ庄城の落城で経験しているはずだと孫九郎は指摘する。

「やめよ。黴臭い話は聞きとうない」

「嫌なことから目を背けるは家を傾ける元。秀頼様にその判断ができぬならば、周囲が進言せねばならぬはず。小田原城は難攻不落の城でござった。殿下ですら城壁一つ崩すことができませんでした。最後まで戦う意志があれば滅ぶことはなかった」

思い出すと悔しさが込み上げ、感情が荒れる。孫九郎は一息吐いて続ける。

「秀頼様は戦を知りません。和睦を勧めたのはお方様でございましょう。氏直殿のごとく心で負けたので豊臣は窮地に立たされたのです。豊臣を滅ぼしたくなくば、早々に牢人を召し放ち、江戸に屋敷を建てることを乞うべきです。このまま牢人を召し抱えておれば、必ず堀を掘り返しましょう。これこそ徳川の思う壺にござる」

「牢人を召し放てば、そなたも路頭に迷うのではないか」

「生きていくだけならば土を耕せばいいことです」

温海を思い出しながら孫九郎は言う。

「孫九郎とも思えぬ言葉。わらわはてっきり、わらわを手玉にとり、徳川に一戦を挑もうとするのかと思ったが、どうやら見損なっていたようじゃ」

「見損なったというより、見誤ったでござろう。我が敵は徳川に非ず、上杉にあり。上杉が仕寄ってくれば戦う所存ですが、参じなければ戦う理由がござらぬ」

「左様か。されば、腰抜けは、さっさと退くがよい」

憤りをあらわに淀ノ方は部屋を出ていった。

「わざわざ怒らせることはあるまい。褥を共にできぬぞ」

廊下の角から姿を見せて弥次郎が告げる。

「盗み聞きは悪い趣きじゃ。それに誰かが言わねばならぬこと。直前になって知れば落胆は大きくなるばかり。今なればまだ戦を避けられる」

「避ければ、上杉と戦えぬではないか」

「言うべきことを言ったにすぎぬ。言わずば胸に閊えたままになるゆえ。避けるも避けぬも豊臣家次第。いや、淀ノ方次第じゃな」

淀ノ方は和睦を信じている。考えを変えるのは難しい、と孫九郎は見ている。

「淀ノ方は無理であろう。父親として助言してみてはいかがか」

弥次郎も同意見である。

「埒もない。混乱を招くゆえ、つまらぬ詮索は止めよ。秀頼様は我が子に非ず。豊臣の旗本に斬られるぞ」

「その前に黄金を戴かねばの」

相変わらず緊張感のない弥次郎であった。

和睦が成ると、徳川方からの誘いの手が伸びてきた。長宗我部盛親には旧臣が、後藤基次には黒田家の朋輩が、真田信繁には叔父の信尹（のぶただ）が調略を呼び掛ける。

孫九郎の許には異母弟の氏則が訪れた。

「よもや、儂のような小者の許にまでまいるとは、公儀も熱の入ったこと。惣濠も惣構えもない裸城じゃ。赤子の手を捻るようなものであろう」

三十七歳になった氏則に向かい、孫九郎は皮肉を口にする。

「鴫野の戦いは見事でござった。これは大御所様からの言伝（ことづて）でござる。某がまいったのは、北条家のため。北条の血筋が公儀に刃を向けてもらっては困ります。それゆえ退くよう、伝えにまいった次第」

五百石を受ける氏則は凜々しくあった。

「左様な思案では禄高は増えぬぞ。既に公儀は摑んでいようが、伊達、南部（なんぶ）、毛利、生駒（いこま）、長岡（細川）は万が一に備え、家臣を大坂に入れておる。真田も然り。大御所も高齢。いつ逝ってもおかしくはない。大御所が死ねば、今の将軍では豊臣を滅ぼすことはできまい。北条の血筋が大坂にいたほうがよかろう」

北川宣勝（きたがわのぶかつ）と山川賢信（やまかわかたのぶ）は伊達家の家臣。ほかの家も豊臣が勝利した時のために二股をかけていたわけである。

「大御所様は人一倍、体には気を遣われており、未だに鷹狩りなどで足腰を鍛えられているゆえ、戦陣で病に倒れることはない。いつにても戦陣に立てる」

「公儀は大坂に仕寄ると言っているようなものじゃな。されば、城を出るわけにはいかぬ」

もう一度、戦はあると孫九郎は確信している。

「上杉が留守居であっても？」

「それは真実（まこと）か！」

「さあ、どうでござろう。自身の最初の言葉を思い出されるがよい」

赤子の手を捻るようなものなので、多勢を動員する必要がない、ともとれる。

「実は豊家から仕官を求められておる。儂は無禄ゆえ悪い話ではない。戦功次第では小机とも。将軍家は儂にいかほどの禄をくれるのか。返答次第では思案致そう」

「おのれ、どうあっても城を出ぬか。覚悟致せ！」

異母兄にとは思えぬ言葉を吐き、氏則は立ち上がる。

「一族に刃を向けたくはないが、万が一の時は遠慮のうかかってまいれ。儂もそうする」

「当然。儂はそちを兄とは思うておらぬ。相対致せば首を刎ねてくれる」

怒りをあらわに吐き捨てると、氏則は部屋を出ていった。

「まこと異母弟を斬るつもりか」

氏則と入れ代わりに弥次郎が入ってきた。

「家康の本陣にいる氏則と儂が刃を交えることはなかろう。それにしても、やはり徳川は豊臣を滅ぼす気じゃの。上杉は参じぬやもしれぬというのに」

「いかがする気じゃ？　黄金を戴いて城を出るか」

「際の際まで様子を見る。出るのはいつでも出られよう」

孫九郎は上杉家の参陣を期待した。

戦を知らぬ秀頼もさすがに裸城にされたことは不安になり、家臣の伊藤丹後守(いとうたんごのかみ)らを家康に派遣し、内堀まで埋めたことを訴えさせたが梨の飛礫(つぶて)であった。

そのうちに主戦派や大野治房らによって堀の掘り返しが始められた。

「戦の始まりじゃな」

作業を見ながら弥次郎が言う。孫九郎は頷いた。

三月五日、京都所司代の板倉勝重は駿府の家康に報せた。

喜んだ家康は、戦の準備を開始したのかと、豊臣家に厳しく問う。大野治長は弁明の使者を送るが、家康は聞く耳を持っていない。遂に最後通告をしてきた。秀頼が大坂城を退去して大和か伊勢に国替えするか、新規召し抱えの浪人全てを城外に追放しろと、厳しい二者択一を迫り、四月四日、駿府を出立した。

「もはや後戻りはできぬようじゃの」

さすがの秀頼も覚悟し、諸将に戦う意志を告げた。

「冬の戦いで豊臣家への義理は果たした。もう義理立てすることもあるまい」

弥次郎が退去を勧める。

「逃げ道はたくさんあろう。上杉の有無を見てからでも構うまい」

「遅きに失した、などとは申すまいぞ」

懸念する弥次郎は顔を顰めた。

四

豊臣方は幕府方に先んじて行動を起こした。一旦は幕府方の筒井正次の郡山城を攻略するものの、樫井の戦いで塙直之らは討死し、豊臣勢は敗走させられた。

覇気は見せたものの、兵を減らすばかりの軍事行動になってしまった。

片や、五月五日に二条城を出立した家康は河内の星田に着陣、秀忠も伏見城を発つと砂に布陣した。家康には余裕があり、諸将に三日の兵糧があればいいと触れている。

同じ日、東軍の諸将は相次いで大坂城の南側に布陣しはじめた。

対して劣勢続きの大坂方からは逃亡する兵が後を絶たなかった。これを打破するため、幕府軍が河内の平野に進出したところを急襲する策を立てた。敵の先鋒を破れば幕府軍は多勢なので混乱を生じる。離反者も出てくるであろうという思惑である。

「軍勢を預けられているわけでもなし。これ以上深入りする必要はあるまい」

西ノ丸の雑兵部屋で弥次郎はもらす。

「上杉の動向が判らぬ。左様な報せを摑んでくるのが、そちの生業ではないのか」

「近頃、おっくうになってきての」

「そういえば、染みも皺も多くなったの」

弥次郎も五十歳を数えるようになった。

「おぬしとて、紅顔の美少年ではない。それゆえ申しておる。まあ、最後の頼みになるやもしれぬので調べてきてやる。それゆえ無意味な戦に参じるでない。命を粗末にするな」

言うや弥次郎は足音を立てずに部屋を出ていった。年齢を重ねても身のこなしは変わらなかった。

上杉家との戦いを望む孫九郎は城に残っていた。

同じ日の昼間、諸将は大坂城を出撃していった。

六日の早朝、大坂城から四里（約十六キロ）ほど南東の道明寺で後藤基次勢が幕府方の松倉重政らと激突。基次は松倉勢を突き崩すも、水野勝成や伊達政宗の援軍に圧されて討死。霧で遅れて到着した真田信繁らは、敗残の兵を纏めて撤退した。真田を待たずに戦いを開始したことが敗因であった。

この日、大坂城から二里ほど南東の若江で木村重成勢が井伊直孝勢に敗北。重成は討死した。

同じく道明寺から二里ほど北の八尾(やお)で長宗我部盛親勢と藤堂高虎(とうどうたかとら)勢が激突。長宗我部勢は藤堂勢を圧していたが、秀頼からの撤退命令に従って退却した。

真田勢は大坂城には戻らず、冬の陣で家康が本陣を布いた茶臼山に上った。

報せは次々に城に届けられた。敗北続きとなり、城に残っていた牢人は逃亡していった。

夕刻になり、弥次郎が戻ってきた。

「上杉主従は山城の八幡山に着陣していた。街道の封鎖が役目じゃ。いかがする？」

問うが弥次郎は諦めよ、と遠廻しに言っているように聞こえた。

「左様か。大坂には仕寄らぬか。されば、儂らも城を出るとするか」

「ようやく決心がついたか。戴く物は隠しておいたゆえ安堵しろ。贅沢しなければ、一生食うていけるほどはある」

「用意のいいことじゃ。幾つまで生きる気じゃ」

思わず孫九郎は眉を上げた。

「幻庵様と同じ歳ぐらいは生きたいの」

「九十七とは、随分欲張りな男じゃ。まあ、それぐらいでないとな。儂は取り敢えず、淀ノ方に挨拶してくる。このままでは後味が悪いゆえの」

「やめよ。罵られるだけで、もっと嫌な思いをする。悪くすれば逃亡兵として斬られる」

弥次郎の顔から笑みが消えた。

「大事ない。左様なことをすれば、秀頼様の首を狙う戯けが出ぬとも限らぬ。井戸のところで待っておれ。四半刻ののちには城を出よう」

鎧櫃を任せて孫九郎は本丸に向かった。

周囲の者に告げると、思いのほか簡単に部屋に通された。

「孫九郎か。いよいよ城を出るのか」

敗報ばかりを受けているせいか、淀ノ方は窶れていた。

「そのつもりです」

「左様か。そなたの申すとおりになったの。もはや、ここに至っては元に戻らぬが」

「まだ間に合います。和睦の使者を立て、お方様と秀頼様が出家なされれば命ばかりは救われましょう。時を待てばお家の再興も可能。家康が死ぬまでの辛抱にござ

「それはできね。秀頼様は、死ぬならば武士として死にたいと仰せになられた。際の際となって、わらわの掌から出てしまわれた。母として嬉しいような、悲しいような」

淀ノ方は涙ぐんでいる。

「左様ですか。御目出度うと言っていいものか、残念と言っていいものか」

「孫九郎、秀頼様のことじゃが」

「その話は、再びお会いした時に聞かせていただきます」

聞いてはならぬと孫九郎は手で制した。

「左様か。今生の別れに、一差し舞ってはくれぬか」

「それも、またお会いした時に披露しましょう。されば、これにて。命を大切になされ」

深々と平伏した孫九郎は淀ノ方の部屋を出た。

井戸のところに行くと弥次郎がいた。

「随分と早いではないか。最後に堪能させてやらなかったのか」

「戯け。左様なことをすれば大野の兵に狙われる」

言いながら孫九郎は鎧櫃を開け、真紅の具足を着けはじめた。

「なにをする気じゃ？　城を抜けるのではないのか」

「左衛門佐殿への使いを命じられた。言伝を伝えたら陣を離れるつもりじゃ。矢玉が飛んでくるやもしれぬところに平服では行けまい」

「そうじゃが、まことに使いなのか？　妙な気を起こしているのではあるまいの」

眉を顰めて弥次郎は問う。

「上杉は八幡山であろう。命は大事にせぬとな」

具足を着用した孫九郎は弥次郎が曳いてきた馬に乗った。

陽は半刻前に落ち、陣の周囲では篝火が煌々と焚かれていた。茶臼山に登ると真田信繁がいた。前線の大将といっても過言ではない存在である。

「これは、どうされた？　上杉は大坂の陣にはいないはず」

意外な人物を見て信繁は疑念に満ちた目を向ける。

「淀ノ方様からの言伝でござる。秀頼様は武士として死にたいとの仰せ」

「ほう、秀頼様が。これで戦陣に姿を見せていただければ全兵の士気は上がるのじゃが、まあその言葉だけでも良しとするしかないの。して貴殿は八幡山に向かわれるか」

「さすが真田の忍びは天下一。広く報せを摑んでいる。無論、八幡山に向かう所存じゃが、その前に貴殿とともに古狸の首を狙うのも悪くない。これを討てば上杉を討ちやすくなる」

孫九郎が答えると、背後で弥次郎が落胆の表情を浮かべた。

「もの好きじゃの。敵は多勢。死ぬ公算は極めて高いというに」

「されど、左衛門佐殿は前線に立たれておる。家康を討つ見込みがあるからでは」

「万に一ぐらいであろうか。それより、当家が原因で、貴家は滅んだ。当家を恨んではおらぬのか」

孫九郎を陣から立ち去らせたいのか、信繁は思い出したくないことを口にする。

「なくはないが、今さらでござろう。当家の一族もなんとか大名として再興できた。それゆえ儂のような牢人は、見返りの大きい方に賭けるべき。違いますか」

伯父の北条氏規の孫の氏信（うじのぶ）が河内狭山（さやま）で一万石を与えられていた。

「違わぬ。我らが勝てば一国一城の主。敗れれば土に還（かえ）るだけ。我らの武勇を天下に示そうぞ」

「おおーっ！」

信繁の気勢に周囲の武士は鬨（とき）で応えた。もちろん、孫九郎も。

「秀頼様が武士として、と言われたのじゃ。淀ノ方も喜んでおる。逃げるわけにはいかぬ。まあ、討ち死にする気はない。八幡山への寄り道じゃ。先に行っていても構わぬぞ」

孫九郎は憤懣やるかたない弥次郎に告げる。

「寄り道で終わればいいが」

諦め口調で弥次郎は言い放った。

五月七日が明けた。思いのほか静かな朝である。

幕府方は夜明けと共に城の南西の天王寺口と南東の岡山口から兵を進めてきた。

天王寺口の総大将は家康。岡山口は秀忠。

豊臣方の天王寺口は茶臼山に真田信繁ら。

幕府軍十万に対し、豊臣軍三万五千余であった。

豊臣方の戦術は明石全登勢を陽動とし、家康の本陣を突くものである。

真田勢は三千の兵を一千ずつ三段に分け、信繁は三段目にいた。そして、孫九郎も。

暫し睨み合いが続く中の正午頃、茶臼山の東隣の陣で、幕府方の本多忠朝勢が毛利吉政勢に発砲し、大坂夏の陣の本戦が開始した。

幕府軍は多勢にものを言わせて夥しい数の鉄砲を放ちながら前進してくる。豊臣方はなんとか踏み止まっているといった状況で、一進一退の攻防を展開しているのは真田勢と毛利勢ぐらいであった。

真田勢は松平忠直勢と激戦を繰り広げている。忠直は前日の戦に加わらなかったので、家康の叱責を受けた。これを悔しがり、何人の死傷者を出しても遮二無二前進してくるので、真田勢の犠牲者も続出した。

幕府方は恩賞を得るため、首取りを確実に行っているが、劣勢の豊臣方は打ち捨てている。一人でも多くの敵を倒し、家康の本陣に近づくために必死だ。

「このままでは、いずれ茶臼山も奪われよう。退く時期ではないか」

迫る松平勢を見て弥次郎はもらす。

「多勢でも人は必ず疲れるもの。左衛門佐殿の狙いはそこであろう。あとは明石勢が無事、迂回できれば勝利するのも夢ではない」

「皆は家康の首であろうが、この戦いで、おぬしの狙いはなんじゃ？　昔褥を共にした女子と、その子に武威を示すためか」

無意味なことと弥次郎は言いたげだ。

「なくはないが、父は最後まで戦って死んだ。息子が逃げるわけにはいかぬ」

「母御は生き延びよと遺言したであろう」

「血は繋いだ。あとは好きにさせてもらう。もうすぐじゃの」

戦闘からおよそ一刻。松平勢に疲労が見えだし、信繁は下山の準備を始めた。真田勢の先手も二手も半数近く減っていた。

信繁は騎乗して茶臼山を下りる。周囲の者も似たような出で立ち。真紅の具足に、鹿の角の兜。面頰をつけている者もいるので、遠目には見分けがつかない。真田十勇士とも言われる面々である。

「なるほど、これなれば誰が左衛門佐殿か判らぬな」

「貴殿も真紅の具足を着けているゆえ合力願いたい」

「真田を名乗ることはできぬが、影武者の真似ごとなればしてみよう」

「それで十分。されば。続け！」

「うおおーっ！」

信繁が大音声で叫ぶと、信繁の影武者たちは鬨で応え、強く鐙を蹴った。

「面白そうではないか」

孫九郎も続く。

「村祭の装いではない」

どこで見つけてきたのか、いつの間にか弥次郎も朱の具足を着けていた。

「祭じゃ、日本（ひのもと）一のな」

馬鞭を入れた孫九郎は駿馬を疾駆させる。圧倒的に不利で危険極まりないが、どこか愉快である。なにが起こるか判らないのが戦場。家康に届くような気がしてならなかった。

信繁が参じたので、数を減らした真田勢は勢いを盛り返し、松平勢に襲いかかる。刺し違えるような戦いをする真田勢に対し、松平勢は後退を余儀無くされた。

松平（結城）家は、関ヶ原合戦が行われた時、宇都宮で上杉家に備えていたので、秀吉の東国征伐以来、実戦は二十五年間ない。干戈（かんか）を交えると思いのほか脆（もろ）かった。

「敵は弱兵。真田は三度徳川に勝った。こたびが四度目じゃ！」

信繁が叫ぶと真田勢は勇み、逆に松平勢は避けようとする。この機を突き、真田勢は松平勢を突破した。

「邪魔だて致すな」

馬上の孫九郎は太刀を抜き、横から突き出される鑓の柄ごと斬り捨てる。何度か繰り返すと前が開けた。

「家康、何処におる。出てまいれ！」

孫九郎も咆哮(ほうこう)するようになった。小山の陣で軽くあしらわれたことを思い出して怒りが再燃する。真田の集団に紛れて家康を捜した。

家康は茶臼山から一里ほど南の長居(ながい)に本陣を布いていた。駿府衆は一万ほどおり、家康はこれを分散して配置していた。お陰で豊臣方は戸惑った。

「いずれが徳川の本陣か？」

「判らぬゆえ、片っ端からいくしかあるまい。さすれば、いずれ家康に相対できよう」

真田勢の侍大将たちは似たようなことを口にしながら、家康の駿河衆に突撃した。

「我は真田左衛門佐信繁。家康覚悟！」

皆、信繁になりきり、家康を目指す。

「家康、どこじゃ！　勝負致せ！」

真田こそ名乗らぬが、紅(くれない)の具足に身を包む孫九郎も同じ。南東に向かう。

「あっ、南に『金無地開扇』。あれは家康の馬印じゃ」

斜め後方を走る弥次郎が指差した。

「いたか！」

全身の血が沸騰するかのような昂(たかぶ)りを覚え、孫九郎は真一文字に突き進む。

（儂が家康の首級を挙げれば、この戦に勝利し、淀ノ方も助かる。儂は多勢を率いて上杉に挑め、小机も我が手に返る。一石三鳥じゃ）

馬鞭に入れる力が強まり、上がる砂塵の量も多かった。

陣幕の外にいる兵を二人斬り倒し、陣幕の中に雪崩れ込んだ。

「北条孫九郎、推参。家康が首、貰いにきた！」

騎馬を飛び下りるや、孫九郎は獅子吼した。

「なんと！」

目の前の床几に腰をかけていたのは、異母弟の氏則であった。

「よもや、まだ大坂に残っていたとは頭がどうかしておる」

蔑んだ目で孫九郎を見ながら氏則は言う。

「左様な輩に追い立てられ、大御所はそちを囮に逃げたのか。前征夷大将軍もたいしたことがないの」

「身の安全を図ることが大将の務め。これにお役に立つは武士の誉じゃ」

言いながら氏則は立ち上がり、腰の太刀を抜いた。

「退け、見逃してやる。そちがここにおるということは、そう遠いところには逃げておるまい」

「戯けが。言うわけあるまい」

叫ぶや氏則は袈裟がけに斬りつけてきた。孫九郎は左に一歩踏んで軽く躱す。

「実戦は初めてか。関ヶ原は本陣にいたのであろう。命を大事に致せ」

「牢人の分際で、ほざくな」

再び氏則は斬りつける。孫九郎は左に弾くと、氏則の太刀は途中から折れた。

「おのれ！」

氏則は脇差の柄に手をかけた。すかさず孫九郎は袈裟に斬る。毛虫の前立が切れた。毛虫は後ろには下がらないので、武将たちは好んで前立にした。

「今少し修行を致せ」

孫九郎は異母弟を斬る気など微塵もない。言い残すと騎乗した。

「待て。まだ勝負はついておらぬ」

「そちは十分に役目を果たした。縁があったら、また勝負致そうぞ」

言うや孫九郎は鐙を蹴り、徳川の仮陣を出た。外に弥次郎がいる。

「いかがする？　家康を捜すか」

「それは左衛門佐殿の役目。我が役目は終わった。八幡山を目指そうぞ」

家康のために命をかける氏則と遭遇したせいか、家康を狙う気が失せた。逆に本来の目的に向かう気持が強くなった。

「周囲は敵だらけ。やりがいがあるの」

本道に戻り、弥次郎は嬉しそうである。

真田信繁は家康本陣に近づき、三度突き崩して壊乱に陥れ、家康に切腹の決意をさせるほどに追い詰めた。危機の中、家康は駆け付けた家臣に守られて、三里（一二キロ）も後退した。のちに信繁は日本一の兵（つわもの）と呼ばれることになる。

多数の幕府軍がいる中、孫九郎と弥次郎は兵の間を縫うように平野川の東を北東に進む。人目につかぬよう葦（あし）の中をゆっくり移動し、河原だけになると疾駆する。

再び葦の中に飛び込み、一息吐いた時である。十数の筒先が火を噴いた。

「ぐあっ」

瞬時に激痛が走り、孫九郎は馬から転がり落ちた。弥次郎も馬も、横倒しになっている。

「大丈夫か」

孫九郎は弥次郎に問う。

「ああ、大事ない。ほれ、これを見よ」

竹の胴は貫通しているが、腹に巻く黄金の袋が玉を止めていた。

「盗みもたまには、ためになるようじゃの」

「盗みではない。冬の戦いの報酬じゃ。されど、足と肩は守れなかった。今少し多くの報酬を得ておけばよかった」

痛みで顔を歪めながら弥次郎は言う。

「儂は足と腕じゃ。敵の様子は？」

「今、玉込めをしている最中であろう。鉄砲が十数ということは、五十ほどはいよう」

「さして多くはないの。儂らは刀と鑓か」

危機的状況の中で孫九郎は顔を上げる。

「あとは火薬玉が二つ」

乱破は火薬玉を一つ残しておくもの。万が一の時、素顔を晒さないために爆発させて顔を吹き飛ばすのである。

「左様か。されば十分に逃れられるの」

足を負傷した状態で五十人に囲まれれば、まずは助からない。捕らえられれば大名として存続する北条家に迷惑がかかる。孫九郎は覚悟した。

「そうよ。この黄金、あの世に持って行くわけにはいかぬゆえの」

「いかさま双六に、黄金を張るのか」

「おう、山ほど張って、一生豪遊して暮らすのじゃ」

「されば、早う、ここを抜け出て、都に繰り出そうぞ」

言うや二人は立ち上がり、足を引き摺るように駆けだした。

途端に弥次郎が火薬玉を炸裂させ、周囲を煙に包んだ。その刹那、轟音が谺した。

ダダダダーン。ダダダダダーン。ダダダダダーン。

咆哮ののち、もう一つの火薬玉が炸裂した。孫九郎と弥次郎は煙の中に消えていった。

温海を支配していた最上家は元和八年（一六二二）に改易された。最上領は四分割され、庄内には酒井忠勝が入領した。既に泰平の世となっているので、家臣は多く召し抱えない。よって最上旧臣は殆どが帰農あるいは町人となった。

於良の夫も帰農し、於良は於稲が耕した地で鍬を取ることになり、女子を産んだ。

温海には美男、美女が多いという。姓は違えども、その者たちは、あるいは孫九郎の血を引いている者たちなのかもしれない。

最終章　忘れない

元和四年（一六一八）三月二十四日。辺りにはまだ雪が残っていた。

越後の鮫ヶ尾城趾に二人の尼がおり、墓に見立てた侘びしい石に線香を上げていた。

「ご無礼致す。そちらにおられるのは妙徳院殿でござるか」

静寂を男の声が乱した。

「左様でございますが」

両手を合わせていた妙徳院は声のほうに目をやる。思わず、はっとした。編笠をとった男は初老だが、美形で身なりも正しい武士だった。

「某は北条右衛門佐氏光が嫡子・内匠寮氏則でござる」

「なんと！」

鮫ヶ尾城趾で人に会うのも珍しいのに、旧主の一族に会うなど思いもよらぬことである。

「宝蔵院に寄りましたところ、こちらにおられると座主殿に言われて、まいった次第」

「まあ、わざわざ、かような山中にお出で下さらずとも、院でお待ちになられればようございましたのに」

訪ねて来てくれたことは嬉しいが、景虎を見捨てた一族なので、どう対応していいものか、妙徳院は戸惑った。

「そうではござるが、東照大権現（家康）様の三回忌も無事終わったこともあり、一度、鮫ヶ尾城を見てみたかったのが本音。三郎殿が最期を迎えた地を」

「左様ですか。もはやなにも残っておりません」

妙徳院にとっては神聖な地を侵されたようで嫌悪感がつのる。

「父氏光の先妻松殿は三郎殿の妻でござった。松殿は三郎殿を慕っておられたゆえ、父は松殿と疎遠になり、形ばかりの夫婦であったそうです」

「松ノ方様は存じております。お優しい方であったと」

妙徳院は松ノ方に嫉妬したものである。

「父に植え込まれていたこともござるが、某にとっては疎ましい女子でござった。

孫九郎殿を宿したまま父に嫁がれた。事実かどうか、今となっては判りませぬが、父のことを思うならば、流すこともできたはず。されど、松殿は三郎殿のお子をお産みになられた。三郎殿のお子が欲しかったのでござろう。氏光の子の某には迷惑なことです」

「氏則様がおられるゆえ、孫九郎殿は越後や都にも出歩くことができた。小机の家督を継ぐ気はなかったゆえ、氏則様とすれば、気にすることもなかったのではありませんか」

「長男に生まれながら、家督に関心を示さぬのが腹立たしい。所領を守るために武士は必死で戦うもの。孫九郎殿は真っ先に小田原から逃げ出した」

今思い出しても腹立たしいといった顔の氏則だ。

「生きていればこそではありませぬか」

「左様。それゆえ関ヶ原の前には、上杉攻めに参じさせよと某に頼み込んできた。異母弟の某に、でござる。某には逆立ちしてもできませぬ。それなのに、あの男は」

「氏則様にできぬことをしたゆえ腹が立ちますか。いいではありませぬか。殿方には越えられぬ一線があり、また越えなければならぬ一線もある。孫九郎殿は這いつくばってでも景虎様の仇を討ちたかったのでしょうね」

孫九郎の話を聞けて、妙徳院は嬉しかった。

「某は北条を見限った大権現様に仕えねば生きていけなかった。正直、気儘に暮らす孫九郎殿が羨ましかった。それゆえ憎くもござった。しかも、あの容姿。おそらく父も三郎殿を羨ましく思っていたに違いない」

「人は外見ではありませんよ」

という妙徳院も景虎の容姿に惹かれたのは事実であった。勿論、優しさも。

「孫九郎殿は上杉と戦うため、大坂城に入られた。冬の陣は上杉も参じていたゆえ当たり前でござろうが、夏の陣には参じておられぬのに大坂に残った。某が止めたのに」

悔しげに氏則は言う。

「あのお方は景虎様と同じように人に流されやすい。あるいは、城内のお美しい方とよからぬ間柄となり、城を出られぬようになったのやもしれませぬ」

「なるほど、ありえるやもしれません。それゆえ某は孫九郎殿と戦陣で相対致しました」

「それで」

まさか異母兄弟で戦うとは思っていなかった。妙徳院は一歩詰め寄った。

「あの男は、孫九郎殿は、某に勝利して陣を出て行った。某は斬る気だったのに、孫九郎殿には、その気はなく、余裕の体で。某は軟弱そうな孫九郎殿に敗れた。城内でのうのうと暮らし、喰うに困らぬ生活を選んだゆえ、野にいた孫九郎殿に敵わなかった。それが悔しくてなりません。もはや干戈を交えることは叶いません」

端整な顔をくしゃくしゃにして氏則は訴える。

「して、孫九郎殿の消息は？」

「判りませぬ。ただ、孫九郎殿がかぶっていた兜によく似た蝶の前立の兜だけは見つかったようにございますが、おそらく大坂に加担した孫九郎殿が逃れられたとは思えませぬ」

「左様ですか。あのお方も……」

妙徳院は肩を落とした。

「先日、越後に出雲の阿国一座がまいりました。わたしも見る機会があり見物致しました。すると阿国という女子は、男の格好をしながら、笛の音に合わせて最初はしなやかに、優雅に天女のような舞いをし、これが太鼓の早い音に変わると、勇ましい武士が戦陣に立つような踊りに変わり、やがて矢を受けて死ぬ物語を披露し、見ている皆を虜（とりこ）に致しました。これを阿国は『九郎舞い』と呼んでいました。周囲の者たちは源九郎殿のことだと囁き合っていましたが、今、氏則様の話を聞き、孫九郎殿のことを演じたのではないかと思いました」

言いながら妙徳院の頬に涙が伝う。

「妙徳院殿に会えてよかった。誰かに愚痴をもらしたかったが、孫九郎殿のことを知る者が誰もおらぬ。妙徳院殿の兄君の康英殿も亡くなられてござる」

「左様ですか。兄も逝かれましたか」

遠くを見る目で妙徳院は告げ、改めた。

「あの親子は、ほんに運命に翻弄されて。それでも見る人を魅了なさいました。わたしは決して忘れません」

妙徳院の言葉に氏則も自然に頷いた。

吹く風はまだ冷たいけれど、土筆の芽はめぶき始めている。まだ名ばかりではあるが、越後に春は近づいていた。

（了）

●参考文献　敬省略

【史料】

『大日本史料』『史料綜覧』『上杉家文書』以上、東京大学史料編纂所編　『上杉三代軍記集成』『越後軍記』以上、黒川真道編　『群書類従』塙保己一編　『續群書類従』塙保己一編、太田藤四郎補　『續々群書類従』塙保己一編、太田藤四郎補　『史籍雑纂』国書刊行会編纂　『新訂　寛政重修諸家譜』高柳光寿・岡山泰四・斎木一馬編　『寛永諸家系図伝』『當代記　駿府記』『歴代古案』以上、続群書類従完成会　『改定　史籍集覧』臨川書店　『北条史料集』萩原龍夫校注　『上杉史料集』井上鋭夫校注　『太閤史料集』桑田忠親校注　『家康史料集』小野信二校注　『関八州古戦録』中丸和伯校注　『戰國遺文　後北条氏編』杉山博・下山治久編　『定本　名将言行録』岡谷繁実著　『越後流兵法』有馬成甫監・石岡久夫編　『小田原編年録』間宮士信著　『上杉家御年譜』米沢温故会編

【研究書・概説書】

『大名列伝』児玉幸多・木村礎編　『上杉景勝のすべて』『直江兼続のすべて』以上、

花ヶ前盛明編『戦国大名家臣団事典』山本大・小和田哲男編『戦国大名閨閥事典』小和田哲男編『新編物語藩史』児玉幸多・北島正元監修『日本城郭大系』児玉幸多ほか監修・平井聖ほか編『地方別日本の名族』オメガ社編『図説　戦国合戦総覧』『真田幸村』『真田一族のすべて』『闘将幸村と真田一族』『智謀の一族真田三代』『真田幸村と大坂の陣』『戦況図録　大坂の陣』以上、新人物往来社編『真田幸村のすべて』『真田一族』以上、小林計一郎著『奥羽の驍将』誉田慶恩著『鉄砲と日本人』『天下人の条件』『刀と首取り』『戦国合戦の虚実』『戦国合戦のリアル』以上、鈴木眞哉著『真説・智謀の一族　真田三代』『真田信繁』以上、三池純正著『戦国期東国社会論』戦国史研究会編『豊臣平和令と戦国社会』藤木久志著『直江山城守』福本日南著『上杉景勝』児玉彰三郎著『戦国大名と外様国衆』『戦国大名北条氏の領国支配』『戦国期東国の大名と国衆』以上、黒田基樹著『新編　日本武将列伝』桑田忠親著『真田戦記』『戦国合戦大全』『奮迅真田幸村』『真田三代』『上杉謙信』『真説　戦国北条五代』『修験道の本』学習研究社編『正伝直江兼続』『本庄氏と色部氏』『直江兼続とその時代』以上、渡邊三省著『直江兼續傳』木村德衞著『直江兼続伝』渡部恵吉・小野栄・遠藤綺一郎共著『図説　中世の越後』大家健著『新潟県史』斎藤秀平著『直江山城守兼続』小坂覚編『概

説　北条幻庵』立木望隆著　『栃木の城』下野新聞社編　『出雲のおくに』『阿国かぶき前後』以上、小笠原恭子著『出雲の阿国』大谷従二著　『淀殿』『豊臣秀頼』以上、福田千鶴著　『淀殿』小林千草著

【地方史】

『新潟県史』『長野県史』『群馬県史』『栃木県史』『神奈川県史』『京都府史』『大阪府史』『石川県史』『上越市史』『新井市史』『小田原市史』『京都市史』『大阪市史』各府県市の史編さん委員会ならびに史刊行会など編集・発行

【雑誌】

『歴史読本』臨時増刊「決定版『忍者』のすべて」『別冊歴史読本』「忍びの者132人データファイル」「伊賀・甲賀　忍びの謎」「伊賀・甲賀　忍びのすべて」「戦国風雲　忍びの里」『歴史読本』スペシャル「忍の達人　影の奥義書」

光文社文庫

文庫書下ろし／長編歴史小説

御館の幻影　北条孫九郎、いざ見参！

著者　近衛龍春

2022年3月20日　初版1刷発行

発行者　鈴木広和
印刷　新藤慶昌堂
製本　ナショナル製本

発行所　株式会社　光文社
〒112-8011　東京都文京区音羽1-16-6
電話 (03)5395-8149　編集部
8116　書籍販売部
8125　業務部

ISBN978-4-334-79314-2　Printed in Japan

組版　萩原印刷